MINA VERA (Bilbao, 1981), estudió Publicidad y Relaciones Públicas en la Universidad del País Vasco. Mina Vera es el pseudónimo que utiliza para firmar sus obras, centrándose principalmente en novela romántica, en casi todos sus subgéneros.

Publicó *Contigo en la distancia* y *Pon tus manos sobre mí*, novelas de género romántico actual y *Regálame otro mundo*, romántica futurista. Su novela *Noches perdidas*, de género romántico histórico, ha sido publicada por Selección RNR.

1.ª edición: abril, 2017

© Mina Vera, 2016
© Ediciones B, S. A., 2017
   para el sello B de Bolsillo
   Consell de Cent, 425-427 - 08009 Barcelona (España)
   www.edicionesb.com

Publicado originalmente por B de Books para Selección RNR

Printed in Spain
ISBN: 978-84-9070-355-7
DL B 4525-2017

Impreso por NOVOPRINT
   Energía, 53
   08740 Sant Andreu de la Barca - Barcelona

Todos los derechos reservados. Bajo las sanciones establecidas en el ordenamiento jurídico, queda rigurosamente prohibida, sin autorización escrita de los titulares del *copyright*, la reproducción total o parcial de esta obra por cualquier medio o procedimiento, comprendidos la reprografía y el tratamiento informático, así como la distribución de ejemplares mediante alquiler o préstamo públicos.

Suculento peligro

MINA VERA

*A las amigas incondicionales.
Gracias por estar ahí siempre.*

Los personajes, acontecimientos y referencias a lugares que aparecen en esta obra son fruto de la imaginación de la autora y no están basados en ningún hecho real.

1

La música era atronadora. Dana se preguntó qué clase de hombre elegiría un lugar como aquel para verse con una mujer por primera vez. Desde luego, no uno cuyas intenciones fueran conversar para conocerse mejor. Aquella reflexión le hizo reafirmarse en su decisión de acompañar a María a su primera cita con su *ciberenamorado*.

Por si fuera poco, llegaba tarde. El camarero del pub se ofreció a servirles otra ronda cuando retiró las copas vacías de la mesa que María había elegido y donde se había sentado de cara a la puerta. Dana estaba frente a su amiga, y tenía una visión general del pub y de los clientes que allí se congregaban. La mayoría bailaba o bebía, o ambas cosas a la vez, tanto en la pequeña pista que las mesas rodeaban como junto a la serpenteante barra. Muchos llevaban algunas copas de más, y eso que aún no era ni medianoche. No, se repitió Dana. El Delirium no era lugar para una primera cita. Al menos no cuando se tienen treinta años y lo que se busca no es una relación fugaz de una noche loca.

Ella le había ofrecido reservarles una mesa en Suculentos, el restaurante donde trabajaba como primera chef, y donde iban a cenar a las mil maravillas, además de poder hablar sin ruidos y no en un ambiente tan cargado. Sin embargo, él había preferido un sitio más informal, y una hora mucho más tardía, cosa que tampoco terminaba de convencer a Dana.

—Ese tío no nos quita ojo. —Las palabras de María interrumpieron los vagos recuerdos de su última noche loca, de la que hacía ya demasiado tiempo—. Me está poniendo de los nervios.

—¿Más aún? —se burló Dana.

Su amiga llevaba cardíaca toda la semana. Tanto que ella misma empezaba a creerse eso de que se había enamorado de verdad. Llevaba dos meses chateando con el tal Claude, un francés que vivía en Barcelona por trabajo desde hacía apenas un año y que buscaba amistades en la ciudad. María se había topado con él por casualidad en un foro dos días después de haber renegado de los hombres por enésima vez tras su última ruptura sentimental. Y habían congeniado a las mil maravillas. «Es perfecto», le había dicho a Dana con ojos brillantes. No es que fuera la primera vez que oía eso de boca de María. Pero esta vez parecían revolotearle corazoncitos rosas alrededor cada vez que hablaba de él. Tal vez fuera posible que el hombre perfecto existiera. Aunque Dana lo dudaba bastante.

—Lo digo en serio —insistió María—. Como no deje de mirarnos, me levanto y le canto las cuarenta.

—¿Quién?

Dana se giró con disimulo. Pero no le pareció que

nadie a su espalda reparara en ellas. Un par de venteañeras brindaban con chupitos y se reían de forma exagerada; un grupito de amigos que apenas acabarían de abandonar la adolescencia hacían un pequeño corro y bailaban entusiasmados, aunque arrítmicamente; un señor cincuentón que parecía totalmente fuera de lugar deambulaba entre la gente, mirando aquí y allá, como si no supiera muy bien qué hacer, dando pequeños sorbos a un cubata a medias. Cuando posó su mirada sobre las chicas de los chupitos y una sonrisa lobuna se dibujó en su rostro, Dana tuvo una idea muy clara de lo que aquel personaje buscaba. Apartó la mirada ante el escalofrío de repelús que le provocó la idea. Entre las dos no parecían sumar la edad de aquel viejo verde.

—Ese —María señaló la dirección con la barbilla—, el alto y corpulento con americana blanca.

Apenas había terminado de describirlo cuando Dana cruzó su mirada con la de él. El tipo trató de disimular, pero ya era tarde.

—Está solo, nosotras también, y esto es un pub de moda —le explicó a su amiga, que ya volvía a mirar la puerta y la hora alternativamente y de forma compulsiva—. Estará buscando el ligue de hoy.

Y, por supuesto, le había echado el ojo a María, pensó Dana. Ella era de una belleza más exótica, con su cabello rojizo, sus ojos verdes y su tez nívea, lo cual agradaba a muchos hombres. Sin embargo, era la exuberancia de María lo que había llamado siempre la atención de prácticamente el total de los chicos que se les habían acercado en su adolescencia, y de los hombres que se habían cruzado en su camino después. La larga cabellera morena y ondulada de María combinaba a la perfección con las curvas de su cuerpo. Sus enormes ojos castaños brillaban incluso bajo las luces estroboscópicas del lugar.

Dana siempre se había considerado bonita, pero recatada. En cambio, María era radiante y explosiva. No culpaba a la mayoría de hombres por decantarse por ella.

—Con esa pinta de Sonny Crockett no creo que lo consiga.

Dana se carcajeó ante la ocurrencia de su amiga. Había dado en el clavo. El aspecto ochentero del mirón cuadraba perfectamente con el *look* de *Corrupción en Miami*. Solo que a Don Johnson la chaqueta le sentaba mucho mejor. Este parecía llevarla una talla más pequeña. Aunque al menos, se consoló, rondaba la treintena.

—¡Ahí está! —María se puso en pie, se atusó el pelo y cogió su bolso—. ¡Deséame suerte!

Dana chocó contra el respaldo ante el ímpetu del beso que le dio su amiga justo antes de salir disparada hacia la barra, donde un chico —que Dana reconoció como Claude por las fotos que había visto de él— ya pedía una copa.

—Primera prueba superada —murmuró Dana para sí en actitud de madre protectora.

Claude le había parecido demasiado guapo cuando María le enseñó la foto que tenía en el perfil del foro; y arrebatadoramente atractivo cuando le fue mostrando otras que le había ido enviando a su correo electrónico una vez que habían afianzado su amistad, e incluso más joven de los treinta años que decía tener. Tanto, que había albergado serias dudas de que fuera él de verdad. Pero ahí estaba, dándole a su amiga tres besos en las mejillas, a la francesa, sonriéndole mientras le ofrecía un taburete a su lado y con un gesto volvía a llamar al camarero.

Se los quedó mirando. Hacían una pareja de anuncio. María era poco menos que una *top model*, aunque jamás se había interesado por nada que no fueran sus estudios de medicina hasta lograr un puesto de cirujana. El poco tiempo que tenía libre lo dedicaba a cuidar del cuerpazo que Dios le había dado y a encontrar el amor. Esto último no le había salido nada bien en los quince años que ella la conocía. Esperaba que esta vez fuera la definitiva.

—Hola. ¿Puedo sentarme? —Para cuando pudo reaccionar, el doble de Sonny Crockett ya estaba sentado frente a ella—. ¿Vienes mucho por aquí?

Dana puso los ojos en blanco. Estaba demasiado cansada para aguantar a un pelmazo.

—La verdad es que no.

Él no dijo nada más. Solo se la quedó mirando. Y después, lo vio desviar la mirada hacia la barra. Concretamente, donde se encontraban Claude y María. En el fondo, no le sorprendía. Ya había pasado por eso muchas veces.

—Si le habías echado el ojo a mi amiga, lo siento, pero ya está acompañada. Y yo no quiero compañía.

Sabía que había sido demasiado grosera, pero prefería dejar las cosas claras desde el principio y no dar pie a que el tipo se hiciera ilusiones. Sin embargo, él hizo como si no la hubiera oído.

—Mi nombre es Miguel. ¿Puedo saber el tuyo?

—Me llamo Dana —dijo con desgana. Pero eso era en lo único en lo que iba a ceder—. Y te repito, prefiero esperar sola a mi amiga.

Al ver que no se movía, agitó una mano indicándole que se largara.

—Hola, Dana. Es un placer conocerte. —Para su asombro, él le cogió de la punta de los dedos y le besó el dorso. Después se inclinó sobre la mesa y se acercó hasta casi rozarle la nariz—. Ahora escúchame con atención. Tú y yo vamos a quedarnos aquí sentados, como si estuviéramos disfrutando de nuestras bebidas y de la conversación. En algún momento, yo me levantaré y me iré, pero tú te quedarás aquí sentada hasta que te termines esa copa.

Por un momento, Dana se quedó atrapada en su mirada. Parecía decirle con sus oscuros ojos mucho más que con sus incongruentes palabras. Su expresión había cambiado, era como de alarma, y a pesar de sus extravagantes ropas y su pelo engominado y repeinado hacia atrás, sus facciones le advertían de que nada era lo que parecía.

—¿Y por qué iba a hacer eso?

—Porque, de lo contrario, es posible que no vuelvas a ver nunca más a tu amiga.

Dana enmudeció. ¿La estaba amenazando? Se envaró y tomó aire. Le iba a soltar cuatro frescas a ese tipo. Sin embargo, él le apretó la mano con fuerza, la justa para mantenerla atrapada pero sin hacerle daño.

—Si esa es una nueva estrategia para ligar, te advierto que conmigo no te va a funcionar.

Una vez más, él ignoró sus palabras. Ella siguió la línea de su mirada y pudo ver a Claude dirigiéndose a los aseos. Detrás entró otro hombre que se le parecía mucho. Miguel alias Sonny Crockett se puso en pie de inmediato y habló hacia el bolsillo de su americana blanca, de donde colgaban unas gafas de sol.

—El encuentro se va a realizar en los aseos.

—¿Perdona? —Dana estaba segura de haber entendido mal—. Aquí no va a haber ningún encuentro. Ya te he dicho que...

—Asensio, conmigo —siguió diciendo, sin mirarla a ella y echando mano a algo a su espalda. A pesar de la oscuridad, Dana pudo reconocer una pistola. Se quedó sin respiración—. Suárez, tú no les quites ojo a las chicas. Grupo dos, controlad las salidas y el aparcamiento. Cualquier vehículo sospechoso. Cualquiera —recalcó.

—¿Con quién estás hablando? —Dana estuvo a punto de levantarse, pero él la sujetó por un hombro y la obligó a permanecer sentada.

—Quédate aquí, como te he dicho. —Su voz se había vuelto ruda y exigente—. Si tu amiga vuelve a sentarse contigo, déjala hablar solo a ella. Si no viene, tú no vayas a la barra bajo ningún concepto. Y pase lo que pase, no salgas del local hasta que esa mujer de allí te lo indique. —Miró hacia la barra, donde un hombre y una mujer parecían beber y charlar sin más. La mujer saludó con la mano de forma muy sutil—. En marcha.

Dana observó en silencio los acontecimientos. El tal Miguel se dirigió a los aseos, seguido por el hombre que acompañaba a la chica que ahora la miraba fijamente. La repentina presencia de María frente a ella la sobresaltó tanto que no pudo evitar soltar un grito.

—¡Es aún más perfecto de lo que imaginaba! —espetó con los ojos entrecerrados.

—No me digas. —Dana no dejaba de mirar hacia los aseos—. ¿Adónde ha ido?

—¿Claude? Al baño. Creo —añadió, apurando su copa con dificultad, como si fuera la décima que se tomaba—. Cuando salga nos marcharemos al pub de un amigo suyo. Aquí hay demasiado ruido y no podemos hablar tranquilamente.

—Eso podría haberlo pensado antes de citarte aquí, ¿no crees? —Escrutó el rostro de su amiga. Estaba verdoso. Algo no iba bien—. ¿Qué estás bebiendo?

—Un cóctel. Tiene un nombre francés, no sé, me lo ha pedido Claude.

—Tienes mala cara.

—Me siento como flotando en una nube.

—María. No bebas más. —Tomó su rostro entre las manos, buscando su mirada. Parecía estar en trance—. María, tú eres la doctora. ¿No te parece que un par de sorbos de lo que sea no debería ponerte así?

Apenas le había arrancado la copa de las manos cuando oyeron voces que parecían gritar por encima de la música. Dana observó con incredulidad cómo varias personas corrían despavoridas hacia la salida y otras hacían un corro en la entrada de los aseos. Segundos después, el círculo humano se abrió dejando paso a dos hombres que arrastraban a otros dos, esposados, hacia una de las salidas de emergencia.

—¡María! Ese es Claude —exclamó Dana poniéndose en pie para ver mejor.

Cuando se giró hacia su amiga, esta tenía una mejilla pegada contra la mesa.

—Tenemos que hacer que vomite —le indicó abruptamente la chica de la barra a la que Miguel había indicado que las vigilara y a la que no había visto ni tan siquiera acercarse.

Dana pestañeó confusa. Todo estaba pasando tan rápido que no era capaz de asimilarlo. Y la tal Suárez ya le estaba metiendo dos dedos hasta la garganta a María.

—¿Vas a ayudarme? —preguntó con tono exigente antes de hablar como al aire—. Que entren los sanitarios. A esta también la han drogado.

Con el corazón a mil por hora, Dana abrazó a su amiga por la espalda, sosteniéndola bajo las axilas mientras Suárez insistía en que vomitara.

Un minuto después, justo cuando dos mujeres con chaleco fluorescente y una mochila acudían a su mesa, María convulsionó y arrojó por la boca todo el contenido de su estómago.

Las siguientes horas, no dejaría de arrojar sollozos y lágrimas.

Nadie había reparado en él. Pero había sido un espectador en primera fila. Había ido allí para cerciorarse de que el encuentro y sustracción se realizaba de forma exitosa y sin incidentes, y se había encontrado con el mayor de los desastres posibles. Por suerte, la oscuridad del local y la afluencia de clientes lo habían ocultado lo suficiente como para parecer uno más entre la masa y no uno de los interesados en que la mujer acabara en el Alfa Romeo que esperaba en el aparcamiento. El mismo vehículo que ahora una grúa de la policía se llevaba al depósito tras arrestar a su conductor. Había hecho bien en entrar y dejar solo al italiano. Confiaba en haber llegado con la suficiente antelación como para que ningún policía lo hubiera visto salir del vehículo. También esperaba que las cámaras que había ordenado desconectar no le delataran. Si la habían pifiado con el lugar de encuentro, tal vez también lo habían hecho con la parte técnica.

Estaba claro que a veces las cosas tenía que hacerlas uno mismo si quería que salieran correctamente.

Ofuscado, cogió el móvil y pulsó el botón de rellamada.

—Sí, soy yo. Escucha, ha sucedido algo inesperado. Han detenido a Pierre. Bueno, también a François y al recadero de tu socio italiano.

Los gritos al otro lado del teléfono no se hicieron esperar. Aguantó el chaparrón antes de responder.

—Tranquilo, a mí nadie me ha visto. Lo resolveré antes de que a alguno se le ocurra abrir la boca. Tienes mi palabra.

Y con ese objetivo en mente, se marchó del local sin que nadie en el aparcamiento se fijara lo más mínimo en él.

El inspector Ángel Ribera observó a Pierre Tocqueville a través de la ventana de la sala de interrogatorios.

El muy cabrón parecía recién llegado de su hotel de cinco estrellas a pesar de haber pasado la noche en el calabozo. Se había lavado la cara, por lo que la sangre que habían derramado sus fosas nasales cuando Ángel lo golpeó en los aseos del Delirium ya no manchaba su rostro de muñeco Ken. Su chaqueta de niño bien, abotonada por completo, solo ocultaba parcialmente la mancha rojiza de su camisa. Y la nariz, aunque no rota, sí que estaba algo hinchada. Ángel se regocijó en esa pequeñez antes de abrir la puerta, al igual que le había llenado de placer que él tratara de atacarlo cuando le había dado el alto la noche anterior tras identificarse. Golpearlo había sido una obligación. Un solo puñetazo y había caído al suelo como el mindundi que era. Ni siquiera había tenido que sacar el arma, cosa que siempre era de agradecer.

—*Bonjour, Monsieur Tocqueville* —saludó al entrar con tono irónico, sentándose frente al detenido y empujando un café de la máquina hasta que estuviera al alcance de sus manos esposadas—. ¿Ha dormido bien el señorito?

—No voy a hablar con nadie que no sea mi abogado —dijo con voz calmada a la vez que retiraba lentamente el vasito de papel hacia un lateral, sin separar ni un instante la vista de la fría mirada de Ángel—. Y aunque cambies de aspecto, sé que fuiste tú quien me golpeó y me detuvo sin motivo anoche. Estás acabado, *con*.

Ángel alzó una ceja mientras bebía de su propio café, observando al niño de papá que se creía que con dinero todo se podía comprar.

—Mi francés no es perfecto, pero llega hasta eso tan

feo que me acabas de llamar. Insulto que ha quedado registrado por aquella cámara y que añadiré a tus cargos. —Señaló hacia una esquina con el dedo pulgar, por si él dudaba de que todo en aquella sala estaba siendo grabado. Pausadamente, se levantó y volvió a acercar el café hasta él—. Al contrario que tú, nosotros no vamos envenenando las bebidas de nadie. Va a ser un día muy largo. Yo que tú me bebería eso.

—No quiero café, ni conversación. Quiero a mi abogado. Y que te largues de aquí.

Ángel negó con la cabeza y con la lengua golpeó su paladar repetidas veces. Después se recostó contra el respaldo de su silla y subió los pies sobre la mesa.

—Tu abogado se está retrasando. O tal vez se haya dado cuenta de lo hundido en la mierda que estás y ni se moleste en venir.

—Vendrá —fue lo único que dijo tras largos segundos en los que Ángel no vio ni duda ni miedo en sus ojos. Al parecer, se creía muy bien respaldado.

—Si tú lo dices. —Con indiferencia, Ángel se rascó la nuca, echando en falta el pelo que se acababa de cortar—. Pero ya solo con cargos como los de posesión de drogas, envenenamiento y usurpación de identidad, te van a caer unos cuantos años, *Claude Clermont* —leyó de un documento de identidad que sacó de una carpeta y que lanzó sobre la mesa hasta hacerlo chocar contra el vasito de café que Pierre ni había tocado.

El detenido lo miró de reojo antes de apartar la mirada hacia el infinito.

—¿No dices nada? Mejor, porque no harías más que estropearlo. Aunque quiero que sepas que estos cargos menores a mí no me interesan. Eso sí, me vienen de perlas para retenerte hasta que reunamos pruebas suficientes contra tu padre y su organización criminal.

Esta vez las palabras de Ángel calaron hondo en Pierre. Él lo vio enseguida, pues todo su cuerpo se tensó solo con mencionar a su padre.

—Mi padre es un honrado hombre de negocios. No encontraréis ninguna irregularidad en sus casinos ni en sus otras empresas.

La carcajada de Ángel hizo eco en los escasos diez metros cuadrados de la sala de interrogatorios.

—¿Honrado? Me sorprende hasta que seas capaz de pronunciar esa palabra. Honrado, dice —masculló para sí, riéndose de nuevo—. Pero yo no soy un inspector del fisco. Lo que busco es evitar lo que tú estabas a punto de hacer anoche.

—¿Echar un polvo con una chica guapa? —El miserable se encogió de hombros y se retiró el flequillo con cierta dificultad por las esposas, pero con un gesto estudiado que se notaba que hacía con frecuencia—. Eso no es un delito.

—Lo es si la drogas a escondidas. Y si lo que buscas no es un polvo consentido de mutuo acuerdo, sino secuestrarla para traficar con ella. Como con otras tantas.

Trató de mantener el rostro impasible, pero la nuez, subiendo y bajando lentamente al tragar saliva con dificultad, delató lo poco preparado que estaba para hacer frente a un interrogatorio. El muy insolente parecía asumir que nunca lo pillarían. Craso error.

—Eso es absurdo —negó finalmente.

—Ojalá. Pero es un negocio muy rentable, ¿verdad?

Personas que por sus circunstancias laborales y familiares se tarda en echar en falta. Para cuando se denuncia su desaparición, ya están muy lejos, en manos del selecto cliente que ha escogido ese perfil en particular. Hombres y mujeres jóvenes, atractivos, cultos... Eso tiene un precio muy alto en vuestro mercado de esclavos de lujo. Pero se os ha acabado la fiesta.

Ángel abrió la carpeta que reposaba sobre la mesa y le mostró parte de la valiosa documentación que, tras años de investigación, les incriminaba directamente a él y a su primo, y de forma indirecta al pez gordo en todo aquel asunto, André Tocqueville, su padre. Aunque desde hacía dos años, a quien Ángel y su equipo trataban de dar caza por encima de todos era al hermano mayor de Pierre, Damien, por motivos que ya habían rebasado la frontera de lo profesional.

Tratando de mantener la mente fría y no dar ningún paso en falso, Ángel se centró en el más joven de toda una familia de delincuentes tan inhumanos que eran capaces de hacer cualquier cosa por dinero.

—Tenemos pruebas que relacionan a más de un Tocqueville con la desaparición de varias mujeres en los últimos años. Vuestro amiguito del Alfa Romeo no parece saber mucho, apostaría que es el último mono en todo esto. En cambio, tu primo François está cantando como un pajarito en la sala de al lado —mintió, porque se había cerrado en banda y no respondía ni a provocaciones, pero eso él no lo podía saber—. Dirá todo lo que haga falta para librarse de la cárcel, aunque con ello os arrastre a ti, a tu hermano y a tu querido papaíto. Y a quien haga falta. De momento, ya sabemos lo de la casona de Marsella y el nombre del cliente italiano que se quedará sin su último encargo. *Il signore Luchetti.*

Esta vez no mintió, por lo que nadie podría acusarle de saltarse las normas. La policía francesa, con la que llevaban colaborando varios años, les había pasado información sobre una lujosa mansión donde sospechaban que se retenían a las personas secuestradas antes de entregárselas a sus compradores. Y lo único que decía conocer el chófer del Alfa Romeo era el nombre del destinatario de su «envío».

Ángel ocultó una mueca de satisfacción al percibir cómo la cara le mudaba por completo. Al parecer el farol que se acababa de marcar había sido todo un acierto.

Pierre no se esperaba en absoluto que sus errores lo llevaran a la cárcel, pero eso no era nada comparado con lo que le sucedería por haberse dejado cazar. No estaba dispuesto a arriesgarse, por nada ni por nadie.

—Quiero hacer un trato —declaró, mirando de reojo hacia la cámara.

—¿Un trato? —Ángel se masajeó las sienes y puso los codos sobre la mesa. Le dolía la cabeza, y no estaba para tonterías de niños mimados—. Mira, chaval. Creo que no te enteras. Con los delitos de los que se te acusa, por mucho que confieses, ningún trato te librará de la cárcel.

—No es eludir la cárcel lo que quiero a cambio de darte nombres y localizaciones —siseó, como queriendo evitar que alguien más allá de esas paredes lo oyera. Después lo miró, evaluándolo, buscando dentro de sus ojos al hombre más allá del policía—. Además de algo que estoy seguro que te interesará mucho, y que, hasta que no lo veas con tus propios ojos, no te lo vas a creer.

Ángel había estado en muchos interrogatorios, y había presenciado todo tipo de tretas para librarse de los cargos que se les imputaban a los detenidos. Y algo le decía que aquel miserable no se la estaba queriendo jugar. Era el miedo en sus ojos tras ser consciente de que el cerco a aquel entramado se estaba cerrando, la forma de restarle importancia al hecho de ir a la cárcel, la seguridad con la que decía disponer de un dato más relevante para él que el lugar donde encontrar a su familia de delincuentes. Las palabras podían ser falsas, pero las miradas eran mucho más sinceras.

—¿Y qué pides a cambio de esa jugosa información?

—Dos cosas: no tratar con ningún otro poli que no seas tú. Y desde hoy mismo, protección.

Ángel no sabía cuál de las dos peticiones le sorprendía más.

—Yo soy quien lleva este caso, así que no hay problema en vernos las caras más de lo que me gustaría. Pero ¿protegerte? ¿De quién? ¿De otros reclusos?

—No. —Esta vez, cuando tragó saliva, Ángel pudo incluso oírla bajar por su gaznate—. De...

—No digas nada más, Pierre. —La puerta se abrió de golpe y un hombre exageradamente corpulento, con más aspecto de lanzador de peso que de abogado, irrumpió en la sala de interrogatorios—. A partir de ahora solo responderás a las preguntas que yo considere pertinentes. No estará acosando a mi cliente, ¿verdad, inspector Ribera?

—Cortázar. —Ángel se reclinó en su asiento y lo miró de arriba abajo de forma deliberadamente beligerante—. Debería haberlo imaginado. Solo una rata podría defender a ratas aún más sucias que ella.

—Pienso solicitar la grabación de esas palabras, Ribera.

—Como quieras. ¿Empezamos? Tu cliente estaba a punto de...

—Quiero hablar a solas con mi abogado —se apresuró a solicitar Pierre.

Ángel pudo vislumbrar un destello de pánico en su mirada. Parecía que la presencia de quien iba a defenderlo lo asustaba más que tranquilizarlo.

—Ya lo has oído, Ribera. Fuera.

Negándose a parecer irritado, Ángel se terminó su café antes de levantarse.

—Esta conversación no ha terminado —les advirtió desde el quicio de la puerta.

—*Maison ouverte, rend voleur l'homme honnête* —murmuró Pierre con la mirada clavada en los ojos de Ángel, quien no logró entender más que palabras sueltas de un idioma que no dominaba al cien por cien.

No había dado ni tres pasos fuera de la sala cuando el oficial Iván Asensio lo interceptó en el pasillo.

—¿Has visto eso? —La cara del miembro más antiguo de su equipo delataba que no había dormido ni una hora esa noche. Esa era la detención más importante en años de investigación, y la esperanza se cernía sobre él por primera vez desde la muerte de Lucía, su compañera laboral y sentimental—. ¿Cómo le ha cambiado la cara al ver a Cortázar?

—Sí. —Ángel sabía que Iván había estado observando al otro lado del cristal de la sala de interrogatorios. Solo él en esa comisaría estaba aún más interesado que el propio Ángel en atrapar a todos los implicados en aquella red de tráfico humano—. No era a él a quien esperaba. Y la sorpresa no le ha gustado mucho.

—A mí tampoco. —Asensio se frotó la cara y se dejó caer contra la pared—. Lo que fuera que quisiera decirnos, ya no lo hará —resolvió, a lo que Ángel asintió—. Si Cortázar solo hubiera tardado unos minutos más en aparecer, tal vez habría firmado ese trato del que hablaba. ¿No crees?

—Totalmente. —Ángel miró a su amigo. Estaba flaco, demacrado y deprimido. Incluso llevaba su fino cabello rubio lacio y despeinado, con un flequillo que le tapaba los antes risueños ojos azules que ahora estaban apagados y hundidos. No quedaba en él ni la más mínima chispa del alegre y divertido Iván que se había enamorado de su compañera de equipo en contra de toda norma y había defendido su relación sin importarle perder su placa. Sin embargo, el destino les había puesto una terrible zancadilla. Ella había muerto en acto de servicio. Y ahora él solo se centraba en dar con los culpables y encerrarlos de por vida. Ángel no lo deseaba menos que él—. Así que tenemos unas horas para pensar cómo volver a convencerlo.

El gesto derrotado de su subordinado mudó por completo ante sus palabras. Y sus ojos brillaron con esperanza.

—Voy a buscar a Suárez.

—Ya estás tardando.

Le golpeó el hombro con camaradería mientras salía disparado a buscar a la más perspicaz de quienes integraban el equipo y se dirigió a su despacho. Tenían mucho que pensar y muy poco tiempo.

2

Era el cuarto café que Ángel se tomaba esa mañana. La oficial Cristina Suárez los había traído de la máquina de la sala de espera, puesto que era ligeramente más aceptable que el de la sala del personal. Aun así, de no ir a contrarreloj en busca de una forma de hacer hablar a Pierre Tocqueville sin que su abogado estuviera presente, habrían ido a tomarlo a la cafetería de abajo, junto con algo sólido que llevarse a la boca.

Desde los cruasanes y los cafés de verdad que había subido él mismo a las ocho de la mañana tras una noche de lo más movidita en comisaría, no habían ingerido nada más que esa agua sucia que hacían pasar por café. Ni siquiera habían pasado por casa para ducharse y cambiarse de ropa.

Por eso, tras el intento fallido en el lavabo de deshacerse de la gomina con la que había embadurnado su pelo para ir al Delirium, Ángel se había detenido frente a una peluquería que quedaba entre la comisaría y el bar donde había ido a buscar los desayunos. A la pregunta que le había hecho a la peluquera: «¿Puedes hacer algo con esto en quince minutos?», ella le había respondido: «En veinte», y había cumplido muy puntualmente, dejando como resultado un peinado bien distinto a su estilo habitual, pero que no le disgustaba en absoluto. Solo tenía que acostumbrarse a no encontrar apenas pelo cuando se rascara la nuca en uno de sus gestos más característicos cuando se sentía nervioso o desconcertado, como en ese preciso momento.

—Esto es un callejón sin salida —se lamentó Asensio, frotándose la cara con frustración.

Sentada frente a él estaba su compañera de equipo, con aspecto fresco y cuidado, una pulcra coleta bien estirada recogiendo una melena negra que nunca lucía suelta y el rostro al natural, sin una gota de maquillaje. Solo unas gafas ocultaban sus bonitos ojos grises cuando pasaba mucho rato frente al ordenador.

La joven oficial no parecía haber pasado la noche en vela como Iván y Ángel, y estaba enfrascada en repasar una y otra vez la grabación de la conversación entre su inspector y el detenido, tratando de descifrar qué era lo que sus palabras escondían y por qué se había cerrado en banda una vez que su abogado había llegado. Un abogado al que, por raro que pareciera, no tenía pinta de alegrarse de ver.

De ese detalle habían deducido que no había sido a él a quien había dirigido su única llamada esa madrugada al llegar a comisaría. Tal vez a André Tocqueville, habían razonado, y había sido su padre quien le había proporcionado la defensa que se había presentado. El abogado con peor fama de toda la ciudad. Los culpables eran su especialidad, y por desgracia, dejarlos en la calle su sello de garantía.

Suárez auguraba que, esta vez, Cortázar no iba a sumar otra victoria a su lista. Ella iba a poner todo su esfuerzo en evitarlo. Y sabía que su equipo contaba con que ella encontrara un detalle que a ellos se les hubiera escapado.

Había ocupado el lugar de la oficial Lucía Varela cuando esta cayó en acto de servicio, y lo había hecho por petición expresa del inspector Ribera. Aquello la había llenado de orgullo y, aunque por suerte ya se le había pasado, también le había hecho colarse un pelín por su jefe. Que estuviera más bueno que el pan no había ayudado, pero pronto percibió que él no la miraba de forma distinta a la que lo hacía con Asensio, así que trabajar codo con codo con aquel pedazo de hombre había acabado siendo una rutina más.

El comisario Andrade le había advertido de que su brillante expediente como primera de su promoción no serviría de nada si no daba la talla en casos reales. Que tenía suerte de que Ribera hubiera peleado por tener una mujer en sus filas, aunque fuera una novata, rechazando al sustituto de Varela que el propio comisario tenía en mente, el oficial de estupefacientes, Carlos Hernández.

Ahora sabía que Hernández era un mequetrefe y ni ella misma habría querido a ese oficial como miembro de su equipo. Aun así, desde el primer día trabajó duro para demostrar su valía y no dar una sola oportunidad de cambiarla de departamento. Ella quería casos grandes, y policías de la talla de Ribera y Asensio como compañeros. Sus nombres habían traspasado las fronteras de aquella comisaría, llegando a prácticamente todas las del país tras el episodio de la muerte de la oficial Varela. A pesar de la trágica pérdida, varios peligrosos delincuentes fueron detenidos, y la joven víctima puesta a salvo.

Ella quería formar parte de todo aquello, y cerrar el caso cuanto antes. Sin embargo, a pesar de sus habituales ideas brillantes y puntos de vista alternativos, esta vez estaba completamente perdida.

Volvió a mirar el tablón donde, desde hacía ya años, se plasmaban las fotos de los sospechosos y los datos más relevantes de los secuestros a la carta de una red criminal que sabía muy bien cómo ocultar sus pasos. Pero que, de vez en cuando, dejaba un pequeño rastro de su porquería por el camino.

El cadáver de un proxeneta desleal hacía unos meses. Al parecer, querer ir por libre no estaba bien visto en aquella organización. La detención de un supuesto gestor, quien realmente blanqueaba dinero de los múltiples negocios del cabeza de la familia Tocqueville: casinos, empresas de apuestas deportivas, concesionarios de coches de lujo, venta de animales de pura raza... Cualquier cosa que moviera millones.

Los de blanqueo de capitales le tenían tantas ganas a André Tocqueville como su propio equipo, si bien ellos siempre se topaban con empresas fantasma y cabezas de turco como aquel contable que había asumido la culpabilidad de los cargos sin que nada salpicara a su jefe. Demasiado sospechoso, pero sin prueba alguna ni acusación directa, André se iba de rositas una y otra vez.

Ellos acababan de cazar al pequeño de los Tocqueville, sin antecedentes hasta el momento, tal vez porque con veintitrés años no le había dado mucho tiempo a tomar parte en los negocios familiares. O porque su *modus operandi* iba acorde a su edad: se había movido por internet, entre las redes sociales, captando a sus víctimas de un modo tan fácil como seguro. O eso había creído él. Los especialistas en la Red de la Policía Nacional eran aún mejores que él.

—¿Qué es eso último que le ha dicho antes de irse, inspector? —Suárez retrocedió en la grabación y la volvió a poner a un volumen más alto—. Esas palabras en francés.

—Algún otro insulto —dedujo Asensio, jugueteando con su cajetilla de tabaco, muriéndose por encender uno. Pero no pensaba moverse de allí ni para fumar hasta dar con algo a lo que agarrarse. Necesitaba aquello aún más que la nicotina de la que no era capaz de desengancharse—. Si no, no lo hubiera murmurado.

—O precisamente lo ha murmurado porque imaginaba que nosotros repasaríamos la grabación mientras él estaba con su abogado. ¿Sabéis si Cortázar habla francés?

Sería de esperar si su defendido contaba con esa nacionalidad, si bien dominaba el español ya que llevaba desde la adolescencia en España, el país que su padre había elegido como extensión de los lucrativos negocios que había comenzado de muy joven en Francia.

—Sé que habla inglés con fluidez, lo oí en un juicio al que asistí y que el muy cabrón ganó por falta de pruebas. —Ángel apretó la mandíbula rememorando aquel día—. Dejó en la calle a un narco de los gordos. Por suerte, lo pillaron a los pocos meses en una furgoneta cargada de jaco hasta la bandera. Pero francés... ni idea.

—Yo creo que contaba con que él no lo entendiera —insistió Suárez, indicándole a su jefe que se acercara a la pantalla para verla mejor—. Y mire, le está mirando fijamente a usted, como si fuera un mensaje directo. Personal —se aventuró, guiada por su instinto.

Como no era la primera vez que las suspicaces impresiones de Cristina daban en el blanco, Iván se levantó y se acercó al ordenador de su compañera para comprobar lo que esta creía estar detectando. Un mensaje oculto, tal vez una clave sobre lo que pretendía haber contado antes de verse interrumpido.

—Solo capto algo sobre una casa y un hombre —concluyó Ángel tras varias reproducciones de aquella parte del vídeo. Frustrado por su mal oído con el idioma, sacó su móvil del bolsillo de su pantalón—. Voy a llamar a Chevalier. Ten la grabación preparada.

Marcó el número de Caori Chevalier, su contacto en la gendarmería francesa. Tras largo tiempo colaborando en la búsqueda de pruebas para un caso que iba más allá de las fronteras de ambos países, se había generado una confianza suficiente como para poder llamarse para consultar una duda como aquella. Además, ya habían hablado a primera hora de la mañana, cuando Ángel la había puesto al tanto de las nuevas detenciones.

Ella le había felicitado por ello, y se había comprometido a usar sus contactos en los Carabinieri para estrechar el cerco sobre el tal Luchetti. En sus doce años al frente de investigaciones de ese tipo, había trabajado codo con codo con la policía italiana en múltiples ocasiones. Y le debían un par de favores.

No hicieron falta muchas explicaciones. La inspectora francesa le tradujo la frase enseguida y Ángel apuntó las palabras en ambos idiomas.

—«*Maison ouverte, rend voleur l'homme honnête*» —dijo cuando colgó el teléfono— es un proverbio de su país. Viene a decir: «En casa abierta, el justo peca.»

La cara de Iván fue de absoluto hastío.

—¿Y qué cojones significa eso?

—Puede que nada relevante. Pero ya que lo ha dicho tras intentar hacer un trato, Chevalier cree que puede referirse a sí mismo, como si con esas palabras hubiera querido excusarse por lo que ha hecho. Podría querer colarnos que él, como miembro de una familia de delincuentes, se ha visto empujado a unirse al carro de los secuestros.

—O que, como ha tenido la oportunidad, la ha aprovechado —aportó Suárez, releyendo las palabras que Ángel había escrito—. Cuando lo has vivido desde crío y has visto los millones que mueve, es un negocio demasiado suculento como para dejarlo pasar sin más.

Las palabras de Cristina hicieron que Ángel detuviera el paseo circular que estaba dando alrededor de la mesa. Él mismo se dio cuenta de que la elección de cierto adjetivo lo había hecho pararse en seco y pensar de inmediato en cierta mujer que la palabra «suculento» le había hecho recordar.

La había investigado como mero trámite, al igual que a su amiga, la víctima, pero tuvo que reconocer que se había parado a leer en internet algunos artículos sobre ella, los cuales en realidad no le servían de mucho para la investigación. Algunos, acompañados de fotografías. Y una de todas ellas era la que le había venido a la mente al oír la misma palabra que daba nombre al restaurante donde ella trabajaba.

Ninguno de los presentes se percató del lapsus de su jefe, quien se centró de nuevo al escuchar a Iván pensar en alto.

—¿Un chaval de su edad queriendo basar su defensa en el refranero popular? No me pega.

—Estoy de acuerdo. —Cristina apoyó a su compañero—. Pero también estoy segura de que no lo ha dicho por decir.

Tras unos minutos de silencio en los que las tres cabezas pensantes elaboraron todo tipo de conjeturas, Ángel tomó las riendas de su equipo y lo puso a trabajar en torno a lo que él consideraba más relevante.

—Aquí parados no hacemos nada. Asensio, revisa cada una de las pertenencias de Pierre Tocqueville, lo que llevaba encima y todo lo que han traído de su habitación de hotel. A ver si encontramos el detonante que le haga hablar definitivamente.

—Marchando. —El aludido salió disparado hacia la puerta, tan deseoso de fumarse ese cigarrillo como de revolver entre las cosas del detenido. Estaba seguro de que iba a encontrar algo más que interesante.

—¿Y yo, jefe? —Cristina se puso en pie y se quitó las gafas, dispuesta a ser concienzuda con lo que fuera que su inspector le encargara.

—¿Cuál sería tu siguiente paso?

Ella abrió la boca pero la cerró de inmediato. Porque ya conocía a su jefe lo suficiente, sabía que él tenía algo en mente, pero pretendía que ella lo viera por sí misma. O que le dijera algo todavía más apropiado que ni a él mismo se le hubiera ocurrido.

Como no quería defraudarle, se pensó unos segundos más su respuesta.

—Repasaría las conversaciones del foro entre la víctima, María Uribe, y Pierre Tocqueville, tratando de relacionarlo con estas palabras que parecen llevar un significado oculto. Buscaría más proverbios, o alguna referencia a la cultura popular francesa. Pero...

—¿Sí?

Él alzaba una ceja, por lo que supo que lo que acababa de proponer era secundario para él.

—Primero iría a ver si los informáticos ya han accedido a los archivos del ordenador portátil que se encontró en su habitación del hotel. En él debe de haber información de primera mano sobre esta entrega y muy posiblemente sobre otros secuestros. Tal vez, incluso alguna pista sobre... el paradero de su hermano.

Esto último lo dijo más bajito, y no se habría atrevido a mencionarlo si su compañero no se hubiera marchado ya.

—Me has leído la mente —admitió Ángel, e hizo un gesto con la cabeza hacia la puerta—. Ya estás tardando.

Satisfecha con haber dado en el clavo, comenzó a recoger sus cosas de la mesa. Sin embargo, se paró en seco cuando el comisario Andrade entró en la sala de reuniones sin llamar y dando un portazo tras de sí.

—¿Está ya ese informe, Ribera?

El tono de voz no era más alto de lo habitual en el

comisario, si bien la seriedad con la que hizo la pregunta demostraba que aún no se le había pasado el enfado. Sus oscuras y pobladas cejas fruncidas con fuerza corroboraban esa teoría, al igual que la fina línea de sus labios apretados. Todo él imponía sin necesidad alguna de gritar, aunque cuando lo hacía temblaban hasta las paredes.

Cristina había mantenido el tipo hacía escasas horas, cuando Ángel había informado al comisario de la detención de los primos Tocqueville y el chófer italiano en una operación improvisada de la que no le había podido dar aviso. Los gritos de Andrade habían dejado en silencio a media comisaría. Y Ángel había pedido disculpas por haber vuelto a mover ficha sin informarle primero, pero no había agachado la cabeza ni pestañeado una sola vez. Estaba claro que no se arrepentía de su decisión, aunque esta le pudiera haber costado la placa, con el agravante de reincidencia. Por suerte, en esta ocasión no había cadáveres que lamentar. Tal vez por eso el cabreo de Andrade se hubiera mitigado, ligeramente, lo justo para hablar de forma pausada y en apariencia tranquila.

—Aún no, comisario. —La voz de Ángel fue firme y tranquila.

—¿Y se puede saber por qué?

Guillermo Andrade se cruzó de brazos, dando un aspecto de gorila de discoteca plantado delante de la puerta. Su envergadura y sus ropas oscuras completaban el cuadro muy fielmente.

—El principal sospechoso está con su abogado todavía. Y necesito volver a hablar con él —explicó Ángel sin amedrentarse—. Además, me falta completar el testimonio de la víctima.

—¿No le tomó ya declaración anoche?

—Solo parcialmente —dijo sin más.

—Estaba muy afectada emocionalmente —intervino Cristina al ver que la respuesta no le había gustado nada al comisario—. Y aunque yo misma le hice vomitar para que expulsara toda la droga que le habían colado en la copa, no se encontraba en condiciones físicas para soportar una declaración con todos los detalles que le íbamos a solicitar.

El silencio flotó durante unos segundos en la sala, hasta que el teléfono de Andrade sonó en su chaqueta. Él lo miró y rechazó la llamada.

—Cuando llegue la chica que venga directamente a mi despacho. Yo mismo le tomaré declaración.

—¿Usted, señor? —El tono de Ángel revelaba más molestia que sorpresa.

—¿No dice que tiene que volver a hablar con uno de los Tocqueville? —Ángel asintió con la cabeza—. Entonces alguien tendrá que atender a la víctima.

—Yo puedo hacerlo —se ofreció rápidamente Cristina.

—Este caso es demasiado importante, señorita. —El aire de superioridad que empleó para dirigirse a ella la irritó, y no solo por lo de «señorita»—. Además, su jefe siempre se está quejando de que no le doy suficientes recursos. Ahora le ofrezco mi ayuda. ¿Piensa rechazarla?

—En absoluto, señor. Le agradezco su interés y su colaboración en el caso.

—Recuérdelo la próxima vez que se plantee actuar a mis espaldas —le advirtió antes de salir por la puerta, la cual no cerró de golpe, por lo que ambos comprendieron que el mal humor iba reduciéndose por momentos.

Era un castigo, Ángel lo sabía, pero mejor eso que ser suspendido de empleo y sueldo o que le retiraran la placa por saltarse las normas de nuevo. Aun así, el testimonio de la víctima era de vital importancia para el caso. Y el comisario Andrade hacía mucho que no se dedicaba a tomar declaraciones. Pasar toda la información al ordenador era largo y engorroso. No podía arriesgarse a que el más nimio detalle se quedara en el tintero.

—Te quiero en su despacho durante la declaración de María Uribe. Busca una excusa, la que sea, pero consigue estar presente. ¿Podrás hacerlo?

—Cuente conmigo, jefe.

—Siempre lo hago.

Con una sonrisa de oreja a oreja, Cristina salió de la sala, emocionada por tener algo así como una misión como infiltrada en un terreno tan hostil como el despacho del comisario Andrade. Una misión solo apta para astutos y valientes.

La comisaría no era como Dana la había imaginado. No había delincuentes esposados esperando sentados —como si de la consulta del médico se tratase— a que algún policía les cogiera por un brazo mientras con la otra mano se comía un dónut. Estaba claro que la influencia de las películas hollywoodienses distorsionaba la realidad sobremanera.

Aquel lugar se parecía más a una oficina bancaria, pensó, con mesas y ordenadores, alguna que otra planta para darle un toque acogedor, y muchos carteles de campañas publicitarias. Solo que en ellos no se ofrecían créditos a bajo interés ni vajillas por tus ahorros. La vista se le quedó clavada en uno en concreto antes de desviarla para evitar que María reparara en él. Y es que Dana jamás creyó que algo así pudiera suceder en su país, en su ciudad, a su propia amiga.

«La trata de personas es el segundo negocio ilícito más rentable del mundo», leyó fugazmente, y sintió tal escalofrío que el brazo que enhebraba con su amiga dio un respingo.

—Gracias por acompañarme, Dana. No me sentía capaz de traspasar esa puerta sola. Aunque ahora que ya estamos dentro, no me parece tan horrible.

La similitud de los pensamientos de ambas le robó una sonrisa, si bien no sentía gana alguna de sonreír. Aun así, lo había hecho esa mañana al ir a despertar a su amiga, que había dormido con ella en su cama. Pocas horas, pero algo habían dormido.

—No iba a dejar que vinieras sola, faltaría más. Aunque no me dejen estar presente, te esperaré hasta que acabes la declaración.

—Contarlo todo, otra vez, me va a costar mucho. —María respiró profundamente con los ojos cerrados. Al fin parecía entrarle el aire hasta el fondo de los pulmones. La noche anterior, la angustia apenas la había dejado respirar, mucho menos hacer una declaración oficial. Por suerte, el inspector Ribera había tenido a bien concederle esa noche para descansar y citarla a la mañana siguiente en comisaría—. Que estés aquí cuando acabe es un consuelo enorme.

El corazón de Dana volvió a sentirse ligeramente ahogado. Había estado a punto de perder a su amiga. Había estado a un solo paso de ser víctima del tráfico de seres humanos. Secuestros a la carta, les habían explicado con palabras que les resultaron casi imposibles de comprender. Un cliente en algún lugar había elegido el perfil en el que María encajaba. Después ella se había metido en aquel foro de internet donde, inocentemente, había dado demasiada información a la persona equivocada.

—¿Seguro que no quieres quedarte también esta noche en mi casa? ¿Unos días incluso? De verdad que no me importa, al contrario, me quedaría mucho más tranquila.

—No. —María apretó la mano de su amiga con fuerza—. Es mejor que retome la normalidad lo antes posible. Me niego a convertirme en una mujer asustada de por vida.

—Esa es una actitud encomiable. —La voz de la oficial Suárez fue como un bálsamo para ambas. Ella les diría dónde tenían que ir sin necesidad de tener que explicarle a un desconocido por qué estaban allí—. El comisario te está esperando.

—¿El comisario? —preguntaron ambas a la vez.

—Sí. El comisario Andrade quiere tomarte declaración personalmente. Este es un caso muy importante y tu testimonio puede ser clave. —Al ver la cara compungida de la joven a la que, la noche anterior, había tenido que meter la mano hasta la muñeca en la garganta para que echase las drogas que podrían haberla matado, Cristina sintió ternura y comprensión, pero a la vez vio una oportunidad de oro—. ¿Quieres que te acompañe, María? Puedo quedarme contigo durante la declaración, si quieres.

—Te lo agradecería mucho. —Tuvo que contenerse para no abrazarla—. Muchísimo.

—Dana —intervino Cristina con confianza, y sabiendo cómo se sentiría, le posó una mano sobre el hombro—, me temo que tú no podrás acompañarla.

—Ya contaba con ello, y lo entiendo. —Miró a su alrededor sumida en la resignación—. Esperaré por aquí.

—Tienes una salita de espera justo al final de ese pasillo. Hay prensa, casi toda de este siglo —bromeó—, y el café de la máquina es menos horrible de lo que cabría esperar.

—Genial, gracias. —Sonrió amablemente a la oficial y besó en la mejilla a María—. Búscame allí cuando acabes, cariño.

La joven asintió con la barbilla y siguió a una de sus salvadoras en dirección contraria a la que había tomado Dana.

Después de más de una hora de revistas arrugadas y un café que le estaba haciendo sonar las tripas, la mente de Dana rememoró todo lo ocurrido la noche anterior una vez más. Aunque, en esta ocasión, un recuerdo en concreto destacó entre el resto, impulsándola a salir de la salita e ir en busca del inspector.

Para su sorpresa, encontró rápidamente al inspector Ribera. Estaba de espaldas, colocando en un corcho con unas chinchetas un folio redactado a ordenador. La sencilla labor se le antojó ridícula después de hacer todo lo que ella sabía que había hecho la noche anterior. Sin embargo, se recordó a sí misma, ella también limpiaba pescado o pelaba patatas de vez en cuando, aunque habitualmente se dedicara a dirigir una cocina y a hacer arte con los alimentos.

—Hola, ¿inspector Ribera? —Como no pareció inmutarse, se acercó y le dio unos toquecitos en el hombro con un dedo. El susto que se llevó cuando él se giró fue tremendo—. Oh... disculpe. Buscaba al inspector Ribera.

—Lo tiene ahí mismo —le indicó el tipo que habría jurado que era el hombre que había salvado a su amiga la noche anterior, pero que desde luego no se le parecía nada una vez que le veías la cara—. Está entrando en su despacho.

Dana se volvió hacia donde le indicaba el hombre que ya se sentaba en una mesa cercana. Y vio a otro bien distinto caminar dentro de la pequeña sala. No podía ser.

—¿Seguro que ese es el inspector Ribera? ¿Ángel Ribera?

¿Le habría mentido también con el nombre cuando se había identificado y disculpado por utilizarla para que le hiciera de tapadera? Tal vez Miguel era el nombre de pila correcto y su mente cansada hubiera cambiado los nombres.

—Sí. Eso dice la placa de su despacho. ¿Lo ve? —Su tono fue bastante cortante—. Inspector Ángel Ribera.

—Sí, claro. —Algo ofendida, miró la plaquita que reposaba sobre su mesa y leyó de forma deliberadamente lenta su nombre antes de irse—. Oficial Carlos Hernández. Muchas gracias.

El hombre apenas volvió a mirarla y se concentró en su ordenador. Dana tampoco le prestó más atención y se dirigió al despacho en el que Ribera acababa de entrar. Unas persianas entreabiertas dejaban ver su interior a través de unas pequeñas ventanas. Y allí se podía distinguir a un hombre que no parecía en absoluto el que había simulado ligar con ella en el Delirium.

Para empezar, la media melena engominada y repeinada hacia atrás había desaparecido. Aquel hombre lucía un corte de pelo que dejaba su nuca despejada, mostrando un cuello ancho y fuerte. La parte superior definía mechones despuntados que se disparaban hacia arriba y hacia los lados, dándole un *look* descuidado, pero sin una gota de productos fijadores, como si cada pelo se dirigiera a capricho hacia donde quisiera. Así, la frente, amplia y ligeramente fruncida por el gesto que tenía mientras hablaba por teléfono, quedaba casi cubierta. Pero solo hasta que él se pasaba la mano y retiraba su pelo oscuro con un gesto inconsciente de frustración.

La ropa tampoco era del estilo ochentero que había hecho reír a María y a Dana nada más verlo. Debajo de una cazadora de piel marrón oscuro, que se comenzó a quitar nada más lanzar su móvil con desgana sobre la mesa, vestía una camiseta azul marino con cuello redondo y amplio, lugar por donde asomaban apenas las clavículas que anunciaban un par de hombros desmesuradamente anchos.

Dana estaba admirando los brazos bien definidos y —para su deleite— sin un solo tatuaje a la vista, cuando sintió que él la observaba también a ella.

—Adelante —leyó que pronunciaban sus labios, a la vez que un gesto de sus dedos invitándola a entrar se lo confirmaba. Dana traspasó la puerta y se quedó de pie junto a ella, mirándolo en silencio—. ¿En qué puedo ayudarte?

—Yo... Quería agradecerte lo de ayer. —Como él se limitó a mirarla enarcando una ceja, ella se paró a considerar que tal vez no la reconociera. El pub estaba oscuro, y ella iba muy maquillada, con la melena suelta y vestida para salir—. Soy la amiga de María, la chica de la mesa del pub que tú...

—Sé quién eres —la interrumpió con voz cortante—. ¿Qué tal está tu amiga?

La amable pregunta no cuadraba con su tono de voz ni con su expresión seria, pero hizo que Dana se relajara.

—Bueno, algo menos nerviosa que ayer.

—¿Y tú?

Aquella nueva pregunta sí que terminó de descolocarla. Sobre todo, porque esta vez iba acompañada de una mirada bien distinta. Sus ojos parecieron dulcificarse de repente. Incluso su postura se relajó cuando se dejó caer sobre el borde de la mesa.

—¿Yo?

—¿Las pesadillas te han dejado dormir?

—¿Cómo sabes que...? —Él volvió a alzar aquella perfecta ceja, y tuvo a bien mostrar su sonrisa a continuación. Una sonrisa sincera. Solo con eso ya le habría bastado para cautivarla en el pub. Se preguntó si él sería consciente de ello. Y se respondió a sí misma que no, o lo habría utilizado directamente. Así que su interés debía de ser real. El rubor recorrió su piel y un escalofrío la hizo estremecer—. Supongo que has conocido muchas personas en mi misma situación.

—Más de las que me gustaría. —Suspiró y se pasó la mano por la nuca, deteniéndose en seco en el nacimiento del pelo—. Por lo que imagino que tu amiga no ha pegado ojo.

—Ha pasado la noche en mi casa. Yo no he conseguido dormirme hasta que lo ha hecho ella, la verdad. Le metí un tranquilizante en el bizcocho de chocolate —se vio obligada a confesarle—. Espero que no me detengas por ello.

Aquello los hizo reír a ambos. Tras unos largos segundos de silencio, en los que solo se miraron, Dana carraspeó y añadió lo primero que le vino a la mente:

—¿Ayer llevabas peluca o es que te has cortado el pelo?

Ángel se volvió a rascar la nuca y rio entre dientes.

—Nos informaron del encuentro entre María y uno de los sospechosos en el último momento. No hubo tiempo de preparar gran cosa, así que improvisamos. Le birlé la chaqueta a Hernández, y usé la gomina que tiene siempre en su cajón. —Señaló hacia él con disgusto, ya que se le veía a través de las láminas de la persiana bajada—. Cuando oí cómo me saludaban por su nombre varias veces antes de salir por la puerta, decidí que me cortaría el pelo hoy a más tardar.

Con media sonrisa, Dana se vio obligada a volver a confesar.

—La verdad es que te he confundido con él hace un momento.

—No me digas eso...

Ambos volvieron a reír, y fueron conscientes de que el ambiente se estaba volviendo bien distinto. Acababan de crear una intimidad que hacía difícil ser el siguiente en volver a hablar. Como si lo que se dijera a continuación determinara qué iba a suceder entre ellos cuando Dana atravesara de nuevo aquella puerta para marcharse.

—¿Adónde se la habrían llevado? —El gesto de Ángel volvió a endurecerse—. ¿Qué habrían hecho con ella?

—No puedo darte detalles del caso, lo lamento. —Con repentino comportamiento profesional, se dispuso a ordenar unas carpetas de su mesa—. Es por seguridad.

—Claro, lo entiendo. Solo quería darte las gracias. Era para lo único que venía.

—No hay por qué darlas. —Las carpetas que ordenar se acabaron pronto, y él no tuvo más remedio que volver a mirarla—. Solo hago mi trabajo.

—Ya, claro. —Dana dudó si aquel repentino nerviosismo era auténtica humildad o falsa modestia. Apenas lo conocía, sin embargo, apostaba por lo primero—. Pero María es mi mejor amiga. Y eres tú quien ha evitado que acabara en un prostíbulo al otro lado del mundo o algo peor. Así que creo que lo menos que puedo hacer es darte las gracias. De mi parte y de la suya. Ahora le están tomando declaración. Otra vez —dijo con algo de hastío, pues la noche anterior ya había respondido a un sinfín de preguntas.

Después de examinarla de pies a cabeza como si estuviera memorizándola, Ángel cogió una bolsa que había sobre la mesa y se sentó en su asiento.

—Bien. Las acepto. Ahora acepta tú un consejo —comenzó mientras sacaba un kebab envuelto en una servilleta grasienta—. Vigila tus espaldas durante unos días. A María le pondrán vigilancia, pero no he podido conseguir lo mismo para ti.

Aquel comentario logró que Dana apartara la vista de la carne que se estaba cayendo lentamente sobre la mesa.

—¿Estoy en peligro?

—No para mis superiores. Pero entras dentro del perfil que esta organización busca. —Al ver que ella parecía no comprender, le dio más detalles de los que debería—. Eres joven, atractiva, con un talento particular que puede ser de gran interés y que aumenta tu valor. Además, tu color de pelo, ojos y piel es poco común. Y vives sola —añadió—. Objetivo aún más fácil.

Solo habían pasado unas horas, y él ya sabía cuántas personas constaban en el padrón de su piso. Tragó saliva y se dijo que, como él mismo había dicho, solo hacía su trabajo.

—¿Pero por qué a mí?

—Te vieron con María. Detuvimos a tres hombres

ayer. Pero no podemos saber con certeza si había alguno más.

Dividida entre el agradecimiento por ponerla sobre aviso y el estupor por estar haciéndolo mientras comía de forma poco fina aquella masa de carne, se recompuso como pudo y se acercó unos pasos para hablarle. Sacó un pañuelo de papel del bolso y se lo ofreció. Él lo cogió como si no supiera qué debía hacer con él.

—Gracias por el consejo. —Se señaló la barbilla, y él comprendió para qué le daba el pañuelo—. Si me parece ver algo sospechoso, llamaré a emergencias.

—Mejor llámame a mí directamente —dijo con la boca llena, limpiándose la barbilla y después la mano para coger una tarjeta y extendérsela.

Dana la pellizcó por una esquina con solo dos dedos y la miró con reparo. No le pareció que estuviera grasienta y la guardó en su bolso.

—Si me lo permites, te daré otro consejo yo a ti. —Esperó a que él dejara de comer y la mirara—. A solo dos calles hay un pequeño restaurante con un menú del día equilibrado y por poco más de lo que habrás pagado por eso que te estás comiendo. Procura ir allí de vez en cuando.

—No tengo tiempo para eso —rechazó de inmediato.

De pronto, Dana supo cómo agradecerle de verdad que María estuviera a salvo.

—Entonces, un día que tengas tiempo, te invito a comer. —Ángel dejó de masticar de golpe y la miró con incredulidad. Dana se apresuró a explicarse mejor. Volvió a abrir su bolso y sacó una tarjeta de Suculentos—.

Quiero decir que estás invitado a venir cuando quieras a mi restaurante, como agradecimiento por lo de ayer.

Masticando con lentitud su último bocado, Ángel cogió la tarjeta y la observó con curiosidad. Había investigado a ambas chicas, sus trabajos y familia. De Suculentos había descubierto que era un restaurante de moda que no tenía nada que ver con el bar de menú del día que ella le había recomendado hacía un momento.

—¿Cuando quiera?

—Claro —según lo dijo, se dio cuenta de que conseguir mesa libre no era tan fácil, ni siquiera para un invitado de la chef—. Si vienes solo o a mediodía, no hay problema. Pero si vas a venir de noche o acompañado, avísame primero para hacerte una reserva. Últimamente estamos completos casi a diario.

Él la miró de forma intensa mientras ella esperaba una respuesta, un «gracias» o un simple «vale», pero no obtuvo nada más que su mirada penetrante y un gesto enigmático.

—Ribera. —La puerta se abrió de golpe y sin que llamaran con antelación. Dana dio un bote en el sitio, como si acabara de salir de un trance—. Perdona, no sabía que estabas ocupado.

Dana se giró y vio en la puerta al mismo policía que había confundido con Ángel hacía un rato.

—¿No sabes llamar a la puerta, Hernández?

—Lo siento —dijo, aunque a Dana le pareció que no era así en absoluto, pues miraba con curiosidad a todas partes, como si buscara algo. Además, ¿no le había indicado él mismo dónde encontrar a Ribera? No le extrañaba que este le tuviera un poco de manía—. Pero la reunión va a empezar.

—Ya sé que va a empezar. Voy enseguida.

—Vale. Buenas tardes, señorita.

En cuanto Hernández se marchó, Ángel recogió los desperdicios de su mesa y los tiró a toda prisa en una papelera junto a la puerta.

—El deber me llama —le indicó a Dana a la vez que la invitaba a salir de su despacho con un gesto de la mano—. Cuídate, Dana Oteiza.

—Igualmente —le dijo casi a su espalda, pues al cerrar la puerta tras ellos, se marchó sin más—. Adiós.

—Dana. —De nuevo, una voz la sacó de su trance, aunque esta vez no habían sido sus ojos los que la tenían como hipnotizada, sino su forma de caminar, firme y decidida—. ¿Nos vamos?

La aludida se frotó los ojos tratando de disimular un atontamiento que no sabía a santo de qué venía.

—¿Ya has acabado?

—Sí. Ha sido más fácil y rápido de lo que esperaba. El comisario imponía un poco, es un hombre un tanto brusco, pero esa policía tan amable no se ha separado de mí ni un minuto. La verdad es que no he podido darles tanta información como me hubiera gustado —se lamentó, recordando todas las preguntas que Suárez había ido añadiendo a las que le hacía el comisario y que ella no había sabido responder—. Pero un oficial va a venir a casa a recoger mi ordenador para revisar todos sus mensajes. No sé cómo he podido ser tan estúpida.

Rodeándola por los hombros, Dana volvió a consolar a su amiga, que no dejaba de recriminarse su inocente y poco precavida actitud.

—Ya está, ya ha pasado todo.

—No, no ha pasado. Van a ponerme vigilancia. Como protección.

—Lo sé. —Y se lo agradecía enormemente al inspector Ribera. Porque, por sus palabras, había deducido que ese detalle había sido cosa suya.

—Estoy asustada, Dana. —Habría sido fácil y rápido, pero declarar la había vuelto a poner nerviosa—. ¿Y si envía a alguien a por mí?

—Confía en la policía, cariño. —El concepto que Dana había tenido hasta el momento de la policía, en abstracto, había sido bueno. Pero, tras lo ocurrido, lo catalogaba de excelente—. Hasta ahora lo han hecho muy bien, ¿no crees?

—Sí, gracias a Dios. —Tratando de serenarse, María se aferró al brazo de su amiga y ambas se encaminaron hacia la salida—. ¿Encontraste a Sonny?

A pesar de las circunstancias, a ambas les logró hacer reír la pregunta de María.

—Sí. Aunque ya no podremos llamarlo así, porque el de ayer no era su aspecto real. Iba disfrazado.

—¿De incógnito?

—Sí, algo así.

—¿Y le has dado las gracias de mi parte? —Se detuvo en seco antes de traspasar la puerta—. Tal vez debería hacerlo yo en persona.

—Ahora está reunido. Pero tranquila, que no solo le he dado las gracias, sino que le he invitado a comer en Suculentos cuando quiera.

—Eres un sol. —María la besó con fuerza en un carrillo—. ¿Ha aceptado?

Dana rememoró la conversación, su mirada, su forma de caminar... E inspiró hondo cuando, una vez fuera del edificio, la brisa de la tarde acarició su rostro, llevándose con ella parte de su cansancio y de su confusión.

—La verdad, no tengo ni idea.

3

La actividad en la cocina era frenética para tratarse de un miércoles a mediodía. Casi la mitad de las mesas de Suculentos estaban ocupadas por un numeroso grupo de turistas orientales que se había presentado sin previo aviso. Teniendo en cuenta que la otra mitad se llenaría con las reservas a partir de las dos, Dana había considerado necesario llamar a un par de cocineros y otros tantos camareros en su día libre. Se lo compensaría en cuanto pudiera, con creces, y ellos lo sabían. Por eso no habían puesto la más mínima pega en acudir a la llamada de socorro de su jefa.

A Dana le enorgullecía esto casi tanto como que un cliente volviera porque había quedado satisfecho con su experiencia en Suculentos. Para ella su equipo de cocina era precisamente eso, un equipo, en el que todos aportaban algo esencial que, cuanto más bueno fuera, más fortalecería al conjunto. Y tras numerosos cambios en sus filas, creía haber logrado formar un equipo sólido y equilibrado, que no solo poseía calidad, sino que disfrutaba con su profesión y trabajaba contento en un buen ambiente, con retos diarios y condiciones laborales dignas, dentro de la amplitud de horarios propia del gremio y del estrés que implicaba trabajar en una cocina de primera línea.

Mirando a su alrededor, Dana rememoró lo duro que había trabajado para llegar a tener lo que hoy tenía, para alcanzar su sueño de dirigir su propia cocina dentro de un restaurante que fuera un referente a nivel estatal. Y, según decían los entendidos, Suculentos podría llegar a serlo a nivel internacional.

La niña que hasta los seis años se había contentado con jugar con sus compañeros de colegio del pueblo vizcaíno de Elorrio había empezado a cocinar pasteles de cumpleaños con su madre, después comenzó a madrugar cada domingo para ir a casa de su abuela, gallega de nacimiento, y preparar su inigualable empanada, a lo que siguió el guiso de los sábados con su otra abuela en el caserío que había visto nacer a su padre. En apenas unos años, la cocina de su casa era más suya que de su madre.

Su talento y curiosidad la llevaron a investigar con todo tipo de productos, a leer libros de gastronomía regional e internacional en la biblioteca pública, a encargar nuevas bibliografías en la librería. Y cuando tuvo acceso a internet por primera vez, las puertas al mundo se le abrieron definitivamente. Pidió plaza en varias escuelas de cocina, pasó por tres distintas en el país y otras tantas en el extranjero, París, Nueva York, Shanghái, y trabajó en restaurantes de medio globo, Buenos Aires, Sídney, Marrakech, nunca más de seis meses, pues su objetivo era aprender y experimentar.

De su último viaje tuvo que volver de forma abrupta e inesperada. La muerte de su abuela materna, y poco después la de su abuelo, dejó a su madre desolada y al borde de una depresión. Entonces Dana decidió que ya había cumplido con la primera fase de su carrera, y que la segunda la desarrollaría lo suficientemente cerca de casa como para visitar a su familia con regularidad. Al principio lo había cumplido a rajatabla, pero según su madre fue recuperando el ánimo y a ella el trabajo comenzó a absorberla sin darse cuenta, las visitas se fueron espaciando. Hasta el punto de que ya estaba acabando el mes de agosto y ella no se había cogido la quincena de vacaciones que le correspondía ese verano. Pero, tras lo sucedido con María, no tenía ninguna intención de dejarla sola. Tal vez guardaría esas semanas libres para después de Navidad, si las reservas se lo permitían.

El personal de apoyo apareció por fin por la puerta y Dana pudo dejar el emplatado de las primeras comandas y dedicarse a la supervisión de su equipo, a la vez que elaboraba las salsas especiales y una segunda tanda de la base de crema para su postre más solicitado. Precisaba de al menos una hora de reposo, y ella no daba el visto bueno a su postre estrella en condiciones que no fueran las óptimas.

Estaba inmersa en esta última y delicada labor cuando un cuchicheo a su espalda llamó su atención.

—¿Cuál es el cotilleo, Sandra? —preguntó sin levantar la vista de su tarea.

La aludida se sobresaltó y estuvo a punto de quemarse con las hogazas recién hechas que sacaba en ese momento del horno. Se le escapó una risilla y, antes de responder, le guiñó un ojo a su compañera de confidencias.

—Susana y yo comentábamos que, si no te conociéramos como te conocemos, juraríamos que habías contratado al nuevo camarero por su... físico, y no por su habilidad. Pero claro, eso es imposible. Así que será solo mala suerte que haya confundido la comanda de dos mesas y que se haya derramado el consomé antes de salir hace un segundo.

Dana cubrió con cuidado los tres recipientes de su crema secreta y los metió en la nevera. Tras cerrar la puerta, se giró hacia sus empleadas y las miró con severidad. Sus palabras no lo fueron menos.

—No es un miércoles cualquiera. Jaime no lo está haciendo tan mal para ser su primer día y estar atendiendo a un grupo que no habla ni pizca de español. Si utilizarais los cuencos apropiados en lugar de los de aderezos, el consomé no se derramaría —les indicó, a sabiendas de que ese habría sido el problema. Los recipientes eran casi idénticos, pero de diferente tamaño—. Y ya sabéis que yo no me ocupo de las contrataciones del equipo de sala. Ha sido el jefazo.

Por el jefazo se refería a Eloy, el hijo del dueño del local. Ella era la primera chef, y Eloy, el encargado del negocio y segundo chef. Él mismo reconocía que Dana se había ganado la titularidad en la cocina a base de esfuerzo y buenas ideas durante los últimos cinco años. Numerosos artículos en prensa así lo respaldaban, y la creciente presencia de Suculentos en guías gastronómicas de renombre había asegurado un flujo constante de clientela. El boca a boca había sido la guinda del pastel. Cada año superaba al anterior. Y ese último estaba siendo especialmente fructífero. Para Eloy eso era lo importante. Además, él podía dedicar más tiempo a los empleados, proveedores y clientes si no llevaba sobre sus hombros todo el peso de la cocina.

Las chicas fingieron centrarse en sus tareas al verse observadas por Dana. Sabían que el más mínimo error sería sacado a la luz. Y no se equivocaron.

—Susana, ¿qué es eso?

—Vieiras a la viguesa, merluza a la koskera, pollo en chanfaina, conejo al romesco y *bacallà a la llauna*. —Fue señalando cada plato según los iba enumerando—. No dejan de llegar comandas de este tipo. Estos guiris parece que pasan de tus platos de vanguardia y se han ido directamente a la sección de platos regionales de la carta.

—Regionales, sí, y cocinados al estilo tradicional, eso ofrecemos exactamente. Lo que no significa que la presentación tenga que asemejarse a la de un bar de menú del día. —Dana cogió un plato limpio, de los que simulaba el aspecto de una cazuela de barro, y se acercó a los fogones, donde Albert, otro de los cocineros, trajinaba con las cazuelas. Montó un plato de vieiras bien ordenado y diferenciando cada elemento, creando la sensación de conjunto y no de mejunje—. Esto es Suculentos, cocina de autor, donde destacamos el producto principal y lo combinamos con materias primas de primera calidad. Corrige tus presentaciones y demuéstrame que no estás aquí por casualidad. Sandra.

La segunda aludida dio un respingo y se puso firme

mientras con el rabillo del ojo veía a su compañera obedecer a la jefa.

—Si derramas bechamel al sacar el lenguado del horno, primero, es que no está bien gratinado, y segundo, límpialo antes de que se chamusque y apeste toda la cocina a quemado.

—Sí, Dana.

La reprimenda no pasó desapercibida para nadie, así que Dana aprovechó que tenía la atención de todos para dejarles algo muy claro.

—Deberíais concentraros en hacer bien vuestro trabajo antes de criticar el de los compañeros. Y os recuerdo que esto es un equipo. Si uno la caga, la cagamos todos.

Cada cual asumió su parte de responsabilidad en lo que su jefa les había planteado. Ambas chicas corrigieron sus fallos y esperaron a que Dana diera el visto bueno para volver a la carga. Esta vez fue Susana la que habló.

—Pero te habrás fijado en que es muy guapo. ¿Crees que Eloy lo ha hecho a propósito? Ya sabes —enfatizó—, otra vez.

—¡Dios! Espero que no.

Como si supiera que hablaban de él, Jaime entró en la cocina y pasó por delante de ellas. Se sonrojó hasta las orejas al sentirse observado y se marchó lo más rápido que pudo con los platos que había ido a buscar.

—Es demasiado joven —sentenció Dana—. Así que no creo que Eloy esté jugando a la celestina otra vez.

Hacía un año había contratado a un barman nuevo al que trató de enredar con ella de mil formas distintas.

Cuando ella se cansó y le dijo a las claras que no le gustaba, Eloy lo sustituyó por uno mejor en su trabajo y menos atractivo. Después se disculpó alegando que solo había querido ayudarla a desconectar del trabajo, ya que no le había conocido un solo ligue en los cinco años que trabajaban juntos, pero le prometió que no lo volvería a hacer.

—No le sacarás más de cinco o seis años —calculó Sandra—. No es tanto.

—No es mi tipo.

—¿Y qué tipo es el tuyo?

—Pues... —Se censuró a sí misma cuando la mente le voló de inmediato a cierto policía en el que había pensado más de una vez en los últimos días—. Por lo pronto, más mayor. No tan delgado. Y, sobre todo, que no trabaje aquí.

De nuevo el muchacho entró en la cocina. Con cara algo compungida, se acercó a Dana.

—¿Tiene un momento, chef?

—Claro. Pero llámame de tú, por favor. ¿En qué puedo ayudarte?

Sandra y Susana contuvieron a duras penas la risa. El chico parecía nervioso y la miraba de forma extraña.

—Creo que está aquí.

—¿Quién?

Jaime dudó unos segundos más, y finalmente soltó lo que llevaba rato sospechando.

—Sé que es mi primer día y que no se debe escuchar conversaciones ajenas, pero teníais la puerta abierta y...

—¡Desembucha! —El nerviosismo de Dana le hizo perder la compostura.

—Creo que el crítico gastronómico del que hablabais Eloy y tú antes en el despacho y que lleva semanas en la ciudad, está aquí.

El silencio que se creó en la cocina fue casi inmediato. Parecía que las palabras «crítico gastronómico» resonaban como un eco contra las paredes.

—¿Y qué te hace pensar eso? —exigió saber Dana tras el impacto inicial.

—Está solo. Se ha sentado en la mesa dos, junto a los baños. No ha dejado de mirar hacia la cocina cada vez que se abría la puerta. Como si quisiera saber qué ocurre dentro. Además, su comanda es muy... sospechosa. Todo sugerencias del chef. Maridaje de vinos incluido.

—Déjame ver.

Dana le arrancó la PDA del cinturón y tecleó la búsqueda de la comanda de la mesa dos. Leyó y releyó mientras los presentes observaban los cambios de expresión de su cara.

—No puede ser él —sentenció con alivio y pena a la vez.

Quería que ese crítico probara sus platos desde hacía más de un año, pero aquel dichoso miércoles era el más complicado en meses. Los turistas estaban montando tal guirigay que se les oía desde la cocina. Además, su mejor repostera estaba de baja maternal desde hacía un par de semanas. No solo no era el mejor día, sino tal vez el peor para ser analizados con ojo clínico.

—¿Y por qué no?

—De los tres vinos sugeridos para cada plato, ha escogido los más baratos, y ambos tintos. No me cuadra.

—Puede que solo le guste el vino tinto —intervino Sandra.

—O que no le llegue el presupuesto para más. Es casi fin de mes —razonó Susana, a cuyo comentario nadie dio credibilidad.

No obstante, la duda se cernía sobre todos en la cocina, pues el rumor había llegado hasta el último pinche.

—Voy a asomarme —concluyó Dana con ansiedad. Solo fueron tres palabras, pero lograron que todos contuvieran el aliento. Podía no conocer el rostro del susodicho crítico, pero había conocido a muchos. Con solo ver su aspecto y su forma de comer podía aventurarse a corroborar o descartar las sospechas de Jaime. Lo empujó hacia la puerta—. Sal tú delante.

—¿Yo?

—Sí. Y que no me vea. No quiero que se imagine que le hemos descubierto.

El muchacho salió prácticamente tropezándose con sus propios pies. Como era más alto que Dana, ella pudo seguirlo a solo un paso y estirar el cuello con disimulo hasta avistar la mesa dos. El estómago se le encogió aún más de lo que ya lo tenía al ver el rostro del comensal. A pesar de estar comiendo a dos carrillos, estaba aún más guapo de como lo rememoraba, demasiado a menudo, desde que lo había conocido. Maldito fuera.

—No es él —anunció a su equipo, que había dejado sus tareas y estaba en vilo a la espera de una respuesta—. Seguid trabajando —ordenó con voz firme. Sin embargo, se sentía temblar las rodillas.

¿Acaso tenía quince años?, se recriminó mientras se

acercaba con paso decidido a la mesa. Solo era un hombre. Y solo estaba allí porque nadie rechazaría una comida gratis en un restaurante como Suculentos. Pero él se relamía y rebañaba con pan la salsa de cítricos que había acompañado una pieza de muslo de pato de la que solo quedaban los huesos. Su ego se regocijó en su interior haciéndola sentir cosquillas en la nuca.

Tragó saliva y estiró la espalda mientras se sacudía la chaquetilla de alguna posible mancha. Deseó buen provecho al hombre que comía en la mesa uno y se plantó firmemente ante el de la mesa dos.

—¿Es todo de su agrado, inspector?

Su única respuesta fue un movimiento afirmativo de su barbilla. No quería ser grosero y responder con la boca llena. Pero la invitó a sentarse con un gesto de la mano que ella rechazó de inmediato con otro movimiento de cabeza. La conversación muda concluyó cuando él retiró la silla que estaba frente a él de una sutil patada y Dana acabó cediendo y sentándose con media sonrisa en sus labios.

—No lo parece —observó de pronto ella—. Apenas has probado el vino.

Ángel tragó el último bocado del mejor pato, la mejor salsa y hasta el mejor pan que había probado en su vida. Tras relamerse, cogió una de las dos copas de vino que tenía casi llenas y dio un pequeño sorbo.

—Me encanta el vino, siempre que sea tinto. Y aunque soy más afín al Rioja, este Ribera del Duero que recomiendas no está nada mal. —Dio otro pequeño sorbo—. Pero estoy de servicio, y no debería haber bebido ni estos sorbitos.

—Confío en que las raciones que servimos sean lo suficientemente generosas como para aplacar la graduación de esos sorbitos —señaló con una ligera soberbia.

—Mucho más generosas de lo que me esperaba de un lugar como este. —Al verla alzar ambas cejas se apresuró a explicarse—. Sin ánimo de ofender, en este tipo de restaurantes tan de moda, todo es muy novedoso y original, pero también escaso. Me alegro de haberme equivocado, porque llevaba horas tomando solo café, y del malo.

—¿Mucho trabajo? —dedujo, y le dio aviso a Jaime cuando pasó por su lado para que le retirara el plato vacío.

—Por desgracia, sí. —Había desaparecido una chica de solo veinte años. Saldría en las noticias de las nueve, a más tardar, así que podía decírselo abiertamente. No lo hizo. Quería hacerlo, tal vez así se aseguraría de que siguiera su consejo de cuidar sus espaldas. Pero, ¿acaso no había acudido ese día allí para verla, para desconectar de su trabajo y, de paso, asegurarse de que estuviera bien? Comer en condiciones era una ventaja añadida tras una noche en vela tomando café solo y nada sólido—. Veo que tú también estás desbordada. Así que agradezco que hayas sacado un minuto para venir a saludarme.

—Y yo agradezco que hayas aceptado mi invitación. —No solo lo agradecía, sino que le había hecho una ilusión desmedida. Y a ella hacía mucho tiempo que no le ilusionaba nada que no fuera su trabajo—. Creí que no lo harías.

—¿Por qué no iba a hacerlo? Me gusta comer.

Lejos de lo que parecía querer insinuar, que estaba allí solo por la comida, sus ojos delataron un interés más personal, pues la observaban minuciosamente, casi como si la analizara.

—¿Y cuál es tu veredicto? —Inquieta, trató de esquivar su intensa mirada—. ¿Mejor que esos kebabs?

—¿Busca un halago, chef? —De pronto, relajado, se reclinó sobre el respaldo y se llevó las manos al estómago, dándose un par de golpecitos que evidenciaban satisfacción—. Porque no soy ningún crítico gastronómico.

Con una risa cómplice, Dana se inclinó hacia delante y le susurró a modo de confidencia.

—Es curioso que digas justo eso. Uno de los camareros te ha confundido con uno.

El rostro de Ángel reveló auténtica sorpresa.

—¿Y eso?

—Has elegido todas las sugerencias de la carta, mis sugerencias —matizó, señalando las copas, pues era lo único que quedaba sobre el mantel—, y una mesa con vistas a la cocina. —Hizo una pausa breve, pensándose si decirle algo que sabía que podría significar mucho o nada. Se arriesgó—. A la cual no has quitado ojo, según me han dicho.

—Quería verte trabajar.

Sus rápidas y sinceras palabras le provocaron un escalofrío y la dejaron muda unos instantes. ¿Acaso no era eso lo que en el fondo esperaba que lo hubiera llevado allí? Desde luego que sí, pero con lo que no contaba era con que se lo expresara tan abiertamente.

—Puedo hacerte una visita guiada por la cocina

—propuso para sentirse menos intimidada—. Pero te advierto de que sería muy breve. No hay mucho que ver.

—Si sabes que te estoy viendo no es lo mismo.

Desde luego, era directo. Demasiado para Dana, poco acostumbrada a que nadie le mostrara tal interés hacia su persona sin apenas conocerse. Aquello le hizo pensar que tal vez se estuviera equivocando y el interés de Ángel hacia ella no fuera personal, sino profesional. Admiración o curiosidad por una chef de renombre y no la atracción de un hombre hacia una mujer.

Por primera vez en su vida, que la valoraran por su buen hacer en el trabajo no la satisfizo. Y eso la hizo sentirse extraña y perdida.

—Su postre. Buen provecho.

La presencia de Jaime hizo aterrizar a Dana, inmersa en unas reflexiones que la habían descolocado por completo. Se dio cuenta de que Ángel no le había quitado ojo en ningún momento, ni siquiera mientras recibía su plato y le daba las gracias al camarero.

¿Habría percibido la decepción en su rostro? Cielos, esperaba que no. Sumar la vergüenza a sus actuales sentimientos sería el colmo de un mal día.

—Quiero proponerte algo.

Aún no tenía ni la más remota idea de qué podría ser esa repentina propuesta, pero solo con la gravedad de su voz y el reto implícito que reflejaba su mirada, ya se sentía tentada.

—Adelante —atinó a responder, cruzando las manos sobre la mesa, ya que no sabía qué hacer con ellas.

—Tengo un amigo que va a inaugurar su restaurante. Le mencioné que te había conocido. Y me ha pedido que, si puedo convencerte, te lleve allí mañana por la noche.

Dana analizó sus palabras. Una a una. No parecía una propuesta para cenar, al menos no una convencional. Más bien parecía que...

—¿Te ha pedido el favor de que me lleves allí a comer? ¿Contigo?

—Sí. Mañana es la reapertura. Le ha dado un toque... peculiar a un local que estaba a punto de cerrar. —Se interrumpió para observar con detenimiento su postre, giró el plato varias veces hasta elegir por dónde atacarlo y, finalmente, hundió la cuchara en el untuoso chocolate negro que envolvía un jugoso bizcocho—. Y para él sería un honor que Dana Oteiza entrara en su restaurante. Pero, si además de cenar, le diera su opinión profesional sobre su visión de negocio, sus platos y algún que otro consejo para mejorar, le estaría eternamente agradecido. Esto está de muerte —comentó con un tono de voz excesivamente alto, centrándose de pronto en el postre con gran interés.

—Me alegro de que te guste.

Dejando de momento de lado su propuesta, Dana lo observó degustar el postre como si fuera lo único en el mundo en ese momento para él. «Vaya, vaya —pensó—, el inspector es un goloso.» Tuvo que reprimir un par de sonrisas cuando él paladeó detenidamente los sabores que rodeaban la pieza principal: el bizcocho al brandy envuelto en chocolate al setenta por ciento, con una capa central de la crema pastelera secreta de Dana, acompañado de espuma de helado de granada, ruibarbo y menta.

—Gustar es poco. ¿Me podrías poner otro igual para llevar?

El comentario hizo que Dana se carcajeara con disimulo, a la vez que le pedía con discreción que bajara el tono de voz, pues lo había subido de golpe.

—Tengo que hablar alto para que el favor que te estoy haciendo sea efectivo —susurró acercándose a ella.

—¿Perdona? —Dana no entendía de qué favor le estaba hablando.

—Disculpa, chico. —Ángel chasqueó los dedos cuando su camarero pasó cerca de su mesa—. Jaime, hola —se corrigió cuando este se acercó y pudo leer su nombre en una pequeña chapita—. Le preguntaba a vuestra sobresaliente chef si tenéis alguna cajita de cartón o bolsa donde me pueda llevar otra ración de postre.

—Eh... ¿tenemos? —Dana asintió con la cabeza a la vez que se llevaba una mano a la frente y ponía los ojos en blanco, entre avergonzada y divertida—. Sí, sí tenemos.

—Estupendo. Entonces prepárame una. Tu jefa es tan humilde que se pensaba que se lo estaba diciendo solo como un cumplido.

—Más bien como una broma —corrigió ella.

—Pero lo digo muy en serio. No he probado nada tan rico en toda mi vida. ¡Señoras! —En tono algo más alto pero sin llegar a gritar, se dirigió a las cuatro mujeres de mediana edad que hacían su pedido a Jaime en una mesa cercana justo en ese momento—. No lo duden y pidan el postre recomendación del chef. Háganme caso, querrán repetir.

El comentario les robó una sonrisa a las mujeres que, sin dudarlo, aceptaron el consejo del joven y guapo vecino de mesa.

—¿Se puede saber qué estás haciendo? —Dana no sabía dónde meterse.

—Ya te lo he dicho —volvió a bajar la voz y se centró en uno de los helados—. Favor por favor.

—No necesito que alabes mis platos delante del resto de comensales. Estos se avalan por sí solos. —Trató de no sonar a la defensiva, pero no lo logró—. Y cualquiera de los postres de la carta está al nivel de esta sugerencia en concreto.

—No lo dudo. Pero un empujoncito nunca viene mal. Sobre todo si hay un crítico gastronómico presente. —Ella frunció el ceño, y Ángel señaló la mesa contigua. La mesa número uno—. Hasta que me has dicho que me habían confundido con uno, he creído que ese tipo era un acosador o algo parecido. He estado tentado de detenerlo.

Dana se giró despacio y observó al hombre que se sentaba de espaldas a ella. En ese momento estaba bebiendo de su copa lentamente, paladeando el trago.

—Ha mirado hacia la cocina bastante más que yo. Y después de cada plato, ha sacado una libreta y ha estado apuntando cosas. Hasta me ha parecido que ha hecho alguna foto con el móvil —añadió, comprendiendo de pronto lo errado que había estado—. Eso me ha hecho pensar que era de la competencia. Pero ahora ya no tengo dudas de que se trata de tu crítico. Vaya, mira eso.

Para asombro de Dana, el hombre llamó a Jaime y

le solicitó un cambio en su comanda: quería cambiar su postre por la sugerencia del chef.

Dana se llevó las manos a la frente de nuevo, entre frustrada y herida en su orgullo.

—Que hayas montado un pequeño numerito no va a hacer que las críticas sean mejores. Los platos, el ambiente, el trato, todo es suficientemente bueno por sí mismo.

Estaba enfadada. No era eso lo que Ángel había querido provocar, al contrario, pero debía reconocer que era interesante conocer esa faceta suya, y su punto débil, se percató al instante. Su trabajo era lo más importante para ella. Ya tenían algo en común.

—No lo pongo en duda —le concedió para apaciguar los ánimos—. Pero ningún otro postre puede ser mejor que este. —A modo de prueba, rebañó el plato, hasta la última gota. Dejó igualmente limpia la cuchara—. Es físicamente imposible.

—En eso estoy de acuerdo.

Resignada y no pudiendo deshacer lo que ya había ocurrido, Dana se dio por vencida ante los acontecimientos y se obligó a relajarse.

—Así que me debes un favor —repitió Ángel.

Dando por terminada su comida, hizo el plato a un lado, en el otro depositó la servilleta con la que se limpió primero las comisuras de la boca y apoyó las manos cruzadas sobre la mesa, observándola más detenidamente.

Era preciosa. Ese pensamiento se le presentó de repente, como si hasta ese momento no se hubiera permitido detenerse a valorarlo en realidad. Tenía la piel perfecta, pálida pero sonrosada en los pómulos, como una muñeca de porcelana. Los ojos, de un verde brillante, como dos joyas carísimas, enmarcados por una melena del color del fuego que, a pesar de llevar recogida en un discreto moño, la iluminaba como si una hoguera la acompañara a todas partes.

Cuando se descubrió a sí mismo admirando la curva de sus carnosos labios se obligó a apartar la vista de inmediato. Fue lo bastante rápido para que ella no se diera cuenta de su escrutinio, pensó, pero no tanto como para que su cuerpo no reaccionara a las emociones que la visión de su rostro le había provocado.

Sobrecogido por su propia reacción, le dio la bienvenida a la calidez provocada por la atracción que ya sintiera en su despacho, incluso en el mismísimo pub nada más verla. Había tratado de ignorarla, y casi lo había conseguido, aferrándose a las circunstancias: cuando estaba trabajando no era un hombre sin más, era el inspector Ribera. Sin tiempo para nada que no fuera cerrar el caso en el que tanto tiempo llevaba centrado.

Pero en ese momento no estaba allí como policía. Había bajado la guardia un solo instante, y ella se había colado por esa fisura como un tren de mercancías. Por mucho que lo intentara, ya no podría volver a mirarla y no ver la belleza personificada.

Dana suspiró hondo. Él parecía esperar una respuesta de ella, pues la miraba con fijeza y en silencio. Le apenaba tener que decepcionarlo, más de lo que debería afectarle, se dijo con asombro, pero no podía pretender llegar allí y poner su agenda patas arriba.

—Lo lamento, pero no puedo ir a la inauguración de tu amigo. Mañana por la noche trabajo.

Responsable y trabajadora, además de preciosa, meditó. Eso no se veía todos los días.

—¿Nunca tienes un día libre?

—Los lunes.

Era dura de roer. Eso también le gustaba. Aunque él no se rendiría con facilidad.

—¿Y un día de vacaciones, asuntos propios, enfermedad...?

—Puedo cogerme un día si lo necesito —le explicó, deliberadamente despacio para que dejara de insistir—. Pero no es el caso.

—Yo lo necesito. —Al ver que ella no cedía, sacó una tarjeta de crédito—. Si pago la comida, me seguirás debiendo un favor. Eso dijiste. Querías darme las gracias, ¿no?

Descolocada por la férrea determinación de Ángel, trató de evitar que Jaime se acercara con el datáfono para cobrarle. Hubo un ridículo forcejeo en el cual ambos tiraron de la tarjeta mientras el camarero permanecía impertérrito, a la espera de ver el resultado de la absurda batalla. Fue Ángel quien se hizo con el plástico, pero solo porque fingió saludar al supuesto crítico y ella dejó de agarrarlo para mirar hacia atrás.

—Has picado —se burló mientras tecleaba la clave secreta.

—Debe de ser un muy buen amigo —meditó en voz alta ella, cada vez más desorientada por su comportamiento.

—Lo es. Y yo sí que le debo un gran favor a él —le explicó sin más detalles—. ¿Vendrás?

Dana esperó a que Jaime le diera el justificante de

pago y se marchara. Una vez solos, lo miró a los ojos. Cuando habló, lo hizo con una sombra de humor en la mirada.

—Solo si me dejas pagar a mí la cuenta de mañana.

Ángel, que había permanecido serio a la espera de su respuesta, sonrió triunfal.

—Yo sí. Pero tal vez sea Joan el que no nos deje pagar la cuenta a ninguno de los dos.

—Sabrás convencerlo. —Ella se levantó y Ángel la imitó—. ¿A qué hora y dónde debo acudir?

Cuando Jaime le trajo la cajita con la ración de postre para llevar que había solicitado, Dana lo acompañó a la salida, un paso por delante de él.

—Te recojo a las nueve en punto.

Dana se detuvo en seco antes de alcanzar la puerta, provocando que él chocara con su espalda. Cuando se giró para encararlo, él le sostenía el codo. Se sacudió de él de forma involuntaria, arrepintiéndose de ese gesto al instante. Sus siguientes palabras no hicieron menos tenso el momento.

—Puedo ir sola hasta allí, gracias. Dime el nombre del...

—¿Aquí o en tu casa? —Hizo como si ella no hubiera hablado.

Y ella respondió haciendo exactamente lo mismo.

—Es una inauguración. ¿Habrá prensa? —Él se encogió de hombros—. De ser así, lo adecuado sería vestir de manera un poco formal. Asegúrate de llevar corbata.

—Bien. Entonces en tu casa —concluyó.

Ella puso los ojos en blanco y se rascó la frente. Qué

fácil era sacarla de sus casillas, pensó Ángel para sus adentros, pero dejando escapar una sonrisilla victoriosa.

—No vas a decirme dónde es, ¿verdad?

—Quiero asegurarme de que llegamos a la vez. No quiero perderme la cara de Joan cuando te vea aparecer —explicó, y a Dana le pareció rotundamente sincero.

—Ya me explicarás qué gran favor le debes a Joan. —Abrió la puerta invitándolo a salir del restaurante y dando por concluida la conversación—. De camino hacia allí.

—Es una larga historia. No sé si me dará tiempo a contártela antes de llegar. —Puso un pie en la calle, pero no terminó de salir hasta que añadió—: Puede que tenga que terminarla cuando te acompañe de vuelta a casa.

Dana abrió la boca para protestar, pero él le guiñó un ojo, le regaló una sonrisa arrebatadora y se marchó antes de que pudiera replicar nada.

Después de verlo desaparecer al doblar la esquina, se quedó mirando a la nada, retrocediendo en la conversación y preguntándose cómo demonios había acabado teniendo una especie de cita con el hombre que se había colado en sus sueños demasiadas veces para su propia salud mental.

Ofuscada y olvidando por un momento la presencia del crítico en el local pasó de largo al llegar a la cocina y se dirigió directa al despacho, rebuscó en su bolso el móvil y tecleó con saña hasta dar con el número correcto.

—¡María! No te vas a creer lo que me acaba de pasar...

4

Eran casi las ocho de la tarde cuando Dana programó el horno a ciento ochenta grados antes de introducir las masas para las tartas que acababa de preparar. La elaboración de los postres no era una de sus tareas predilectas, ni mucho menos habituales, pero con su mejor repostera de baja maternal, había ciertas tareas que no se arriesgaba a dejar en manos de cualquiera. Y durante unos días Eloy iba a estar fuera de la ciudad, haciendo una de sus múltiples gestiones con proveedores. Se planteó que tendría que hablar con él sobre dos posibilidades: o contrataban a alguien experto en la materia, o formaban a alguno de sus actuales cocineros. No tenía muy claro qué les llevaría menos tiempo.

—Márchate ya, que vas a llegar tarde a tu cita.

—No es una cita.

Elena, una de las cocineras que llevaba menos de un año en Suculentos pero que se había convertido en su mano derecha en pocos meses, le quitó de las manos la manga pastelera con la que iba a decorar otra de las tartas ya horneadas. Con las tres primeras como modelo, le demostró a Dana que esa parte del proceso no se le daba nada mal.

—Pues lo parece —comentó mientras dibujaba serpenteantes líneas de *mousse*—. Va a buscarte a tu casa, vais a cenar, después te acompañará de vuelta...

—Él ha insistido —se excusó, arrepintiéndose de haber dado tantos detalles a sus subordinados cuando les explicó que esa noche se quedaban solos, con Elena como cabeza de equipo.

—Será que él sí opina que es una cita —razonó ella, añadiendo una floritura final a la superficie de la tarta, su toque personal, pensó Dana, bonito y práctico: cada ribete marcaba el punto donde clavar el cuchillo para sacar una ración.

—No, no lo opina.

—¿Estás segura?

En absoluto lo estaba. Porque ella misma se subía por las paredes. Nunca antes ningún hombre la había puesto tan nerviosa. Evocó la primera vez que había salido con un chico, allá en el instituto, cuando apenas tenía quince años. Su primer beso, bastante decepcionante, que fue mejorando según los dos fueron cogiendo confianza y ejercitando la técnica. Hasta que se dieron cuenta de que solo tenían eso en común, las ganas de besarse, y se acabaron aburriendo el uno del otro.

Apostaba a que el inspector Ribera besaba de infarto, desde la primerísima vez, y dudaba poder aburrirse de él como de su primer novio del instituto, un chaval tan guapo como insulso, del que ya no recordaba qué había tenido para lograr atraerla. Desde luego, no la mirada penetrante de los oscurísimos ojos de Ángel, ni su sonrisa ora altanera, ora sincera y clara. Tampoco esos hombros a los que, imaginaba muy claramente, seguiría una espalda eterna, una de esas en las que te puedes perder tratando de abarcarla en un solo abrazo...

—¿Dana?
—¿Qué?
—Que si él sabe que no es una cita.
—Claro que lo sabe. —Borrando de su mente una visión demasiado clara de una espalda desnuda y cálida, le dio la espalda a Elena con la excusa de lavarse las manos. No quería que adivinara por su gesto qué había estado imaginando—. Me dijo que le debía un favor a su amigo. Y eso es lo que voy a hacer, ayudarle a devolvérselo.
—Ya.

La escueta respuesta y la sonrisilla que la acompañaba revelaban el poco crédito que le estaba dando a sus explicaciones.

—Que sí —insistió, tratando de paso de terminar de convencerse a sí misma—. Hasta he llamado a Antonio.
—¿Tu amigo el periodista?
—El mismo. —El horno pitó al llegar a la temperatura programada y, sin que Dana tuviera que decirle nada, su lugarteniente se ocupó de introducir las tartas pendientes. Su iniciativa y eficiencia eran dos de las muchas cualidades que le habían hecho ganarse el lugar que ostentaba en la cocina—. No sabía si habría prensa, porque ni siquiera sabía adónde íbamos. Pero una llamada a Antonio y, con la fecha y el nombre de pila del

cocinero, lo averiguó en menos de una hora. No tenía intención de ir, hasta que le dije que yo asistiría —le explicó, algo apenada por aquello. Si Antonio Silva no cubría un evento gastronómico en la ciudad, era como si no hubiera existido—. Así que ya le estoy haciendo un favor antes de acudir incluso.

El silencio de Elena y su mirada impasible le dijeron que aquellos detalles no eran lo que le importaba. No tardó en demostrárselo, presentándose junto a ella en el lavamanos, con una sonrisa esperanzada.

—¿Qué te vas a poner?

—Cualquier cosa.

—Ponte el vestido verde oscuro. El de tu cumpleaños —aclaró.

—Ya sé cuál es, gracias —se burló—. Y no. Es demasiado...

—¿Sexi a la par que elegante?

Nadie alrededor quedó indiferente ante el contoneo de caderas que Elena protagonizó emulando el caminar de Dana con aquel modelito que había lucido meses atrás y que a nadie le había pasado desapercibido. Hubo unas risas poco disimuladas que ella acalló con una sola mirada.

—Demasiado de cita —la corrigió, secándose las manos con frustración, recordando las veces que se había arrepentido de ponérselo aquel día, simplemente, porque fuera su cumpleaños—. Y hemos quedado en que no lo es.

—Vas a salir en varios periódicos y revistas, puede que hasta en la tele —razonó su compañera—. Ponte el verde. Maquíllate un poquito. Y hazte un recogido.

La propuesta hizo que Dana dejara de extenderse la crema que, tras lavarse las manos varios minutos, siempre usaba antes de salir del restaurante.

—No sé peinarme, Elena. —Con ambos dedos índices se señaló la cabeza, en la cual lucía una sencilla trenza baja y ladeada—. Esto es lo más sofisticado que me vas a ver nunca.

La joven se acercó y le cogió la trenza por la punta, la subió, la enrolló y volvió a dejarla caer.

—Yo te hago un recogido sencillo en diez minutos —se ofreció tras observarla y visualizar cómo le favorecería más el pelo a la forma ovalada de su rostro.

—¿En serio?

Elena asintió con una gran sonrisa de orgullo por su secreta habilidad. La cara esperanzada de Dana le dio pie a pensar hasta en maquillarla ella misma. Después de cocinar, jugar a la Señorita Pepis siempre había sido una de sus mayores aficiones. Y jamás había tenido a su alcance una melena larga y rojiza como la suya, ni unos ojos enormes y tan verdes que destacar con los tonos adecuados. Se lo iba a pasar pipa.

—¡Voy a por mi bolso! —exclamó con una ilusión que sorprendió a Dana y a la vez le dio ánimos.

Quizá no se lo reconocería hasta más tarde, pero sentirse guapa esa noche era más importante para ella de lo que le hubiera gustado. Así pues, sería el verde.

Amenazaba lluvia. Dana no había contado con ello a la hora de elegir el calzado con el que había combinado el vestido, la chaqueta y hasta el bolso. Si se ponía otros zapatos, tendría que cambiar también alguna de las otras cosas, y solo faltaban cinco minutos para las nueve.

Se miró en el espejo una vez más. Se veía bien, muy bien, para ser justos. No le cabía la menor duda de que si algún día a Elena le terminaba por cansar el trabajo de cocinera, no le costaría encontrar un puesto en un salón de belleza. Y sí, ese vestido verde llevaba mucho tiempo desaprovechado en el armario.

La vibración del móvil contra la mesita de noche la sobresaltó. Había perdido sus cinco minutos para cambiar de complementos contemplándose en el espejo como una boba.

«El taxista y yo te esperamos impacientes», decía un mensaje. El remitente: Inspector Ángel Ribera.

Dana había guardado el número en su lista de contactos el día en que le dio su tarjeta de visita. «Por si acaso», se había dicho. Ahora se preguntaba si no lo habría hecho por el mismo motivo que ahora le hacía latir el corazón demasiado deprisa.

—Tranquilízate —se dijo en voz alta—. ¿Qué demonios te pasa?

«Que es una cita, disfrazada de lo que quieras, pero cita», le dijo una vocecilla en su cabeza.

Ignorando a su Pepito Grillo particular, Dana salió de casa tal como estaba. Si iban en taxi, este les dejaría en la puerta del local y no tendrían que andar. Así que su calzado no importaba, por mucho que lloviera. Y el efecto que esos zapatos de tacón de diez centímetros le daban a sus pantorrillas bien merecía mojarse un poquito los pies, por una vez.

Taconeando con fuerza, se dirigió a lo que prometía ser, cuanto menos, una noche diferente.

—Te escucho.
—¿Disculpa?

Ángel dejó de mirar por la ventanilla, sin ver, y se obligó a mantener la vista fija solo en sus ojos mientras ella le hablara. No, eso tampoco funcionaba. Tenía los ojos más grandes y más brillantes que había visto nunca.

—Dijiste que de camino al restaurante me ibas a contar por qué le debes un favor a tu amigo, ¿recuerdas? Era una historia muy larga. Así que ya puedes ir empezando.

—Qué buena memoria —alabó mientras barruntaba qué partes de la historia contarle y cuáles no. A su vez, trataba de disimular que los ojos se le iban a aquellas piernas perfectas cuyos muslos había podido apreciar cuando ella se había metido en el taxi, a pesar de que ahora la falda le cubriera hasta las rodillas.

—Por lo que veo mejor que la tuya —le recriminó—. Recuerdo perfectamente que te aconsejé que llevaras corbata.

—Yo no uso corbata. Pero en consideración a ti y al evento, me he puesto una camisa, la más nueva, de las dos únicas que tengo —le informó, dejándola boquiabierta—. Y tranquila, que si crees que voy a desentonar a tu lado, nadie más que los invitados se va a dar cuenta de mi falta de elegancia. Joan me ha dicho que ningún medio ha confirmado su asistencia a la inauguración.

El tono molesto por la pequeña reprimenda a su indumentaria se convirtió enseguida en apesadumbrado. Dana vio cómo el rostro de Ángel reflejaba decepción por la ausencia de prensa y compasión por su amigo.

—Eso no significa necesariamente que no vayan a asistir.

—Yo creo que sí significa eso —la contradijo, y Dana se preguntó por qué cada vez que decía una frase desviaba la vista hacia la ventana.

—Te aseguro que al menos un medio sí va a estar presente —anunció, pero esperó a que él volviera a mirarla antes de continuar—. Para cuando lleguemos a Rumbo al Edén, Antonio Silva ya estará allí. Acompañado de un par de cámaras como mínimo. Eso me ha asegurado esta mañana —añadió, al ver que él no decía nada.

Dana no supo descifrar la cara que se le quedó a Ángel ante sus palabras. Pero al menos logró que se centrara en ella y dejara la ventana de una vez.

—No sabes quién es Antonio, ¿verdad?

—Imagino que alguien importante en el mundillo, que tú conoces, y quien ha averiguado el nombre del restaurante con la escasa información de la que tú disponías.

—Exacto.

Se hizo un breve silencio durante el cual Dana lo observó con calma. No llevaba corbata, pero estaba guapo a rabiar, con una americana de cuero negro sobre camisa blanca y unos pantalones también negros que se le ajustaban a las piernas como un guante, tal como había podido apreciar nada más poner un pie en la calle y encontrárselo esperándola delante del vehículo. Tal vez habían sido imaginaciones suyas, pero le había parecido que se la comía con los ojos.

—¿Él te debe algún favor? —preguntó con voz seria, como si le preocupara.

—Eh... no.

—Así que, básicamente, estará allí porque tú acudirás.

—¿Eso importa? —¿Acaso no era porque ella era quien era en ese mundillo que él la estaba llevando a cenar allí?—. El caso es que estará. Y esa es una publicidad impagable para tu amigo Joan.

—Sí que lo es —reconoció tras un minuto de reflexión—. Gracias.

—De nada.

El resto del viaje lo hicieron sin decirse nada. La conversación no se había desarrollado en un tono demasiado amigable y la noche prometía ser cuanto menos incómoda si seguían por ese camino.

—Me salvó la vida —dijo él cuando Dana ya no se esperaba oír su voz hasta llegar a su destino.

—¿Cómo?

—Ese es el favor que le debo a Joan. Aunque él te dirá que yo se la salvé a él —añadió de forma enigmática—. Ya hemos llegado.

Antes de que ella pudiera asimilar sus palabras, él le entregó un billete al taxista y empujó la puerta para salir hacia la acera. Abrió su paraguas y le ofreció la mano para ayudarla a salir del vehículo. Nada más poner un pie en el empapado pavimento, el elegante, aunque poco práctico zapato de tacón, resbaló, obligándola a apoyar todo su peso en la mano que Ángel le sostenía.

—Déjame ayudarte al menos hasta llegar adentro —murmuró entre dientes Ángel cuando, tras apretarla contra su costado y comenzar a caminar tapándolos a ambos con su paraguas, ella forcejeó sin demasiado éxito—. Esto está plagado de cámaras. No querrás hacer el ridículo de tu vida cayéndote de culo en un charco, ¿verdad?

—Tampoco quiero que parezca lo que no es —susurró ella, apartándole a su vez la mano que rodeaba su cadera y deslizándola hasta que quedó en una zona neutral en su cintura—. Mantengo mi vida privada al margen de mi imagen pública. No demos falsa carnaza con la que rellenar la sección de cotilleos.

Bajo una intensa lluvia, recorrieron los escasos metros que separaban la carretera de la entrada del restaurante, repleta de fotógrafos e incluso un par de cámaras de televisión. Protegido por una pequeña carpa que presidía la puerta principal, Dana alcanzó a ver a Antonio Silva conversando con un hombre, quien supuso que sería Joan, no solo por su chaquetilla de cocinero, sino por el brillo soñador de sus ojos tan azules que se veían a lo lejos y la radiante sonrisa de su boca.

La cara se le hacía conocida, pero como solía sucederle a menudo, no ubicaba dónde podría haberlo visto antes. Parecía muy joven, a pesar de las pronunciadas entradas en sus sienes. Era casi tan alto y corpulento como Ángel; sin embargo, no se parecían en nada. Dana se planteó qué habría llevado a esos dos hombres a ser amigos, y en qué modo uno y otro se podían haber salvado la vida mutuamente.

En cuanto Ángel cerró el paraguas, se oyó el primer grito.

—¡Es Dana Oteiza!

Al instante, ambos estaban rodeados y eran deslumbrados por los flashes de las cámaras.

Ella respondió a todas las preguntas que le fueron lanzando: estaba allí con un amigo, para apoyar el nuevo proyecto de un colega de profesión y, por supuesto, para disfrutar de una agradable velada y una excelente cena.

También agradeció las alabanzas a su *look* de esa noche, las referencias a las buenas críticas sobre Suculentos publicadas recientemente y se vio obligada a reiterar, hasta dos veces, que iba acompañada de un «amigo».

Ángel se mantuvo quieto y callado en todo momento, alternando la mirada de una cámara a otra, a Dana y a su amigo, al que veía sonreír entre las cabezas de desconocidos.

Cuando se dieron por satisfechos y les dejaron paso, alcanzaron a Joan a tiempo de hacerse unas fotos para Antonio tras finalizar su entrevista.

—Gracias por el despliegue —le susurró Dana al saludarlo con dos besos.

—Solo he hecho algunas llamadas —argumentó quitándole importancia. Hizo una pausa para indicarle a su fotógrafo que tomara algunas imágenes en el interior del local—. Pero he conseguido una entrevista en exclusiva con el protagonista. Además de una invitación a cenar que no pienso declinar, porque, si lo que Joan me ha contado no son solo palabras, vamos a disfrutar de la noche, amiga mía.

Tras una pequeña reverencia hacia Dana, apretó la mano de Ángel, palmeó la espalda de Joan y sacó su móvil para hacer una llamada. Antes de que desapareciera por la puerta principal, los tres pudieron oírle decir:

—Alfredo, no cierres la edición de mañana hasta que recibas mi artículo sobre Joan Cisneros y el nuevo restaurante Rumbo al Edén. Quiero doble página, con fotografías en color.

—¿Has oído eso, Ribera? —Joan se llevó las manos a la frente y se le escapó una risa nerviosa—. Va a salir a doble página, mi restaurante, el primer día. Es... es...

—Estupendo, mejor que en tus mejores sueños.

—Exacto —confirmó y, tras carcajearse una vez más, se volvió hacia Dana y le tomó ambas manos con adoración—. No sabe el honor que es para mí que haya aceptado acudir a la inauguración de Rumbo al Edén, señorita Oteiza.

—Llámame Dana, por favor —solicitó apretando sus manos con amabilidad. Y como la duda le corroía, no pudo evitar preguntarle—: Tu cara me resulta familiar. ¿Nos hemos visto antes? ¿En algún evento gastronómico quizá?

Él negó con la cabeza, pero sonrió contento porque simplemente recordara su cara.

—No he tenido el placer. Pero sí que he estado en Suculentos cenando unas tres o cuatro veces este año.

—Claro, eso debe de ser —reconoció con alivio.

Tener esa incertidumbre siempre la irritaba—. ¿Entramos? Te aseguro que me muero de curiosidad por ver lo que nos vas a ofrecer.

—Adelante. —Joan abrió la puerta y los invitó a pasar delante de él—. Os he reservado la mejor mesa. Espero alcanzar tus expectativas.

—Y yo espero que me dejes colarme un ratito en tu cocina.

—¿De veras?

—Si no es mucho pedir...

—¡Al contrario! Yo tengo que ir ya a supervisar los últimos toques del menú degustación que vamos a servir esta noche. Si quieres acompañarme...

—Perfecto.

Entraron directos a la cocina, por lo que apenas vislumbraron el resto del restaurante, que ya se empezaba a llenar.

Nada más ver a Dana aparecer por la puerta, un silencio sepulcral se apoderó del lugar. Ángel había investigado su trayectoria, como parte de su trabajo y también por interés personal. Incluso había probado sus platos, y con eso no habría hecho falta nada más. Aun así, ver cómo su mera presencia imponía a todo un equipo de cocina, o cómo los periodistas se lanzaban a fotografiarla, le hizo preguntarse si ella se sentiría a gusto despertando esa admiración o si por el contrario preferiría poder pasar desapercibida.

—Por favor, seguid. No pretendo interrumpir. Solo curiosear un poco.

Se había sonrojado. No lo había hecho ante las cámaras, pero sí ante compañeros de profesión. Podía ser algo insignificante, pero satisfizo a Ángel casi tanto como verla aparecer elegantemente vestida para la ocasión... o para él, le había gustado imaginar.

Siguió a ambos a dos pasos de distancia en su recorrido por la cocina. Los escuchó hablar en términos que le eran por completo desconocidos. Observó cómo ella se hacía con una cuchara para probar de una cazuela, cómo se acercaba a otra para respirar el aroma del vapor que emergía sinuoso. En unos minutos, ya parecía estar en su propio territorio.

Joan escuchaba cada comentario, agradecía cada consejo que ella le iba dando para hacer más eficientes los espacios de su cocina o más cuidados los emplatados de algunas elaboraciones; todo fruto de una experiencia que ella poseía y que a Joan aún le faltaba por adquirir, además de un talento propio que, sencillamente, se tenía o no se tenía.

Dana felicitó uno por uno a todos los miembros del equipo, dejándoles encantados y orgullosos para, por lo menos, lo que quedaba de noche, calculó Ángel mientras abandonaban el corazón del restaurante y se adentraban en el lugar que daba nombre al sueño de su amigo.

—Pasaremos por el resto de mesas de camino a la vuestra, así podréis ver cómo ha quedado la decoración que yo mismo he diseñado.

Recorrieron el salón de dos pisos, que más bien parecía una porción de selva tropical en la que habían colocado mesas desperdigadas y medio ocultas, aportando intimidad y mayor sensación de estar perdido en mitad de una naturaleza como de otro mundo.

Estaba segura de que la mayoría de aquellas plantas debían de ser artificiales, no solo por la falta de luz natural que las nutriera, sino porque le resultaba imposible creer que vegetación así pudiera existir. Al menos no en este planeta.

—¿Eso son mariposas?

Sobre un estanque en el que nadaban pececillos de colores brillantes y flotaban nenúfares en flor, un grupo de bichitos alados que parecían mariposas pero a la vez parecían tener cuerpo humano entre ambas alas revoloteaba sin rumbo aparente.

—No, son hadas.

—¿Perdona?

La carcajada de Ángel a su espalda la hizo estremecer. Al parecer él ya sabía lo que se iban a encontrar allí.

—¿Ves esas cámaras allí, allí y... ahí? —Joan señaló con el dedo varios puntos estratégicamente situados en las ramas de los árboles que rodeaban aquel rincón—. Proyectan unas imágenes que crean una ilusión en tres dimensiones.

—Nunca había visto nada igual. Parece real.

—Esa era la idea. Me pareció idóneo distribuir unas butacas en torno al estanque y que así se pueda tomar una copa o un café tranquilamente después de la cena. ¿Te gusta?

—Me encanta.

—Me alegro. Sigamos.

Dana siguió caminando cada vez más inmersa en la sensación de estar fuera de la ciudad, explorando un paraje virgen y sobrecogedor. Una pequeña cascada en una pared cuyo fondo cambiaba de color suavemente.

Una mesa de mayores dimensiones que las otras que habían ido encontrando, situada bajo una parra que parecía estar dando fruto realmente, y donde un amplio grupo de mujeres se estaba acomodando mientras alucinaba con la decoración que las rodeaba. Finalmente, una arcada que enmarcaba un pasillo por el que Joan les indicó que debían pasar.

—Vuestra mesa. El reservado más especial de todo el local. Espero que disfrutéis de la cena. En cuanto pueda, me acercaré a veros. Ahora debo irme.

—Claro, tendrás mucho que hacer. No te entretenemos más.

—Buen provecho.

—Joan... —Dana le detuvo cuando ya se estaba alejando—. Todo esto es absolutamente precioso.

—Gracias —respondió henchido de satisfacción antes de desaparecer.

—¿Tú ya sabes lo que hay al otro lado? —Dana se situó debajo de la arcada, asomando un poco la cabeza pero sin adentrarse más allá.

—No. Esta parte aún no estaba terminada cuando Joan me enseñó el resultado de su faraónica obra. Tú primero.

Ella caminó un paso por delante de Ángel y al llegar al final del corto pasillo, detrás de una nube de enredaderas que descendían casi hasta el suelo para hacer el efecto de una cortina, les esperaba una mesa ovalada que parecía el tocón de un árbol talado. Las sillas eran claramente artesanales, con curvas sinuosas y asimétricas, como si estuvieran hechas de ramas caídas. Sobre ellas, crecía un árbol que parecía real y que abrazaba el conjunto con sus frondosas ramas, aunque dejando el espacio justo para que ni el más alto de los clientes pudiera golpearse en la cabeza. Paredes cubiertas por una especie de musgo y un intenso olor a hierba recién cortada sugerían una mezcla entre el interior de una cueva y un picnic al aire libre.

Ángel se quitó la chaqueta de cuero y la colgó de uno de los salientes de la pared en forma de frutas que, supuso, estaba allí para eso. Ayudó a Dana a retirarse la suya cuando ella comenzó a desabrochársela y tragó saliva con dificultad al contemplarla solo con el favorecedor vestido que la envolvía.

—Me siento como en un cuento —declaró Dana mientras él le retiraba la silla.

—¿*Blancanieves y los siete enanitos*?

—No, más del tipo *Alicia en el país de las maravillas*. ¿Tú no lo ves así?

—Yo más bien veo una mezcla entre *Parque Jurásico* y la *Tierra Media*. No sé si lo próximo en aparecer será un dinosaurio o un hobbit.

Los ojos de Dana se abrieron de par en par.

—Espero que no le hayas dicho eso a tu amigo.

—No. Le he dicho que es muy bonito, pero que deje de fumar porros.

—¿En serio le has...?

—No. —Ángel dejó las bromas con las que había tratado de pensar en otra cosa que no fuera lo bien que se le ajustaba la tela al cuerpo. Una tela de un verde tan intenso que ella misma parecía parte de esa figurada naturaleza que los rodeaba—. Esto es demasiado especial para él. Le he dicho... que es mágico —reconoció.

—Y no has mentido.

—Nunca lo hago. A menos que esté de incógnito y tenga que hacerme pasar por alguien que no soy.

—Ya. Miguel —recordó ella con una mueca.

—O Manuel. O Israel... Me suele gustar la rima.

Aquello hizo sonreír a Dana y Ángel se quedó tan embebido de su boca que no vio aparecer al camarero hasta que lo tuvo justo detrás. Se sintió un estúpido por sobresaltarse al oír su voz.

—Buenas noches. Me llamo Álex y voy a ser su camarero. Cualquier cosa que necesiten no duden en solicitármela.

—Muy amable —respondió Dana, impresionada por la correctísima atención que dispensaba el camarero.

—El menú degustación cuenta con diecisiete platos, pequeñas elaboraciones en representación de algunos de los platos de la carta que ofreceremos a partir de mañana. Les iré trayendo diferentes vinos a lo largo de la cena. Si prefieren no hacer la cata, pueden elegir un solo vino u otro tipo de bebida. Aunque aconsejamos que se aventuren a probar las propuestas de nuestro chef.

—Por mí no hace falta cambiar nada —aceptó Dana.

—Ya estamos de safari. —Ángel miró a su alrededor mientras se extendía la servilleta sobre el regazo—. Un poco más de aventura no nos matará.

—No seas malo —le regañó Dana, a pesar de que el camarero se rio por el chiste.

—Buena elección. La disfrutarán.

—No me cabe duda —respondió Dana expectante. Se sentía nerviosa, y sabía que no era solo por la aventura de probar un elaborado menú. No había contado con estar tan a solas con su acompañante, y aquella intimidad, dentro de aquel paraje de cuento, la empujaba a sentirse como en una auténtica cita.

Esperaba que él estuviera pensando en dinosaurios y no en lo mismo que ella, por el bien de ambos. Sin embargo, su forma de mirarla, intensa y directa, le decía justamente lo contrario. Además, estaba tan atractivo con la camisa abierta un botón más de lo convencional, dejando que una leve porción de vello asomara, invitándola a seguir desabrochando botones. Y qué decir de lo bien que olía...

Esta vez fue ella la que se sobresaltó al sentir al camarero a su lado. Disimuló el susto como pudo y observó con ojos de chef el primer plato que les servían. Más valía centrarse en la comida.

5

—Cuéntame algo de ti.

Dana se quedó con la copa a medio camino de su boca. Hasta el momento solo habían hablado de los platos que habían ido probando. En concreto, ella le había ido explicando la complejidad de algunas de las elaboraciones que les habían servido, como si le estuviera dando una clase magistral de alta cocina. Se temió estar aburriéndole.

—¿Algo como qué?

—Algo que no se pueda encontrar en internet.

Aquel planteamiento llevaba implícitas algunas cosas. Como que él sabía mucho más de ella que a la inversa.

—¿Sabes todo lo que hay sobre mí en internet?

—Probablemente todo no. —Hizo una pausa para masticar su último bocado y bebió un sorbo de vino antes de seguir, sabiendo que ella lo miraba esperando más explicaciones—. Se me habrá escapado algo. No le he encargado la labor al equipo de expertos en la Red.

He hecho yo mismo la búsqueda. Con motivo de la investigación, por supuesto.

—Por supuesto —repitió con sorna.

Aunque en contra de su voluntad, se sentía halagada de que él se hubiera interesado hasta ese punto. Para satisfacer su petición, meditó unos instantes qué faceta de ella podría resultarle interesante. Y sin saber cómo, su boca fue más rápida que su cerebro, revelándole algo que hasta el momento no se había atrevido a confesar a nadie. Ni a Eloy ni a María.

—Estoy escribiendo un libro.

La mueca que se dibujó en su boca le dijo a Dana que no se había esperado que le contara algo así. Aunque, después, arqueó las cejas y asintió como si de pronto le pareciera evidente.

—De recetas —afirmó, no preguntó.

Aquello molestó a Dana. Como si por ser chef diera por hecho que no tenía otras inquietudes en la vida. Aunque lo que más le molestó fue que no había estado del todo desatinado.

—No solo de recetas. —No pudo evitar que la voz le saliera cortante. Trató de corregirla mientras explicaba en voz alta por primera vez qué era a lo que estaba dando forma por las noches en su ordenador—. Las recetas son... una especie de epílogo de cada capítulo. Realmente es un diario de mis viajes, donde recojo mis experiencias en cada ciudad, cómo percibí el carácter y la forma de vivir de cada cultura, y cómo la gastronomía se funde con todo ello, influyendo en la sociedad y siendo influenciada a su vez por las personas.

—Co... Caray —soltó Ángel, tratando de cuidar su

a menudo vulgar lenguaje delante de la dama—. ¿Y ya tienes título?

—Eh... No he pensado en un título. Aún me quedan muchos datos por sintetizar. Y seleccionar solo unas pocas recetas de entre todo lo que aprendí en cada restaurante en el que trabajé me está resultando muy difícil.

—Bueno, el título suele enganchar. Pero siendo tú la autora, venderás miles de ejemplares elijas el que elijas. —Le sorprendió que ella desviara la mirada y retomara su cena ante lo que él consideraba que había sido todo un cumplido—. ¿He dicho algo malo?

—No. —Suspiró y soltó los cubiertos para coger su servilleta y limpiarse las comisuras de los labios. Ambos supieron que aquel había sido un gesto de nerviosismo—. Aún no sé si quiero publicarlo.

En esta ocasión fue Ángel quien soltó los cubiertos, dejándolos caer casi de golpe sobre el plato, en señal de indignación.

—¿Y se puede saber por qué?

—Porque... Es algo muy personal. Lo estoy escribiendo para mí, como un recuerdo en el que se fusionan otros miles, una parte muy especial de mi vida que no quiero olvidar. Por eso necesito recopilar lo mejor y lo peor, las anécdotas, los mejores platos y técnicas, todo lo que he aprendido de tantísimas personas.

—Lo entiendo. Pero creo que, tal como lo describes, sería una pena que solo tú pudieras disfrutar de él. Es como si hubieras decidido que te limitarías a cocinar en tu casa para ti sola. Un acto egoísta y una gran pérdida para la humanidad.

—Vaya. —Se rio tímidamente por la exageración, pero aceptó el cumplido y los buenos pronósticos para su libro—. Sí que eres persuasivo.

—Mucho. Eso es algo que puedo contarte de mí y que no encontrarás en internet —bromeó, relajándola después del rato de tensión que había pasado hablando de su pequeño secreto—. Así que, como la publicación de tu libro será algo que con toda seguridad estará en la Red en un futuro, me sigues debiendo información no rastreable.

El argumento le pareció un poco absurdo, pero solo por el interés que estaba poniendo decidió concederle lo que pedía. Eligió algo personal pero no demasiado íntimo.

—Soy una fisonomista imperfecta.

—¿Una qué?

La carcajada de Dana hizo eco en la cúpula que adornaba el techo sobre sus cabezas y por donde las ramas parecían querer salir para expandirse a sus anchas.

—Lo que quiero decir es que tengo la habilidad de recordar cualquier cara que vea, aunque solo haya sido unos pocos segundos. El problema es que, en ocasiones, cuando vuelvo a verla, no consigo recordar quién es o dónde la vi por primera vez. Sin embargo, me suele ocurrir que días, semanas o incluso meses después, algo hace detonar el recuerdo en mi cabeza y logro encontrar la conexión entre el rostro que vi la primera vez y la segunda.

—¿Recuerdas a todos tus clientes? —Le parecía harto difícil.

—Si me he fijado en sus caras al menos unos segundos, sí. Aunque puede que no sepa que es en el restaurante donde los he visto.

Él emitió un silbido que reflejaba lo insólito que le parecía.

—Suerte que no trabajas mucho de cara al público, sería horrible que te sonaran cientos de caras. Un momento... ¿recuerdas la cara de todo aquel que te cruces por la calle?

El gesto de espanto del inspector era un poema. A Dana le hizo muchísima gracia la importancia que le estaba dando a su curiosa y un poco desastrosa habilidad.

—No. Como te he dicho, debo haberme fijado al menos unos segundos en el rostro para que se me grabe en la retina.

Ángel se la quedó mirando con curiosidad mientras les servían el siguiente plato del menú, un *risotto* de carabineros y *boletus* que olía a las mil maravillas y que, al igual que los anteriores, estaba delicioso.

—Deja de mirarme como a un bicho raro y come —le exigió Dana al ver que seguía mirándola fijamente—. ¿Qué ocurre? ¿Tú no tienes nada curioso de lo que alardear?

—No. Yo soy muy normal.

—¡Oye! —Ligeramente ofendida, cogió un pedacito de pan y se lo tiró a modo de protesta. Este rebotó contra su frente y cayó directo en su plato.

—Ups. Lo siento.

Quiso mantenerse seria pero le dio la risa floja. Para su desconcierto, Ángel siguió comiendo como si nada, incluso se llevó el pedacito de pan a la boca como si ella no lo hubiera lanzado.

No obstante, su gesto invulnerable no tenía nada que ver con la tempestad de sensaciones que bullían dentro de él. Se había sentido complacido de que ella le contara esa pequeña rareza suya, con confianza y además con humildad, definiéndola como imperfecta cuando a él le parecía algo prodigioso.

Después, ante la pequeña broma que había forzado para provocarla, ella había sacado su orgullo y había protestado frunciendo los labios en una especie de puchero de lo más provocador. A él le habían dado tantas ganas de morder su boca en ese momento que había tenido que disimularlo masticando el pan con fuerza.

Para colmo, a ella le había entrado la risa y a la ebullición de su sangre le había dado más fuego con unas sonoras carcajadas acompañadas de una sonrisa natural y sincera.

Se dijo que podría pasarse la noche enfurruñándola y después haciéndola reír para así poder volver a ver ese cambio en el gesto de sus labios una y otra vez. En cambio, decidió no tentar a la suerte para evitar acabar besándola allí mismo. No quería dar un paso en falso y fastidiar la noche.

—Los perros me adoran —soltó a bote pronto cuando Dana menos lo esperaba.

La pilló bebiendo de su copa de vino, esta vez tinto. Y le sonó tan raro e inesperado que la bebida se le fue por el lado equivocado y sufrió un acceso de tos un poco escandaloso. Él le dio unos golpecitos en la espalda y los dos terminaron riéndose con ganas.

—Así que los perros te adoran —repitió ella cuando recuperó el habla—. ¿Todos?

—Hasta el momento, sí.

—¿Y es un amor correspondido?

—Los perros son animales sumamente inteligentes. Si yo no los adorara, no inspiraría ese sentimiento en ellos.

—Lógico. —Para Dana, aquello decía mucho de una persona. El respeto por los animales era algo que le habían inculcado desde pequeña. Y ahora, de mayor, era muy selecta con la carne y el pescado de sus proveedores, quienes debían cumplir unos estrictos requisitos de salubridad en sus granjas y piscifactorías—. ¿Tienes perro?

—No puedo cuidar de uno con mis horarios. Y no se debe tener un animal si no se puede cuidar correctamente.

—No podría estar más de acuerdo. —Lo miró complacida, aunque a la vez preocupada. No era buena idea seguir encontrando virtudes en su acompañante de esa noche—. Así que eres un amante de los perros imperfecto.

—¿Por qué imperfecto?

—Porque no tienes uno.

—Bueno, lo tengo, pero no en mi piso.

La sorprendió sacando el móvil y enseñándole una foto de dos niñas abrazando a un enorme gran danés.

—Mis sobrinas con *Nilo*. La mayor eligió el nombre cuando mis padres lo adoptaron, porque, según ella, era muy largo.

Observó el móvil con atención. Que compartiera

con ella algo tan íntimo como aquella foto la sobrecogió tanto que por un momento no supo qué decir.

—¿Y cómo llegaste a la conclusión de que los perros te adoraban?

El camarero les retiró los platos y Ángel esperó a que se marchara para contar algo que no solía airear habitualmente.

—Verás. Tuve un caso hace unos años que me obligó a pasar bastante tiempo en el aeropuerto. Un día, unos compañeros de estupefacientes pasaron por delante de mí con un cachorro al que estaban adiestrando para detectar droga de contrabando. Lo vi pasar y no puede evitar pensar en lo adorable que era, un pastor alemán de un pelaje espeso, de los que dan ganas de acariciar nada más verlo.

»No sé si él supo lo que yo estaba pensando o qué detectó en mí, el caso es que se desvió del camino que seguían sus adiestradores y se tiró panza arriba delante de mí, solicitando ser acariciado.

—¿En serio? ¿Y lo hiciste?

—Me salió sin pensar. Él estaba encantado, pero los dos agentes me miraron con una cara que decía claramente: «Si no llevaras esa placa colgada al cuello, te detendríamos ahora mismo. Nos has fastidiado un día entero de adiestramiento.»

No se lo había contado para hacerla reír, sino para corresponderle con una revelación personal. Pero ella se desternillaba y él no podía estar más encantado de verla así.

—Por cierto. Mis sobrinos también me adoran —comentó sin poder resistirse.

—¿Sobrinos? ¿No había dos niñas en la foto?

—Sí. Esas son las de mi hermana mayor. La mediana tiene un chico de cuatro años, y un segundo en camino.

—¡Caray! ¡Cuánta familia!

—No tanta —contradijo él. Dos hijos por familia era bastante habitual en los tiempos que corrían.

—Yo no tengo hermanos, y me habría encantado. Lo más parecido a una hermana para mí es María. —Una sombra de nostalgia nubló su rostro y Ángel se sintió empujado a devolverle la sonrisa cuanto antes—. No sabes la envidia que me das.

—No te la daría si tuvieras que soportar horas de peinaditos para que las niñas se diviertan jugando a las peluqueras. —Se llevó la mano a la nuca y se rascó el pelo—. Como no me crezca el pelo antes de que vuelva a verlas, se van a llevar una decepción enorme.

Dana cruzó los brazos sobre la mesa y se acercó a Ángel por encima del postre que acababan de servirles.

—¿Pretendes que me crea que te dejas hacer coletitas por unas niñas?

Ella lo miraba desafiante. Pero él no tenía nada que ocultar.

—Y trencitas —recalcó—. A mi padre le pasan el cepillo sin piedad por el poco pelo que le queda, y por la calva también. Ni siquiera *Nilo* se libra. Pero como no tiene pelo que peinar, le intentan poner gomitas y horquillas en las orejas. Y lo soporta tan estoicamente como el resto de la familia.

Esta vez ella no dijo nada, solo se lo quedó mirando con una sonrisa misteriosa. Después bajó la mirada y se centró en su postre.

Había visualizado la escena. Una mañana de Navidad, las niñas persiguiendo a un perro el doble de grande que ellas y después, arrastrando hasta el árbol lleno de regalos ya abiertos, a su abuelo y a su tío, ansiosas por que jugaran con ellas. Y tanto Ángel como una versión más mayor de él, dejándose torturar solo para hacer felices a sus adoradas niñas.

Dana hubiera deseado poder presenciarlo y no limitarse a imaginarlo. Pero, como tantas otras cosas con Ángel, más valía no pasar de la barrera de la imaginación.

—Y ahora la guinda del pastel. —La voz de Joan los sobresaltó, cortando el silencio que se había cernido sobre ambos—. O más bien, la endrina —se corrigió con tono divertido y un guiño—. Espero que hayáis venido en taxi, porque no os podéis marchar sin probar esto.

Ambos observaron cómo el anfitrión se dejaba caer sobre una silla y depositaba tres pequeñas copitas heladas sobre la mesa. Los miró con sonrisa traviesa y les mostró una botella sin etiqueta que contenía un líquido rojizo.

—¿Pacharán del que hace tu abuela? —adivinó Ángel, y aceptó de inmediato la copa que su amigo le ofrecía.

—Directo desde la bodega del pueblo. Sangüesa, Navarra —aclaró para Dana, quien cataba ya su copa a pequeños sorbos y lo paladeaba asintiendo a modo de visto bueno—. Selecto y exclusivo para los amigos. Algo así no puede incluirse en la carta.

—¿Te has bebido ya lo que falta en esa botella? —le

preguntó entre risas Ángel cuando Joan derramó un chorrito sobre el mantel al servir una segunda ronda.

—Ni una sola gota. Pero le he servido una copa a mi equipo para celebrar el éxito de esta noche.

—Pues pareces borracho.

—Es la euforia. Estoy borracho de felicidad —confesó antes de beberse su copa de un rápido trago.

—El éxito puede emborracharte tanto o más que un buen orujo. Disfrútalo, empápate de él, pero nunca dejes que nuble tu horizonte.

Ambos hombres se quedaron en silencio ante las palabras de Dana.

—Vaya. —Joan se puso serio de pronto—. Eso es muy profundo.

Dana se sonrojó de inmediato.

—Igual yo sí que estoy un poquito borracha.

Según lo dijo, se le escapó un hipo ridículamente agudo que hizo que los tres se carcajearan.

—No más para mí —declinó cuando Joan fue a servir una tercera ronda—. Pero está delicioso. Mi enhorabuena a tu abuela.

—Te haré llegar una botella, si quieres, como agradecimiento por tu asistencia.

—No tienes nada que agradecer. He disfrutado muchísimo con tus platos, con la visita a tu cocina, y con...

—¿La compañía? —concluyó Ángel por ella.

Dana lo miró de soslayo y puso los ojos en blanco. Pero cuando lo pensó un poco, comprendió que, en efecto, la compañía había contribuido mucho a que esa noche fuera perfecta.

—También —admitió sin miramientos—. Pero iba

a decir con el ambiente. Es mágico, Joan, además de acogedor y agradable. Es como un sueño, un auténtico jardín del Edén. ¿Cómo se te ocurrió la idea?

Según lanzó esa pregunta, Dana atisbó a ver con el rabillo del ojo cómo Ángel se envaraba a la vez que el gesto de Joan pasaba de divertido a ligeramente serio, aunque no enfadado. Era como si aquella sencilla pregunta significara un mundo para él.

—¿Tu flamante acompañante no te lo ha contado? —Ella negó con la cabeza y miró a Ángel, pero este escondía la mirada en la copa vacía que sostenía con ambas manos. Joan se dirigió entonces a él—. ¿En serio has desaprovechado la oportunidad de alardear de héroe ante semejante mujer? La ocasión no podía haber sido más propicia.

—Ya empezamos —dijo Ángel entre dientes antes de quitarle la botella a su amigo y servirse una copa a sí mismo y otra a Dana, quien fue a taparla con la mano pero no fue lo suficientemente rápida—. Créeme, agradecerás otro trago si este pesado pretende contarte esta batallita de cabo a rabo.

—Es ella quien ha preguntado —se defendió el aludido, y acercó su copa para que se la rellenara—. Te contaré la versión corta como a Antonio Silva, si lo prefieres. Pero la larga tiene los detalles más interesantes.

—Yo no tengo prisa —concluyó Dana, interrogando con la mirada a Ángel, quien se encogió de hombros y se recostó sobre el respaldo de su asiento—. Soy toda oídos.

Con una repentina y acuciante curiosidad, se dispuso a escuchar la historia que Joan parecía encantado de volver a contar, al contrario que Ángel, quien estaba claramente incómodo.

—Supongo que ya sabes que yo antes era policía.

—Eh... No. —Contrariada, miró a Ángel pidiéndole mudas explicaciones. Pero ni siquiera obtuvo un gesto de su serio rostro. Tan solo le devolvió la mirada. No supo qué vio exactamente en sus ojos, pero, como si se conocieran de toda la vida, captó de inmediato el mensaje: «No es una historia para contar a la ligera.»

—Me hice policía por tradición familiar —explicó Joan, ajeno al diálogo de miradas que se sucedía frente a él—. Mi bisabuelo, mi abuelo y mi padre, todos miembros de la Policía Nacional. Y yo, como hijo único, no podía plantarme y decir que prefería los fogones. Así que me incorporé al cuerpo como se esperaba de mí y dejé la cocina para los eventos familiares y la soledad de mi casa.

Dana se centró en las palabras y no apartó en ningún momento la vista del narrador mientras abría su corazón y explicaba el conflicto interno que había vivido durante sus años de servicio. Se había sentido complacido por la labor pública que estaba realizando, los compañeros eran magníficos, su familia se sentía orgullosa... Pero siempre le faltaba algo que le impedía sentirse completo.

No fue consciente de que, a su lado, Ángel observaba con lupa sus reacciones, cada gesto, cada movimiento. Y se llenaba de cada uno de ellos. Leyó auténtico interés y no mera cortesía, comprensión y empatía, incluso diversión en las espontáneas sonrisas que iluminaban su rostro cuando Joan adornaba la poco alegre historia con pequeñas anécdotas que le quitaban peso al lastre que le estaba explicando que había arrastrado durante casi toda su juventud.

—Entonces ocurrió el incidente que lo cambió todo —oyó Ángel que decía su amigo, y Dana se giró hacia él, dado que suponía que se refería a lo que él le había dejado caer en el taxi como si tal cosa: que uno había salvado la vida del otro, aunque la cuestión parecía ser quién había sido el héroe de los dos. Lo descubrió con la vista fija en su rostro y gesto indescifrable. A ambos les costó apartar la mirada más de lo que quisieron reconocerse, y solo que Joan lo interpelara directamente logró evitar que Ángel retirara el mechón de pelo que a Dana se le había escapado del recogido y acariciaba su sien y su mejilla—. Amigo, espero que no me interrumpas hasta que termine de contar mi versión de los hechos. Después, si quieres, puedes contar la tuya.

—Ya veremos.

Sabedor de lo que venía a continuación, y con la sangre ardiéndole de forma extraña, Ángel se sirvió otra copa, la última, se prometió, pues más le valía mantener la lucidez y dejarse de absurdas tentaciones como tocar un mechón de cabello solo para comprobar la suavidad de este, y del rostro que rozaba. Sin embargo, el color del líquido cayendo en la copa guardaba demasiada similitud con la larga cabellera que Dana mantenía amarrada en su nuca, dejando al descubierto una buena porción de espalda, esbelta, pálida, prometedoramente suave... Cerró los ojos y apuró la copa de un solo trago.

—No puedo darte muchos detalles del caso, pues sé

que sigue abierto y debe guardarse confidencialidad —se disculpó previamente—. Solo puedo decirte que investigábamos una poderosa red de trata de seres humanos, y que por fin íbamos a dar caza a uno de los cabecillas.

Un suave toque en el pie del lado en el que estaba sentado Ángel previno a Dana de hacer ningún tipo de comentario. Como había imaginado nada más mencionarlo, el caso no solo seguía abierto, sino que era exactamente en el que ella se había visto envuelta. Si había tenido el menor impulso de mencionárselo a Joan, el aviso por debajo de la mesa la disuadió por completo. Y sin la menor de las dudas, supo que lo importante de su silencio no era la confidencialidad del caso, sino la tranquilidad de Joan. Para él era un capítulo cerrado en su vida, y lo que iba a contar pertenecía al pasado. No iba a ser ella quien le arruinara la noche ni el comienzo de su nueva y prometedora vida.

—Suena peligroso —dijo sin más, y aceptó que Ángel le sirviera otra copa, incluso lo agradeció, así no tuvo que disimular para poder tragar el nudo que se le había formado en la garganta mientras buscaba algo neutro que decir—. Solo una más, pero porque está realmente exquisito —añadió, sintiéndose un poquito mareada. ¿Cuántas llevaba? Había perdido la cuenta.

—Lo era. Pero también era la mejor oportunidad que habíamos tenido hasta entonces para atraparlo con las manos en la masa. Éramos un equipo de cuatro, con Ángel al frente, más los refuerzos que pedimos al confirmar la presencia del sospechoso en uno de los yates amarrados en el puerto deportivo. Es difícil asaltar una embarcación sin ser descubiertos, aunque también es difícil huir de ella. Así que los escoltas del pez gordo que se escondía en el camarote principal no dudaron en abrir fuego.

—Dios mío, parece de película —susurró Dana, temiéndose que aquello no iba a acabar bien por el gesto apesadumbrado del rostro de ambos. Ellos estaban ahí para contarlo, y estaban enteros, pero algo le decía que la nube de pesar que envolvía todo aquello no se debía solo a que tal vez aquel delincuente se hubiera escapado.

—Ojalá se hubiera tratado de ficción. Rara vez había tenido que sacar el arma en mis años de servicio, y aquel día tuve que disparar el cargador completo. Aun así no pude evitar que me alcanzaran. —Atónita, Dana observó cómo se remangaba la pernera del pantalón, mostrándole dos cicatrices a la altura del gemelo. No le había notado cojear, así que imaginaba que no había tenido secuelas graves—. Caí de rodillas sobre la cubierta, la pierna me ardía, y no me quedaba munición en el arma. Estaba intentando recargarla cuando vi a un hombre apuntar hacia Ángel. Lo único que pude hacer fue gritar para avisarlo.

—Y eso me salvó la vida —apuntó este—. Brindo por ello.

—Te pedí que no me interrumpieras.

—Salud —fue su réplica, y se bebió una copita más, en contra de sus buenos propósitos.

—Ángel pudo esquivar la bala que iba directa hacia él tirándose al suelo. Entonces el tipo se giró hacia mí y disparó una única vez.

—¡Santo cielo! —Dana contuvo el aliento cuando lo vio abrirse la chaquetilla y le mostró otra cicatriz en el pecho.

—Recuerdo cómo penetró la bala con sumo detalle. La piel rasgándose, la costilla fracturándose, y el fuego tan dentro de mí que pensé que iba a explotar —describió acariciándose el punto de impacto—. Lo único que pude ver mientras caía inconsciente fue a Ángel disparándole antes de que me rematara. Apuntaste a las piernas, colega, pero acertaste en una arteria principal y el cabrón murió desangrado antes de que llegaran los sanitarios —le recordó mordiendo cada palabra, como si aquel hecho aún fuera un capítulo abierto para ambos.

Ángel se limitó a asentir con la mirada perdida en un punto en el infinito.

—Otros tres delincuentes murieron ese día. Además de una compañera de equipo. Lucía. Valiente como ninguna. Brindemos por ella —dijo esta vez Joan con rabia en la voz, y sirvió lo que quedaba de la botella repartiéndolo entre los tres.

Ninguno pudo negarle el brindis.

—Creí que te me ibas —murmuró Ángel tras un breve silencio que Dana no se había atrevido a romper—. Te taponé la herida lo mejor que supe, doy gracias a Dios por la formación en primeros auxilios que recibimos antes de sumarnos al cuerpo. Pero llegué a creerte muerto, amigo.

—Lo estuve. Durante algunos minutos, dicen. —Con las manos extendidas, Joan miró a su alrededor y dio un pequeño giro, sonriendo de oreja a oreja—. Y aquí es a donde fui, querida Dana. Para mí fueron horas, largas pero maravillosas. Al despertarme recordaba cada rincón con tanto detalle que, nada más abrir los ojos en el hospital, le pedí a una enfermera que me trajera papel y lápiz. Dibujé todo lo que hay aquí. Y me prometí que no se quedaría solo en un dibujo, al igual que me juré vivir mi vida como realmente deseaba.

—Rumbo al Edén —pronunció Ángel, y sus palabras sonaron como en una oración.

—Sí, porque no llegué al final del viaje. Lo que veis es solo el camino. No me preguntéis cómo, pero lo sé. Al igual que supe que solo estaba allí de visita, porque aún me quedaba mucho por hacer. Mi alma aún no está preparada. La eternidad puede esperar un poco más.

La mano de Joan se posó sobre la de Dana cuando vio cómo unas lágrimas caían por sus mejillas. Esta se sobresaltó y se llevó con rapidez ambas manos a los ojos, secándose la humedad con las yemas de los dedos con cuidado para no emborronar su mirada con el maquillaje.

—¡Oh! —exclamó, y rio mientras más lágrimas caían sin que pudiera evitarlo. Rebuscó en su bolso hasta dar con un pañuelo y se limpió sin levantar la vista—. Pensaréis que soy una tonta.

—Por supuesto que no. Solo un alma sensible. No esperaba menos de alguien con tu talento. Ni de la mujer a la que Ángel mirara con ojos de corderito. —Joan se levantó y besó su mejilla antes de palmear la espalda de Ángel. Después susurró a Dana cerca del oído, aunque no lo suficientemente bajo—. Pero ándate con ojo. No vayas a dar con el lobo que hay detrás de esa piel de cordero.

—Vete a la mierda —le espetó Ángel, tirándole una servilleta mientras se alejaba entre carcajadas.

—Gracias por venir. Volved cuando queráis.

—Gracias a ti —replicó Dana con la voz aún tomada.

Él le dedicó una última sonrisa y desapareció entre las enredaderas.

—¿Estás bien?

¿Lo estaba? Sentía la garganta ligeramente estrangulada, el corazón encogido de emoción, y la fuerza de la oscura mirada de Ángel posada sobre su piel.

—Sí —carraspeó, y se obligó a recuperar la compostura—. Es solo que no me había esperado algo así cuando acepté venir a cenar contigo.

—¿Y qué esperabas?

Se levantó y retiró su silla para que ella lo hiciera también. Las luces se estaban atenuando. Era hora de irse. Dana se sorprendió deseando que no acabara la noche.

—Algo menos intenso —confesó mientras él la ayudaba a ponerse la chaqueta—. Menos personal.

—¿Esperabas conocer solo al cocinero y no a la persona?

—No lo sé. Quizá.

—¿Decepcionada?

—Todo lo contrario.

Una vez en el mostrador de la entrada, solicitaron la cuenta y, como Ángel ya había supuesto, les indicaron que invitaba la casa. Como Joan no estaba a la vista, y el camarero insistió en que él solo cumplía órdenes, ambos se resignaron y se marcharon aceptando la invitación sin opción de rechazarla.

Llegaron a la puerta y comprobaron con alivio que había dejado de llover.

—¿Llamamos ya a un taxi o te apetece que demos un paseo hasta dar con uno?

La noche era algo fría, pero Dana agradeció el aire fresco en su rostro acalorado.

—Creo que me vendrá bien caminar un poco para despejarme. Entre el vino y el pacharán, tengo la cabeza un poco embotada.

—Ya somos dos —reconoció, y le ofreció el brazo para que se apoyara en él. Dana lo miró estupefacta—. El suelo sigue mojado.

Tras unos segundos de duda, pues tal como se sentía no sabía qué sucedería si, simplemente, lo tocaba, accedió y se colgó de su firme brazo. Como ya había esperado, un cosquilleo se apoderó de su piel de inmediato.

Caminaron en silencio algunas calles, hasta que Ángel lo rompió al detenerse en un semáforo.

—Gracias por no mencionar nada sobre la otra noche en el Delirium, ni nada más al respecto.

—No se me habría ocurrido. Comprendo que ahora Joan está al margen de todo lo que tenga que ver con la investigación. —Al ver que él se quedaba callado, añadió—: Lamento la pérdida de vuestra compañera. Lucía.

Él no la miró, pero ella notó cómo se encogía, como cuando una herida escuece y uno intenta soportarlo estoicamente.

—Descubrimos que uno de los principales sospechosos, precisamente el hermano mayor del hombre con el que se citó tu amiga, frecuentaba un club de golf de la Costa Brava. La oficial Varela, Lucía, entró un día en mi despacho y me propuso acercarse a él haciéndose pasar por una rica heredera que tenía ese deporte como afición. No le iba a costar, pues su padre era constructor de campos de golf y ella jugaba desde niña. Además, había estudiado en el instituto francés y hablaba el idioma con fluidez.

—¿Y aceptaste? —preguntó Dana, imaginando lo peligroso que podría ser. Y tal como había acabado la cosa, se temió que así hubiera sido.

—Escuché su plan de principio a fin. Ella era concienzuda y tenía gran iniciativa. Pero el despliegue de recursos para mantenerla infiltrada todo el tiempo que fuera necesario se nos iba de presupuesto. Y tampoco me parecía seguro enviarla a la boca del lobo sin el respaldo suficiente. Así que no solo no acepté, sino que se lo prohibí tajantemente. Sabía lo testaruda que podía llegar a ser. Pero ella desobedeció mi orden directa.

A pesar de reconocer que ella era la que había cometido el error, Dana percibió que era él quien se sentía culpable por no haber tenido la autoridad suficiente para disuadirla.

—Supongo que lo hizo porque ese mes desaparecieron tres menores, y Damien era nuestro principal sospechoso. Lucía tenía una sensibilidad especial por los niños, y aquello le revolvía las entrañas. Fingió estar en su período de vacaciones y llevó a cabo el plan que me había explicado.

Una leve llovizna había comenzado a caer desde hacía varios minutos, pero Dana no se había atrevido a interrumpir su narración. Ahora se había convertido en una lluvia más intensa, y Ángel se detuvo para abrir el paraguas y cubrirlos a ambos. De inmediato, volvió a ofrecer su brazo a Dana, y esta lo aceptó sin rechistar.

—¿Cómo lo supiste?

—Mantenía una relación con Asensio, lo recordarás, era uno de los oficiales que estaba en el Delirium conmigo. Él vino a verme y me confesó que llevaban meses juntos, pero que hacía un par de semanas que lo esquivaba y ni siquiera le había dicho adónde se había ido a pasar sus vacaciones. Conocía el plan que ella me había planteado y yo rechazado, al igual que yo sabía de su relación pero nunca dije nada. La llamé y no me cogió el teléfono, así que Asensio y yo nos fuimos a buscarla.

—¿Al club de golf?

—Efectivamente. Fue entonces cuando me presentó unos informes que valían oro, con información suficiente para encerrar a Damien de por vida. Ella era muy atractiva, no tuvo el menor problema en conseguir que se fijara en ella y se confiara lo suficiente como para dejar su móvil a mano o el portátil sin apagar mientras desayunaban o se bañaban en la piscina del club. Y había descubierto que esa misma tarde se iba a realizar la siguiente entrega.

—¿Entrega?

—En el yate que asaltamos con un operativo prácticamente improvisado tenían retenido a un niño de trece años que iba a ser vendido a un puto pederasta.

Lo oyó coger aire. Las últimas palabras le salieron roncas, como si se asfixiara al decirlas. Ella se detuvo y tiró de su brazo para que hiciera lo mismo. Tras un leve forcejeo, él se dio por vencido. Se giró hacia ella y le habló sin esconder su dolor.

—La disparó en la cabeza al darse cuenta de que ella era policía. Asensio lo presenció, precisamente él. También había recibido un disparo en un hombro, y no pudo hacer nada.

—Tuvo que ser horrible. Para ti, para todos, pero sobre todo para él.

Visualizando la situación, la impotencia que tuvo que sentir Asensio le pareció insoportable. Tanto como la culpa que se notaba que sentía Ángel. Su subordinada había perdido la vida bajo su mando. El sufrimiento que había padecido, y estaba claro que seguía padeciendo, debía de ser enorme.

—Nos contó cómo vio el miedo en sus ojos, que se cerraron de golpe tras el disparo, cayendo a los pies de su asesino mientras este sonreía y se alejaba en una lancha a motor. Su cuerpo debió de acabar en el agua, pero nunca lo encontramos. No pudimos enterrarla como hubiera merecido. Y el maldito cabrón se nos escapó.

Como gesto comprensivo, Dana le acarició el brazo que aún rodeaba. Y lo sintió estremecerse.

—Intentas prepararte por si algún día sucede algo así. Pero cuando llega el momento, nadie está preparado. Sería inhumano no sentirse sobrepasado por una situación así. Sin embargo, acabas aprendiendo a convivir con ello. Eso, o dejas el cuerpo.

Reemprendieron la marcha. Él parecía haberse recompuesto. Como si sus últimas palabras le hubieran ayudado a concienciarse a sí mismo de que su profesión traía consigo ese horrible extra.

—¿Salvasteis al muchacho? —se interesó, esperanzada de que así fuera.

—Sí. Es lo único bueno que salió de ese aciago día. Y lo que evitó que el comisario nos expedientara a mí y a todo mi equipo por no darle aviso de nuestro asalto. Con tu amiga lo hemos vuelto a hacer, y si la cosa no hubiera salido bien esta vez, habría perdido mi placa.

—Pero lo importante es que salvasteis a ambos. A María y a ese muchacho —reflexionó Dana.

Él asintió y la sorprendió esbozando una repentina sonrisa.

—Es un chaval estupendo. Ahora vive en otra ciudad, por seguridad. Está sacando muy buenas notas. Y ha vuelto a salir con amigos. Lo acabará superando.

Así que le seguía la pista, se regocijó Dana, para comprobar que el muchacho estaba bien. En el fondo, visto lo visto con el inspector, no le sorprendía en absoluto.

Un taxi se detuvo para dejar a un grupo de jóvenes en la puerta de un pub y Ángel alzó una mano para reclamarlo.

—Espero no haber arruinado la noche con esta historia tan deprimente —comentó mientras se acomodaban en el asiento trasero—. Me ha parecido que, al menos durante la cena, lo has pasado bien. ¿Me equivoco?

—No te equivocas —concedió ella, y con eso él se dio por satisfecho.

No sabía por qué, pero contarle aquella oscura historia le había hecho sentirse más cercano a ella. De alguna manera, se había sentido obligado a hacerla conocedora de las vidas perdidas con las que cargaba su conciencia: la de una compañera a la que no había podido proteger y la de un asesino al que se había visto obligado a matar.

Al cobijo del vehículo, con la lluvia repiqueteando en los cristales y con una música suave y reconfortante de fondo, Dana se dio cuenta de lo distinta que se sentía sentada a su lado en ese momento. El silencio entre ellos no era el mismo que durante el viaje de ida, no era un silencio incómodo. No había esperado sentirse tan a gusto con él en tan pocas horas, llegar a conocer tanto de él, de su verdadera personalidad.

La noche y el propio inspector Ribera habían superado con creces sus expectativas. Había salido de casa sintiéndose atraída por su aspecto, sus gestos, su forma de hablarle y de mirarla, e incluso por su olor. Y volvía completamente prendada del alma a la que había podido asomarse a través de la narración de una de las experiencias más duras de su vida.

«Miedo me da conocerte más, inspector —pensó para sí, desviando la mirada hacia las luces de la ciudad—. Auténtico pavor.»

—¿A qué esperas? Abre la puerta.

Dana se quedó de una pieza. Le había indicado al taxista que no se marchara. No le había parecido que él pretendiera nada, ni siquiera cuando había insistido en acompañarla hasta la mismísima puerta de su casa.

—No pienso dejarte entrar.

La rotundidad con la que se expresó hizo que Ángel estuviera a punto de retroceder un paso. Pero se mantuvo firme y sonrió de medio lado.

—Las cosas claras, ¿eh?

—Mucho mejor que queden claras desde un principio. Nunca invito a un hombre a entrar en mi casa en la primera cita.

—Pero esto no es una cita —repuso. Ella abrió la boca para decir algo, pero él levantó la mano para que no hablara—. Y no pretendo que me dejes entrar. Solo asegurarme de que la puerta está bien cerrada y que no hay sorpresas dentro. —Se encogió de hombros con resignación—. Llámalo deformación profesional.

Disimulando como pudo la pequeña afrenta a su orgullo, Dana rebuscó en el bolso y abrió la puerta girando la llave tres veces. La oscuridad del interior se disipó un poco al inundarse el recibidor con la luz de la escalera.

—¿Todo en orden? —quiso saber él, estirando el cuello hacia la casa.

—Eso parece. Puedes irte tranquilo. —Se giró de nuevo hacia él y lo encontró allí plantado, sin moverse, mirándola fijamente—. El taxímetro sigue corriendo —le recordó.

Ella podía comportarse de pronto de forma arisca, a la defensiva. Pero ya le había mostrado su lado más adorable, y él ansiaba ahondar en él.

—Quiero volver a verte.

En esta ocasión, fue ella quien no pudo evitar dar un paso hacia atrás.

—Vaya —logró decir—. Las cosas claras.

—Estoy de acuerdo contigo en que así es mejor. ¿Cuándo es tu próxima noche libre?

Dana apretó la mandíbula. ¿Acaso ella no quería

volver a verlo a él? Negarlo sería mentir, tanto a él como a sí misma. Y él seguía mirándola de aquella manera tan intensa, como si estuviera dejando asomar el lobo que se escondía detrás del cordero. Un animal por el que se sentía dispuesta a dejarse devorar. Un escalofrío la recorrió de pies a cabeza.

—Normalmente libro los lunes, que es cuando cerramos —comenzó, y él no pudo disimular una sonrisa de satisfacción—. Pero es fin de mes, y el próximo tengo inventario. Suelo cogerme el viernes siguiente.

—Perfecto. ¿Te gusta el teatro? —Por la rapidez con la que se lo planteó, ella supo que él ya lo tenía pensado.

—No lo sé. Nunca he ido.

—Que nunca has... —Ángel sacudió la cabeza, incrédulo—. Entonces habrá que solucionarlo. Te llamaré para confirmarte la hora de la función. Iremos a la primera sesión para que así nos dé tiempo a salir a cenar después.

—Teatro y cena —comentó ella, resumiendo el plan.

—Yo me encargo de lo primero. Dejo en tus manos la elección de lo segundo. Seguro que conoces más restaurantes que yo.

—Viendo lo que comes en el trabajo, agradezco el detalle. —Él se carcajeó y a Dana le costó respirar. Otra vez—. Aunque he de reconocer que la cena de hoy ha sido estupenda.

—Llamar a tu amigo periodista ha sido todo un detalle. Además, has hecho muy feliz a Joan con tus elogios. Y con tus recomendaciones.

—Solo he sido sincera.

—Esa es una gran virtud. —De nuevo el silencio cayó sobre ellos. Pero las miradas hablaban por sí solas. Él dio un paso hacia ella. Y, esta vez, Dana no retrocedió—. Las cosas claras, ¿no?

Dana asintió levemente con la barbilla mientras él deslizaba la mano bajo su nuca. Un parpadeo, y sus labios se acariciaron con suavidad. Dos segundos, y la caricia se transformó en una ligera presión. Un suspiro de ella, y Ángel aprovechó para introducirse en su boca. Y una vez que las lenguas se rozaron, todo explotó alrededor.

¿Seguía pisando el suelo o él la había alzado hasta sostenerla entre su pecho y la pared? Porque se sentía flotar. Se aferró a él para no caer, aunque el tacto de sus anchos hombros bajo sus dedos la hizo enloquecer. Imaginó que lo acariciaba sin la ropa de por medio, y el gemido que se escapó de sus labios fue absorbido por la boca que la devoraba, emitiendo un gruñido como respuesta.

Ángel se permitió unos segundos más, arañó cada uno de ellos como si fueran un regalo, saboreándolos como había hecho con sus platos. Pero, aunque las delicias de su cocina lo habían fascinado, el sabor de su boca y la presión de su ligero cuerpo contra el de él podían volverlo adicto. Se detuvo. A regañadientes y por pura fuerza de voluntad.

—Sí. —La soltó despacio, como si fuera de cristal y pudiera romperse—. Muy, muy claras. —Dana dejó escapar una risa nerviosa y lo vio marcharse andando de espaldas para no perderla de vista—. Cierra con llave —dijo antes de mirar hacia el ascensor y después desaparecer por las escaleras.

Dana entró en casa y pegó la espalda a la puerta antes de espetar un «Santo Dios» que estaba pugnando por salir de su garganta. Tras varios segundos tratando de analizar lo ocurrido, salió como un resorte hasta la ventana para verlo marchar. El taxi arrancaba en ese momento, y la ventanilla trasera se bajó justo antes de que Ángel sacara la cabeza por el hueco y mirara hacia arriba.

Ella retrocedió rápidamente, cerrando las cortinas. ¡La había descubierto! Se tapó la cara avergonzada y emitió un ridículo gritito cuando el teléfono sonó sobre la mesa del salón.

—¿Diga?

—¿Has cerrado con llave?

—Eh... sí.

—Mientes muy mal. Vamos, cierra, que yo te oiga.

Sintiéndose como una niña desobediente a la que acabaran de regañar, lo hizo.

—¿Me has llamado solo para preguntarme eso? —«¿Y cómo sabes mi número?», se abstuvo de añadir.

—No solo eso. —Esperó a que ella preguntara el qué, pero no lo hizo. Así que se lo soltó directamente—. ¿Besas así a todos los hombres en la primera «no cita»?

—Desde luego que no.

—Eso imaginaba. Dulces sueños, Dana.

Él cortó la comunicación antes de que ella pudiera replicar nada. Se quedó unos segundos de pie, con el teléfono pegado a la oreja, haciéndose una idea de qué iban a soñar ambos esa noche, sobre todo, antes de quedarse dormidos.

6

Llevaba más de una semana en ese maldito calabozo. No había podido volver a ver a su primo, y no sabía cuánto había hablado. Solo sabía lo que el abogado que se había presentado en nombre de su familia le había dicho: él se haría cargo de la defensa de ambos. A él lo sacaría de allí en pocos días, mientras que a su primo, ya trasladado a una penitenciaría, intentaría reducirle la condena a menos de dos años. Con sus antecedentes por tráfico de drogas, y habiéndole encontrado varios gramos de cocaína encima, poco más iba a poder hacer por él.

Pierre había llamado a su madre el primer día, contando con que ella enviara a alguno de los abogados que él conocía, al igual que contaba con que fuera mucho más comprensiva con lo ocurrido y lo pusiera en conocimiento de la familia de forma que no le tomaran por un incompetente. Ella sabía cómo tratar a su padre y a su hermano, y Pierre siempre había sido su ojito derecho.

Pero el tal Cortázar aseguraba ser el mejor en casos como el suyo. Y lo primero que le había indicado era que no dijera una sola palabra si él no estaba delante. Después le había pedido que le relatara los hechos minuciosamente. Y habían preparado una serie de respuestas exculpatorias que había insistido en que memorizara. Su versión de los hechos, que casi en su totalidad se basada en negarlo todo: él no había echado ninguna droga en la copa de la chica, de la cual estaba enamorado y a la que no pretendía hacer ningún daño; alguien había accedido a su ordenador y había usado su dirección IP para enviar aquellos mensajes al tal Luchetti, persona de la que nunca había oído hablar; tampoco conocía de nada al italiano del Alfa Romeo; la documentación falsa la usaba para poder hacer una vida normal sin que se le vinculara a su adinerada familia, y por supuesto, hacía años que no sabía nada de su hermano Damien.

No creía que aquella estrategia le fuera a librar de los cargos más graves, y con cada nuevo interrogatorio, se hartaba de seguir con aquella farsa. Si no lo habían soltado todavía era porque tenían pruebas contundentes, y tal vez el inspector Ribera se acabaría aburriendo de ir a su celda, cuando su abogado ya no estaba en la comisaría, a insistirle en que retomaran el trato del que habían hablado el primer día.

Él lo había rechazado una y otra vez y se había mantenido callado, pero cada día estaba más deseoso de soltar la lengua y que todo acabara de una maldita vez. Pero cuando lo hiciera, sería con ese inspector en concreto. No se fiaba de nadie más, ni siquiera del poli que había ido a verlo hacía un par de horas tratando de sonsacarle lo que su jefe no había logrado en semanas. Lo reconoció como el segundo que había entrado tras ellos en los aseos del Delirium y que había noqueado a su primo a la par que Ribera a él. En esta ocasión, en lugar de furioso, se le veía desesperado, por lo que imaginó que no estaba en posición de poder ofrecerle nada mejor que su jefe. Así que le había mandado a paseo sin decirle nada nuevo.

Sin embargo, las paredes se le estaban viniendo encima y temía acabar volviéndose loco de seguir un solo día más en esa celda.

No viéndose capaz de pasar otra noche en aquel camastro sin poder pegar ojo, decidió que iba a usar la valiosa información de la que disponía para salir de allí cuanto antes, o como mínimo rebajar su condena y obtener protección. Cortázar ya no le inspiraba ninguna confianza. Ni siquiera le había conseguido otra llamada con ningún miembro de su familia. Estaba empezando a dudar incluso de que su madre fuera quien lo hubiera mandado allí.

—Quiero hablar con el inspector Ribera —se apresuró a solicitar a los polis que llevaban prácticamente a cuestas a un detenido a una de las celdas.

Tras días y días viendo entrar y salir detenidos de aquellos agujeros, había pensado que por fin iba a poder dormir una noche a solas, sin gritos, sin ronquidos, sin lamentos, sin amenazas. Por ello, le asqueó que, estando todas las demás celdas vacías, tuvieran que meter a aquel yonqui en la que estaba justo frente a la suya. Supuso que no les apetecía arrastrar al tipo mucho más lejos.

—Y yo con el Papa —le respondió el mismo hombre que le había llevado la penosa cena hacía unas horas.

—Él querrá hablar conmigo en cuanto se lo digáis —insistió Pierre, mirando a su nuevo compañero con desconfianza.

Habían logrado sentarlo en el camastro, y el hombre se lo había quedado mirando fijamente a él.

—Son las doce. Ya se habrá marchado —oyó que decía la mujer mientras esperaba a que el otro cerrara la celda.

Se asomó lo que pudo para verla, pensando que tal vez ella fuera más fácil de convencer que el capullo que tenía al lado.

—Tengo algo importante que decirle. Estoy seguro de que no le importará que le llames.

La mujer se acercó y le habló con un tono más amable de lo que se esperaba, si bien lo que le dijo no era lo que quería oír.

—Tendrás que esperar a mañana. Ya llevas aquí muchos días. ¿Qué más te dan ocho horas más?

La sola idea le revolvió el estómago.

—No puedo esperar ocho horas más.

—Ya verás como sí puedes —insistió el hombre mirándolo con sorna—. Buenas noches, tortolitos.

Pierre dio una patada a los barrotes, lastimándose el pie con el golpe. El drogadicto que habían dejado justo enfrente se rio desde el otro lado de las rejas, mostrándole una sonrisa medio desdentada, hasta que, de pronto, comenzó a toser compulsivamente y acabó vomitando.

Pierre desvió la mirada para no contemplar aquel

espectáculo dantesco, aunque pronto un repentino apagón de luz le ocultó de forma forzada la grotesca visión de aquel despojo humano.

—A saber lo que te habrás metido, desgraciado —murmuró para sí.

Resignado a tener que esperar esas ocho horas, probablemente sin dormir ni una cuarta parte de ellas, fue a tientas hasta el camastro y se tumbó boca abajo para intentar conciliar el sueño.

A la mañana siguiente lo encontraron en la misma postura. Pero ya no respiraba.

Ángel supo que ocurría algo fuera de lo normal en cuanto puso un pie en comisaría. El revuelo no era el habitual y una extraña tensión se palpaba en el ambiente.

—¿Ha ocurrido algo? —le preguntó al inspector Cano, que de camino a los ascensores colgaba el teléfono, solo unos segundos antes de que a él le sonara el suyo.

—Sí, pero no sé qué cojones es. Solo que el comisario me ha llamado hecho una furia y me ha ordenado reunir a mi equipo en su despacho.

—Es él —le informó antes de contestar la llamada—. Dígame, comisario.

Se separó el móvil de la oreja ante los gritos de Andrade y Cano palmeó la espalda de Ángel mientras ambos entraban en el ascensor.

—Creo que vamos al mismo piso —murmuró con resignación mientras pulsaba el botón.

—No entiendo nada. —Tras asegurarle a su jefe que ya se dirigía hacia allí, Ángel colgó el móvil y tecleó sendos mensajes para Suárez y Asensio. Ambos respondieron prácticamente de inmediato—. ¿Qué querrá de nuestros dos equipos?

—Ni idea. Hasta que te ha llamado, he pensado que era por algo relacionado con Hernández. Ya estaba yo pensando que de esta me lo quitaba de encima para siempre.

—¿Tan mal está la cosa?

—¿Mal? Peor.

Solo porque iban al despacho del jefe, Cano se metió la camisa por dentro del pantalón y se peinó hacia atrás con ambas manos la maraña de oscuros rizos de su cabeza. Ángel estuvo tentado de recomendarle la peluquería de la vuelta de la esquina, pero se abstuvo. Cano se habría reído de él a la cara.

—¿Y eso? —quiso saber con auténtico interés y no solo por conversar.

—Nunca está cuando lo necesito. Luego aparece con un par de detenidos y con información que no sé de dónde cojones ha sacado. No puede revelar sus fuentes, dice, como si fuera un periodista el muy capullo. Es como si fuera por libre.

—La hostia. ¿Y se lo has comentado a Andrade?

—Eso es lo peor. Como quien oye llover, y echando balones fuera. Que lo meta en vereda, que lo integre en el equipo, que esa es mi labor y no la suya.

—Qué putada. —Esta vez fue Ángel quien palmeó su espalda.

—Y tú te libraste de tenerlo en tus filas, cabronazo.

—El insulto fue acompañado por un codazo en las costillas, no tan suave como cabría esperar.

—Solo le hice ver al jefe que en todo equipo debe haber miembros de ambos sexos, para tener todos los enfoques posibles. Y tú ya tenías a Mora —se excusó.

—Ya, aceptaste a la novata como si fuera un favor. Y te has llevado un cerebrito que vale por dos.

—Por tres o cuatro —le corrigió con media sonrisa.

—No metas el dedo en la llaga, Ribera, no jodas.

Entre risas, llegaron al despacho donde Carlos Hernández y Virginia Mora ya esperaban a su jefe, Rodrigo Cano, inspector de estupefacientes. El comisario los vio acercarse con una sonrisa en los labios y dio un golpe en su mesa que hizo saltar en el sitio a los dos oficiales.

—¡No está la cosa para risas precisamente!

Ambos inspectores se quedaron parados y cambiaron el gesto a uno más acorde con el del resto de los presentes.

—Disculpe, comisario —dijeron casi al unísono.

Los dos últimos convocados llegaron juntos y Andrade les indicó que entraran y cerraran la puerta.

—Veo que nadie les ha informado por el camino de lo que ha ocurrido aquí esta noche, ¿cierto?

Todos negaron y se miraron entre sí, con expectación.

—Bien. Entonces seré yo quien les dé la primicia. Y luego serán ustedes quienes me expliquen cómo carajo ha podido suceder algo así.

Con fuerza y ruidosamente, estampó una fotografía sobre la mesa, después otra, y luego otra. Todos dieron un par de pasos para poder apreciarlas, formando un círculo alrededor. En ellas, se veía a un hombre boca abajo en un camastro, y se apreciaba un charco de sangre bajo una de sus manos, caída a un lado de la cama.

—Este es el cadáver de Pierre Tocqueville. Lo ha encontrado muerto hace una hora el oficial que les llevaba el desayuno a los dos únicos detenidos que había en las celdas esta noche: él y el yonqui que Hernández y Mora metieron allí a última hora de la tarde.

—¿Y por qué no he tenido noticia de esa detención?

Cano increpó a sus subordinados, sintiéndose defraudado por Mora, que al parecer estaba cogiendo los mismos malos hábitos que su compañero.

—No era una detención de relevancia, jefe —se excusó rápidamente Mora, entregándole una carpeta—. Y justo cuando me ha llamado le iba a llevar el informe a su despacho.

—Eso no importa una mierda ahora —la interrumpió Andrade—. Importa saber cómo demonios se ha podido cortar las venas uno de nuestros detenidos con una navaja que no debería estar en esa celda y sin que nadie se diera cuenta.

—¿Se ha suicidado? —La voz de Suárez fue trémula.

—¿Usted qué cree, señorita? Dentro de una celda cerrada, y sin que nadie entrara en los calabozos después de que Hernández y Mora se marcharan.

—¿Cómo saben eso? —A Suárez no le importó que el comisario la tratara con menosprecio. Sencillamente, Pierre Tocqueville no le parecía de los que se suicidaban—. ¿Han revisado las cámaras?

—El oficial del turno de noche lo ha corroborado.

Pero las cámaras, casualmente, tienen un corte de casi una hora. Según parece, anoche hubo un apagón.

Aquella inoportuna circunstancia hizo que el equipo de Ribera se mirase entre sí. Ninguno podía creer que fuera casualidad.

—Sí, es cierto. Nosotros estábamos haciendo el papeleo de la detención cuando se fue la luz un buen rato —intervino Hernández, buscando la mirada de su compañera, quien tenía el rostro sonrojado y compungido.

—Así que la muerte de Tocqueville fue en ese intervalo, desde que se apagaron las cámaras hasta que volvieron a encenderse —quiso cerciorarse Ribera, dejando en el aire lo que estaba pensando.

A Andrade no le cupo la menor duda de lo que con aquella pregunta había querido dejar caer.

—A falta de que lo confirme el forense, eso parece.

—¿Aprovechó la oscuridad para sacar el arma de donde la tuviera escondida y cortarse las venas? —especuló Asensio, echándole un vistazo más detallado a las fotos esparcidas sobre la mesa.

—Dígamelo usted, Asensio. Y, de paso, podría decirme dónde estuvo anoche.

Todos miraron a Asensio con el aliento contenido. Todos excepto Ribera, que se encaró directamente con su jefe.

—¿A qué viene esa pregunta, comisario?

—Asensio fue la última visita de Tocqueville ayer por la noche. Después de la suya, Ribera. Eso dice el registro. ¿Me lo va a negar?

—Claro que no lo voy a negar. —Asensio pareció recuperarse de golpe—. Fui a hablar con él, a tratar de persuadirle para que aceptara el trato que él mismo había solicitado el primer día. Pero me mandó a la mierda.

—¿Y entonces qué hizo? —La mirada de Andrade demostraba la desconfianza que sentía—. ¿Se fue a casa?

—No. —Se giró hacia Ribera pidiendo disculpas con la mirada. Cuando él se había despedido esa tarde, Asensio le había asegurado que también se iría enseguida—. Estuve en mi mesa repasando las últimas pistas hasta que noté que se me cerraban los ojos y decidí marcharme.

—¿A qué hora fue eso?

—No lo sé. —Se dirigió de nuevo al comisario, no quería darle la satisfacción de rehuirle la mirada—. Tarde. Pero no presencié ningún apagón, así que seguro que fue antes de eso. Revise las cámaras de la puerta principal si quiere.

—Lo haré —sentenció Andrade, y Ángel ya no pudo más.

—¿Se puede saber de qué está acusando a Asensio, comisario?

—De momento, de nada. Solo descarto posibilidades. Motivo y oportunidad. No me creo que sea casualidad que haya un corte de luz que impida ver cómo un detenido se suicida. Y Asensio tiene conocimientos técnicos para ello.

—Sé de sistemas informáticos, no de electricidad —se defendió, harto de que todo el mundo diera por hecho que una cosa y la otra eran lo mismo.

—Y es el que más sed de venganza tiene tras lo ocurrido a la oficial Varela —resolvió sin tacto alguno.

Todos los presentes pudieron oír cómo Asensio aspiraba el aire con fuerza y entre dientes antes de responder con contundencia.

—Pierre Tocqueville no me sirve de nada muerto, comisario. Lo necesitaba vivo para poder dar con el miserable de su hermano. Ahora he perdido esa oportunidad.

El despacho se estaba llenando de una creciente tensión que hacía el aire irrespirable.

—¿Entonces estamos hablando de un asesinato o de un suicidio, jefe? —intervino Cano, bastante perdido en todo aquello—. Porque no veo qué podemos tener que ver mi equipo y yo en esto.

—Usted está aquí como responsable directo de estos dos —señaló a Mora y Hernández, como si con el gesto los golpeara en el pecho a ambos a la vez—. Fueron los últimos en verlo con vida. Y metieron precisamente en la celda de enfrente a un yonqui que les había atacado con una navaja muy similar a la encontrada en la celda de Tocqueville.

Ahora la pelota parecía cambiar de tejado, de un equipo al otro. Ribera llegó a la conclusión de que Andrade buscaba como fuera alguien a quien echar las culpas.

—Le cacheé a conciencia, señor. Al detenerlo y antes de meterlo en los calabozos. Se lo aseguro —se justificó Mora—. No podía llevar ningún arma encima.

—Yo no llegué a entrar —se exculpó Hernández—. Recibí una llamada de uno de mis informadores y salí para responder. Fue Galván quien entró con ella en la celda.

—Qué casualidad —murmuró Cano, con ganas de darle un par de puñetazos a Hernández.

—¿Hablaste con Tocqueville, Mora? —se interesó Ángel, y ella lo miró con gesto de culpabilidad—. ¿Viste algo que pudiera dar la impresión de que tuviera la intención de quitarse la vida?

—¡No! En absoluto. Solo parecía cansado, harto de estar allí metido. Pero él... —La voz se le quebró—. Nos pidió que te llamáramos. Lo siento. —Esta vez no pudo contener las ganas de llorar—. Era medianoche, y él llevaba tantos días detenido que no quise molestarte a esas horas por el capricho de un delincuente. Creí que lo que tuviera que decirte podría esperar hasta hoy.

A pesar de la evidente decepción de su rostro, Ángel comprendió el punto de vista de Mora.

—No tenías por qué imaginarte que pudiera ser importante. Ni que fuera a ocurrir... esto.

—Basta. Señorita Mora, guarde sus lágrimas para quien las merezca —le exigió Andrade con frialdad. Después se frotó la cara y se dejó caer en su asiento—. Ustedes no son conscientes de lo que puede suponer esto. Puede costarme el puesto.

—¿Han interrogado al otro detenido? —Fue Suárez quien rompió el hielo tras el mutismo de todos—. Puede que él viera algo. O que confiese ser quien le facilitó el arma.

—Estaba tan colocado que no recuerda nada. Tanto que se vomitó encima. Lo hemos tenido que despertar a tortas. En el interrogatorio ha declarado tener tantas navajas, que no puede saber si esa es suya.

—Démosle unas horas y volvamos a interrogarle

—propuso Cano—. Este tipo de adictos, después de unas horas sobrios, son mejores testigos.

Andrade sopesó la situación unos momentos en los cuales todos mantuvieron un incómodo silencio.

—De acuerdo. Todo suyo, Cano. Yo tengo que rendir cuentas en la Jefatura, averiguar qué produjo el apagón y llamar al abogado de Pierre Tocqueville para informarle de que su cliente ha muerto en mi comisaría, bajo mi custodia.

Cada obligación que mencionaba parecía estar echándosela en cara a los presentes, culpándoles de complicarle la vida con su supuesta incompetencia.

—¿Quiere que hable yo con Cortázar, señor? —se ofreció Ángel, ya que el muerto había sido detenido por él.

Andrade lo rechazó de inmediato con gesto horrorizado.

—No, sería peor. Sé que no se pueden ni ver. Yo me encargo.

—Como quiera.

—Pero ya le adelanto lo que me va a pedir: su cabeza. —Ángel no pudo evitar echar un bufido de hartazgo. Ahora le tocaba a él ser el acusado—. No, no se sorprenda, Ribera. El forense confirmará que ha sido un suicidio, y Cortázar alegará que usted presionó demasiado a su cliente, así se lo hará ver a la familia del muerto, y no me extrañaría que pusieran una demanda en su contra.

—Que hagan lo que quieran. Yo solo he hecho mi trabajo.

—Lo sé. —Andrade se frotó la cara por enésima

vez, más nervioso de lo que nunca lo habían visto ninguno de los presentes—. Y estese tranquilo, que ese tipo de querellas nunca prosperan. Menos aún en su caso. Sabe que está muy bien respaldado.

Ángel apretó la mandíbula para mantener la boca cerrada. Tal vez Mora y Suárez, que llevaban menos tiempo en aquella comisaría, no supieran a qué se refería. Pero el resto era plenamente consciente de que el comisario acababa de hacer alusión a la gran estima que le tenía el Jefe Superior de Policía, Alejandro García. Él había sido su principal mentor en la academia de Ávila cuando Ángel se estuvo formando para inspector, y además había entablado una estrecha amistad con su sobrino, quien ahora era inspector en Madrid, sin ser consciente de la relación familiar que los unía. Tío y sobrino habían acordado no mencionarla para no levantar suspicacias. Solo tras la graduación, Luis García se lo había revelado confidencialmente. Con un apellido tan común, Ángel no había sospechado nada hasta entonces.

Ángel agradecía su confianza, pero al mismo tiempo le hacía sentirse incómodo, pues sabía que a Andrade no le agradaba aquella predilección que el gran jefe mostraba por él, preguntando directamente por él cada vez que acudía a comisaría y alabando en numerosas ocasiones su buen hacer y sus envidiables aptitudes para el puesto. El propio Andrade le había insinuado que no cabrear a García era lo que le había librado de ser expedientado las dos veces que Ángel había llevado a cabo un operativo sin darle parte previamente.

Para no echar más leña al fuego, Ángel decidió ignorar aquel último comentario y comerse las ganas de decirle que él estaba allí por méritos propios y no porque nadie lo hubiera elegido a dedo.

Hubo un minuto en el que todos permanecieron en pie y en silencio, esperando a que Andrade terminara de cavilar lo que era evidente que estaba meditando por su forma de mirarlos uno a uno.

—A la espera de nuevas indicaciones por parte de mis superiores, siempre y cuando no sea mi cabeza la que quieran hacer rodar por lo ocurrido, Mora y Hernández quedan temporalmente suspendidos.

—Comisario... —comenzó Cano, pero este le hizo callar alzando la mano.

—Realmente creo que fue ese drogadicto quien coló la navaja en el calabozo, por lo que su equipo es quien ha cometido la negligencia.

—Pero no hay pruebas de ello —quiso defenderles Suárez ante lo que consideraba una gran injusticia.

—Usted, calle, señorita. ¿O acaso quiere que me plantee si tiene algo que ver en todo esto?

—¿Y de qué va a acusarme a mí, señor?

—Podríamos empezar por conocer su paradero de anoche.

Sin poder evitar sonrojarse, fue lo más ambigua que pudo.

—Eso pertenece al ámbito de lo personal, ya que estaba fuera de servicio y bien lejos de esta comisaría.

—¿Y hay alguien que pueda corroborarlo?

—Nadie a quien vaya a pedir que declare a mi favor, puesto que no estoy acusada de nada. Motivo y oportunidad, ha dicho antes. ¿Cuáles pueden ser los míos?

El comisario se encogió de hombros y con gesto de indiferencia planteó una hipótesis al azar.

—Colaborar con su compañero en su venganza, por ejemplo.

Asensio carraspeó por no decir una barbaridad y Ángel estuvo a punto de hacer salir de allí a su equipo para tener unas palabras en privado con Andrade, quien creía que se estaba extralimitando con sus acusaciones sin fundamento. Mucho tenía que ver peligrar su puesto con lo ocurrido para estar comportándose de un modo tan cobarde.

—Yo ni siquiera conocía a la oficial Varela, señor. Eso es más que absurdo.

—Creo que esto se está saliendo de madre —quiso zanjar Ángel, pero no fue lo suficientemente rápido como para evitar que Suárez añadiera algo más.

—¿Y dónde estuvo usted anoche, señor?

—¡Suárez! —Ángel la llamó al orden.

—Déjelo, Ribera. Ya veo que aquí las jerarquías se las pasan todos por el forro de los cojones. Pero como yo no voy a poder hacer eso cuando se presenten aquí mis superiores, les pido que abandonen mi despacho para que pueda tratar de arrojar algo de luz sobre toda esta cloaca.

—Lo lamento, señor. —Suárez comprendió que sus palabras habían sido inapropiadas, si bien consideraba que las del comisario no lo habían sido menos—. No quería decir lo que he dicho.

—Sí quería, Suárez, no me insulte aún más tratando de negarlo. Ahora abandonen mi despacho y pónganse a trabajar. Mora, Hernández, ustedes entréguenme sus armas hasta nuevo aviso. Cano, únase al equipo de Sagredo por el momento.

Una vez fuera del despacho, Ángel les hizo un gesto a los suyos para que se adelantaran e interrumpió la bronca que Cano les estaba echando a los ya más que amonestados Hernández y Mora. Necesitaba aclarar un par de dudas con urgencia.

—Disculpa, Cano. Pero necesito saber una cosa. ¿Quién es el tipo al que detuvisteis anoche y por qué?

Fue Mora quien, tratando de recuperar la voz y detener sus lágrimas, le explicó que en su ronda habitual por una de las zonas donde se solía trapichear, un hombre trató de atracarlos a punta de navaja. Entre ella y su compañero pudieron reducirlo con facilidad sin que consiguiera herir a ninguno de los dos.

—No íbamos de uniforme, pero todo el que va allí a por su dosis sabe quiénes somos, nos tienen más que vistos, y normalmente huyen en cuanto aparecemos. Así que me sorprendió bastante que este hombre nos atacara tan abiertamente, uno contra dos. Pero luego vi lo colocadísimo que estaba, y que a mí tampoco me sonaba su cara. De hecho, luego comprobamos que no estaba fichado.

—¿Y por qué lo metisteis en la celda frente a Tocqueville?

Mora pareció dudar, pero hizo memoria, reconstruyendo cada paso, y acabó recordando.

—Iba casi arrastrándose, así que después de volverlo a cachear, Galván me acompañó adentro para cargar con él, porque Hernández tenía una llamada importante.

—Sí, era...

—Uno de tus misteriosos informadores, ya lo has dicho antes —respondió Cano por él—. Ya hablaremos de eso cuando vuelvas a tu puesto. Si es que vuelves —añadió amenazante, provocando que Hernández agachara la cabeza y no dijera nada más.

—Y Galván fue quien decidió en qué celda meterlo —concluyó Ángel.

—No. Fue casi fuerza mayor. El tipo se cayó a pesar de que lo sosteníamos entre los dos, y lo arrastramos como pudimos hasta la celda más cercana. Pesaba como un muerto. —Se mordió los labios lamentando inmediatamente haber elegido esas palabras después de lo ocurrido.

—Entiendo. —A Ángel aquello le parecía bastante sospechoso—. Fue como si de alguna manera lo hubiera decidido él.

Mora lo miró con los ojos entornados. Pero fue Hernández quien rechazó su hipótesis.

—No creo, Ribera. No estaba como para decidir gran cosa. Y ya has oído al comisario. Se vomitó encima, y lo han tenido que despertar a tortas.

A Ángel esa parte de los hechos era la que menos le cuadraba. La teoría del suicidio podía ser la más evidente, pero su instinto le decía que allí había algo más. Además, esa tarde no se había marchado dejando en aquella celda a un hombre que pareciera querer morir. Como había dicho Suárez, Pierre no encajaba en el perfil de un suicida.

—En ese caso, tampoco estaba como para recordar tener una segunda navaja escondida y lanzarla hasta la celda de enfrente, bien por voluntad propia o porque Tocqueville le preguntara, casualmente, si tenía un arma que prestarle para quitarse la vida.

—¿Y cuál es tu teoría, Ribera? —le retó Hernández.

—Aún no tengo ninguna —reconoció él sin ningún reparo.

—Pues yo sí. Y creo que esa navaja ya estaba en la celda antes de que nuestro detenido llegara a los calabozos.

—¿Y cómo llegó hasta allí?

—Alguien se la facilitó. Alguna visita, tal vez.

Ángel dio un paso hacia Hernández y lo increpó con la mirada.

—¿Me señalas a mí?

—Tú sabrás, pero si tú no has sido...

—A lo mejor tienes que hablar con Asensio —fue Cano quien dijo en alto lo que parecía tan evidente.

A Ángel le dolió que hasta un inspector de la talla de Cano fuera por esos derroteros.

—Él no ha sido.

—El comisario también lo cree —cizañó Hernández.

—El comisario ha soltado un montón de mierda que no tiene ni pies ni cabeza —escupió Ángel, furioso y desconcertado—. Esperaremos a ver qué dice el forense. Y revisaremos las imágenes de las cámaras.

Sin nada más que añadir, le dio un golpecito en la espalda a Cano y se marchó a su despacho, donde su equipo le esperaba expectante.

—Alguien se lo ha cargado, jefe. —Suárez se levantó de la mesa en cuanto Ángel entró—. Digan lo que digan las pruebas, mi olfato me dice que no se suicidó.

—Estoy de acuerdo —convino Asensio, apoyado contra la pared y con aspecto hundido—. Alguien tenía miedo de que hablara más de la cuenta.

Ángel miró con orgullo a los dos oficiales a su cargo. Ver más allá de lo evidente era una parte muy importante de su trabajo. Por suerte, ambos anteponían su instinto a la evidencia. Y no se amilanaban con facilidad, ni siquiera bajo presión y ante las duras acusaciones de su propio comisario.

—Muy bien. Si estáis tan seguros, vamos a trabajar para demostrarlo.

Revisar las cámaras fue como buscar una aguja en un pajar. Había demasiadas horas que visionar, una calidad pésima durante el largo rato en el que la luz había permanecido cortada, y mil objeciones a que ellos accedieran a esas imágenes, como si alguien tuviera algo que esconder.

Entretanto, Cortázar se pasó por el despacho de Ángel para transmitirle un mensaje de parte de la familia del difunto, que decía literalmente: «Esto no quedará así», dando fundamento a la teoría de que Ángel había presionado demasiado a Pierre hasta que, desesperado, había querido abandonar este mundo.

Incluso el forense había dictaminado que la teoría del suicidio era la más plausible. El comisario había decidido que el mal menor era que las culpas recayeran sobre un drogadicto que no negaba ni confirmaba su participación en los hechos con tan solo facilitar el arma. También en Jefatura aceptaron como válida la suspensión durante un mes de los dos oficiales por no cachear correctamente a su detenido, aunque exigieron que el oficial del calabozo se llevara también una semana de suspensión.

Sin embargo, la empresa encargada del suministro eléctrico había eludido responsabilidad alguna. Un cortocircuito había sido el causante de aquel apagón, y ese era un tema de mantenimiento.

Con estas conclusiones, el caso del suicidio de Pierre Tocqueville fue dado por concluido. Oficialmente. Ya que para el equipo de Ángel, aquel misterio estaba lejos de haberse resuelto.

Los inventarios eran de las pocas cosas que a Dana le disgustaban de su trabajo. Si tuviera que ponerlo en una escala, únicamente se vería superado por las sesiones maratonianas de producción de mermelada de melocotón para varios de sus platos, cuando las manos se le ponían en carne viva por la alergia que le producía la pelusilla de la fruta al pelarla. Aunque pensándolo bien, hasta aguantar el picor durante un par de días le parecía más llevadero que contar y pesar alimentos y bebidas durante varias horas en su habitual día libre.

Por suerte, trabajar con Eloy era un lujazo. Conseguía con su buen humor y su incesante cháchara que las horas se pasaran volando, sin perder un ápice de eficiencia. Les dio la una de la mañana, pero a Dana se le hizo menos pesado que la última vez.

—¿Cierras tú delante?

—Sí, tengo la moto en la puerta. ¿Seguro que no

quieres que te lleve? Guardo un casco de más en el despacho.

—¿En ese trasto infernal? —La propuesta le hizo alzar la vista de los listados y bajarse las gafas que usaba solo para leer hasta la punta de la nariz. La rechazó mientras se las volvía a colocar con el dedo índice—. No, gracias.

—Entonces te llamo un taxi.

—No, de verdad. —Considerando satisfactorios todos los datos que había recopilado, cerró la carpeta a punto de dar por terminado un inventario más—. He traído la bici. Hace buena noche y vivo a cinco manzanas.

—No me gusta que pasees sola de madrugada por ahí.

—Llegaré a casa antes que tú.

Eso era cierto. Eloy vivía cerca de la playa de la Barceloneta, y aun poniendo su moto a tope en las —a esas horas— poco transitadas calles de la ciudad, llegaría como pronto en veinte minutos.

—No estés tan segura —bromeó, simulando acelerar con la mano derecha. Ella frunció el ceño como un regaño mudo a su intención de correr de más, lo cual le hizo reír a carcajadas antes de besarla en la frente para despedirse—. Hasta mañana, preciosa.

Dana recogió los papeles que Eloy había dejado sobre la mesa del despacho y repasó los últimos datos para cerciorarse de que no se habían olvidado de nada, mirando los números solo por encima. Aun así, hizo una nota mental para hacer un pedido de flores de azafrán al día siguiente sin falta. Comprobó que las luces de las cámaras frigoríficas estaban apagadas con las puertas bien cerradas, y que, en definitiva, todo estaba en su sitio, como a ella le gustaba. Por último, cogió las sobras más consistentes del pescado que habían usado para el último caldo —y que siempre daba indicaciones de que se guardaran— y salió al callejón.

El primer gatito hizo aparición casi nada más oír la puerta trasera del local. El chirrido era inconfundible, pero estaba claro que el más pequeño de la camada había estado rondando el restaurante a la espera de su ración. Dana lo recompensó con un buen pedazo de rape y sus hermanos no tardaron en acudir a por el resto. Mamá gata la miró con desconfianza, como siempre, antes de acercarse hasta sus pies, rodear primero el derecho, luego el izquierdo, y sentarse entre ella y sus crías.

—Bueno, bueno. Por fin te decides a venir. —Le ofreció un trozo de bacalao bien hermoso y lo mantuvo en alto. La gata se erizó y dio un pequeño salto, pero no lo alcanzó. Tras un maullido de protesta, Dana sonrió y lo dejó caer—. Eso es. Solo tenías que pedirlo.

Dejando comer tranquila a la familia que llevaba alimentando desde que la gata blanca que visitaba a diario los contenedores del callejón había dado a luz, Dana volvió adentro para coger su bolso y su bici y poder irse al fin a dormir. Antes de dirigirse a la oficina a por sus cosas se paró a lavarse las manos. Iba a echarse su crema hidratante cuando se sintió empujada contra el borde de la fregadera y unas enormes manos sujetaron las suyas con fuerza contra la fría superficie. El corazón se le paró en seco al sentir un cuerpo pegado a su espalda y el aliento de una voz en su oreja.

—Creí haberte advertido que cuidaras tus espaldas.

Nunca le había oído susurrar, pero reconoció su voz. Acto seguido, reconoció su aroma. Una mezcla entre alivio e ira se apoderó de ella. Le había dado un susto de muerte.

—¿Qué demonios estás haciendo? —espetó con la voz menos firme de lo que había esperado.

Ángel aflojó la presión lo justo para que ella pudiera soltarse y girarse. Pero no retrocedió ni un solo paso, dejándola atrapada entre su cuerpo y la fregadera.

—Demostrarte que ser descuidada puede resultar muy peligroso. Te has dejado la puerta abierta.

—Anda. —Tragó saliva disimuladamente para poder hablar—. Aparta.

—No. —Todas las luces de la cocina estaban apagadas salvo la del despacho, por lo que una penumbra los cubría a ambos. Iluminación suficiente para que Ángel pudiera percibir que ella se había quedado lívida—. ¿Qué habrías hecho si el que se hubiera colado fuera alguien que quisiera llevarte contra tu voluntad?

Dana trató de controlar el ritmo de su corazón. Sabía que él no le haría daño, no estaba asustada por eso. Sin embargo, había otro temor dentro de ella que no la dejaba respirar con normalidad. Tenerlo tan cerca, otra vez, era una tentación para la que aún se estaba mentalizando.

Forcejeó un poco, como si él fuera a ceder con el mínimo esfuerzo. Se retorció entre sus brazos, tratando de alzar una rodilla para separarlo, pues los brazos los tenía completamente aprisionados por los suyos.

—¿Esto es todo lo que sabes hacer para defenderte?

—El tono era jocoso, pero el rictus de su cara denotaba la seriedad con la que se tomaba que ella fuera capaz de liberarse.

Dana se sintió un poquito humillada y atacó con toda la artillería. Recordaba el taller de autodefensa que habían impartido en el último curso de instituto. El instructor la había felicitado por su maniobra, pero de aquello hacía ya doce años. No sabía qué esperar. Aun así, lo intentó.

Con la fuerza justa para despistarlo sin hacerle realmente el daño que le haría a un asaltante de verdad, le propinó un pisotón. Cuando él apartó el pie ella alzó la rodilla para impactar en sus genitales. Su pierna fue atrapada bajo el muslo por una veloz mano que la apretó y la acercó a él hasta rodear su cintura.

—Ese es un truco muy viejo —comenzó a decir él. Sin embargo, Dana aprovechó que una de sus manos había quedado libre para estirar el brazo y alcanzar alguno de los cuchillos imantados en la pared. No los alcanzó por milímetros—. Buen intento. Pero de haberlo logrado, ¿habrías tenido la sangre fría para utilizarlo?

—Supongo que sí —repuso, aún retorcida entre sus brazos.

—No lo supongas. Ten la certeza de que harás lo que sea necesario para defenderte. La más mínima duda puede suponer que no lo cuentes. ¿Entendido?

De pronto, él estaba muy serio. Hasta ahora le había parecido todo un juego, una especie de prueba. Pero seguía aferrándola con fuerza y ella se sentía indefensa y algo temblorosa.

—Entendido —le concedió, pues en el fondo tenía toda la razón. También tenía unos ojos enormes y brillantes que en ese momento la atravesaban como dos puñales. Y, ¡Dios santo! Qué bien olía...—. ¿Has venido hasta aquí a la una de la madrugada para darme una lección de autodefensa?

—No realmente. —Una vez más, su gesto mudó en segundos. A Dana le pareció leer en su rostro una especie de aviso. Las lecciones habían terminado. El policía se había esfumado y allí solo quedaba el hombre. Su mirada recorrió su rostro lentamente hasta detenerse en sus labios—. El viernes parecía que no llegaría nunca.

La conciencia de sus cuerpos enredados fue más clara de inmediato. Dana pudo sentirlo moverse entre sus piernas, y se lanzó contra su boca más rápido de lo que su orgullo le dictaba. Sin embargo, la recompensa que obtuvo por su osadía fue mayúscula. Él giró ciento ochenta grados llevándosela consigo, la alzó sobre la mesa más cercana y ahondó en su boca, engulléndola, con brutal frenesí.

Las manos recorrieron libremente la espalda del hombre, que esta vez solo llevaba una fina camisa, y ella se deleitó en su envergadura. Aquellos hombros la volvían loca, y la lengua de él bajando por su cuello la llevó al delirio. Completamente entregada, tiró de la parte baja de su camisa hasta sacarla del pantalón y coló ambas manos extendidas, palpando su abdomen, firme, cálido, y mucho más suave de lo que hubiera esperado.

Ángel apenas podía pensar. Había ido allí guiado por un instinto primario, y la necesidad de verla. No obstante, no había tenido mayor intención que acompañarla a su casa, pues sabía que saldría tarde y no le gustaba la idea de que paseara sola a esas horas. Pero las inesperadas caricias de ella lo aturdieron tanto que las manos apenas le respondían.

—¿Cómo demonios se desabrocha esto? —Una pelea con los botones de su camisa de trabajo lo tenía completamente frustrado.

—No se abre por ahí. —Tras una risa floja, Dana succionó su labio inferior antes de guiarlo hacia el lado contrario de la prenda, donde los botones se podían desabrochar y no eran meramente decorativos—. Por aquí.

Ángel comenzó la ardua tarea de soltar uno a uno los pequeños botoncitos con una sola mano, pues la otra estaba demasiado ocupada en la parte baja de su espalda, apretándola contra él.

—¿Cuántos malditos botones llevas? —murmuró bajando por su garganta y colándose por el escaso escote que había logrado liberar. Dio un pequeño mordisco en la parte superior de uno de sus senos, imaginando cuán agradable iba a ser colmarse de ellos por completo, cuando una pequeña porción ya lo había puesto duro como el acero—. No puedo...

—¡Arráncalos! —gritó Dana a pleno pulmón y sin pudor al sentir sus dientes sobre la delicada piel que clamaba por ser invadida. Lo deseaba, de inmediato, y eso era lo único en lo que era capaz de pensar.

—¿Dana? —Eloy, que había querido repasar el *stock* de los licores más caros de la barra del bar antes de irse, oyó un grito que provenía de la cocina y acudió rápidamente—. ¿Estás bien?

En vez de a Dana en apuros, el propietario se encontró a un desconocido solo en mitad de su cocina. Algo le dijo que no había forzado la puerta precisamente.

—¿Y tú quién eres? —le dijo, después de quedarse mirándose el uno al otro unos segundos.

—Eloy, ahora salgo. —Asomando solo la cabeza desde la despensa, Dana se apresuró a excusarse mientras trataba de abotonarse la camisa lo más rápidamente posible—. Estaba repasando el inventario y... había un número que no sabía si era un cuatro o un nueve. Estoy recontando los... las garrafas de aceite.

Eloy y Ángel se miraron de nuevo. Ni uno trató de respaldar la patética excusa ni el otro se molestó en fingir que se la tragaba.

—¿No me habías dicho que te ibas sola en la bici? —comentó en su lugar—. Veo que han venido a buscarte.

—Ha sido una decisión de última hora —se apresuró a intervenir Ángel antes de que Dana volviera a ponerse en evidencia—. Ni siquiera la he avisado de que venía. Soy Ángel.

Eloy aceptó la mano que le ofrecía y se la apretó con firmeza.

—Él es Eloy, mi jefe —se adelantó Dana, que salía como una tromba de la despensa y se adentraba a igual velocidad en el despacho. Cogió su bolso, apagó la luz y, a oscuras, corrió hasta la puerta de salida. Solo cuando la abrió hubo luz suficiente para que pudieran ver algo—. Ya está, nos vamos.

—Encantado, Ángel —dijo Eloy, ignorándola y

examinando al susodicho ahora que podía—. ¿Cómo es que no he sabido nada de ti hasta ahora?

—Dana y yo nos conocemos desde hace muy poco —intervino con tranquilidad, rodeándola por un hombro mientras ella miraba al suelo como si Eloy fuera su padre y ella una adolescente.

Eloy se quedó en silencio, miró a ambos alternativamente y sonrió de oreja a oreja.

—Es tarde. Otro día tendremos una charla tú y yo, Ángel. —Le guiñó un ojo a Dana y esta se temió lo peor—. Y me contarás cómo has conseguido que nuestra esquiva chef te haya dejado meterle mano en su lugar de trabajo.

La carcajada de Ángel fue tan sonora que apenas oyeron cómo Dana contenía el aliento a la vez que se quedaba con la boca abierta.

—Cariño, no me chupo el dedo. Y tienes la chaquetilla mal abrochada —añadió justo antes de darle otro beso en la frente y marcharse por donde había venido—. Buenas noches, parejita.

—Qué simpático —pensó en alto Ángel, y volvió a carcajearse cuando ella hundió la cara entre sus manos—. No lo pienses, que es peor.

—No puede ser peor de ninguna manera —lloriqueó ella.

Ángel la empujó suavemente hasta hacerla salir y esperó mientras ella cerraba la puerta y farfullaba algo así como «mañana todos sabrán lo que ha pasado y más cosas que ni siquiera han pasado pero que Eloy se inventará y yo tendré que desmentir sin éxito».

—Venga, te llevo a casa.

—Es lo mínimo que puedes hacer —le recriminó, provocando que él riera una vez más.

—A mí me parece que los dos somos igual de culpables de lo que ha sucedido ahí dentro —aclaró mientras se dirigían a su coche, aparcado entre otros dos vehículos en el callejón.

—No habría sucedido nada si no hubieras venido —sentenció ella, exagerando un puchero, y se dejó caer en el asiento del copiloto con desgana.

—Tampoco si tú hubieras cerrado la puerta detrás de ti.

—¿Otra vez con esas?

—Sí. Soy muy pesado con el tema de cerrar bien las puertas. Para algo están.

Él encendió el motor y esperó a que ella se desenfurruñara.

Ninguno de los dos se percató del Renault Megane que, aparcado a la salida del callejón, arrancaba en ese momento y se incorporaba al escaso tráfico a pocos metros de ellos.

—¿Qué habrías hecho si la hubiera cerrado? —preguntó Dana en un semáforo en rojo. El silencio parecía más evidente si estaban parados—. ¿O si ya me hubiera marchado cuando has llegado?

—Llamar a la puerta, o a tu móvil para decirte que pretendía llevarte a casa. Y de haberte marchado, mandarte un mensaje diciéndote lo larga que se me estaba haciendo la semana y que quería verte.

La claridad y sinceridad con la que respondió a sus preguntas fueron demasiado para ella. Y después de lo sucedido sobre aquella mesa, era absurdo fingir.

—¿Y te vas a limitar a acompañarme hasta la puerta?

Él no respondió hasta que llegaron a otro semáforo en rojo, dejándola en vilo un par de minutos.

—Había pensado en pasar algo más de tiempo contigo que eso. —Se rascó la nuca antes de volver a acelerar. A ella le pareció comprender que aquel tic siempre aparecía en momentos muy concretos. Cuando él se frustraba o se ponía nervioso—. Acabo de salir de trabajar y me muero de hambre. ¿Tú no?

—Trabajo en un restaurante —recalcó la evidencia—. He cenado allí.

Como si hubiera estado reservada para ellos, una plaza libre delante del portal de Dana invitó a Ángel a aparcar de inmediato. Ella no fue capaz de girarse hacia él hasta que le oyó hablar.

—Entonces, puedes invitarme a cenar algo, cualquier cosa, y tomarte una copa de vino mientras yo devoro lo que sea que tengas en la nevera.

La luz era escasa, pero estaban tan cerca que podían sentirse más que verse. La respiración de Dana se empezó a acelerar.

—Vamos —insistió—. El suspense me está matando.

Cuando le regaló una de esas sonrisas cautivadoras que la habían hecho soñar con él varias noches, supo que estaba en apuros.

«¡Madre mía! ¿Se puede ser más guapo?», le preguntó a su yo cómplice, el mismo al que le había estado negando lo colada que estaba por él y lo mucho que le había parecido que faltaba para que llegara el viernes. «Sí, sí se puede», le respondió esa vocecita. «Sin ropa y tumbado en tu cama.»

—No invito a ningún hombre a entrar en mi casa en una segunda «no cita» —susurró, tratando de ignorar su último pensamiento—. Pero tengo un proyecto experimental en mi nevera. Podrías ser mi conejillo de Indias.

Sería su conejillo de Indias y lo que ella quisiera, se planteó mientras miraba aquel rostro de porcelana. Algo le rondaba la cabeza que le había hecho sonrojarse y sonreír de medio lado. Y como reflejo, él se había puesto duro por segunda vez esa noche. Esta vez sin tan siquiera tocarla. Aunque estaba deseando hacerlo. Las manos le quemaban de ganas de acariciar ese rostro arrebolado. Y, después, el resto de su tentador cuerpo.

Hacía mucho tiempo que Ángel no se sentía tan profundamente atraído por ninguna mujer. Y juraría que ninguna antes había logrado excitarlo tanto y con tan escasos estímulos.

Pero no era eso lo que le había impulsado a ir hasta el restaurante a probar suerte y ver si se encontraba aún allí. Había sentido una urgente necesidad de cerciorarse de que estuviera bien. Tras lo acaecido en comisaría la noche anterior, se temía que cualquier cosa era posible. A eso había que sumarle otra necesidad: la de verla cuanto antes. Había disfrutado mucho de la que ella había bautizado como primera cita, y todo su ser pedía más. Después del día que había tenido, precisaba de su compañía para evadirse y sentirse como alguien más que el inspector Ribera. Y sabía que con ella alcanzaría esa sensación de ser sencillamente un hombre otra vez.

Alargaría la noche todo lo que pudiera.

—Yo pongo la mesa —se ofreció saliendo ya del vehículo.

Dana le siguió y juntos entraron al portal. Tampoco en esta ocasión fueron conscientes de los ojos que seguían sus movimientos desde detrás de una ventanilla con cristal tintado.

Nadie probaba sus nuevas recetas antes que Eloy. Absolutamente nadie. Porque él era con crudeza sincero y crítico, y tan buen chef como ella. Pero una vez más, Dana se saltó sus propias normas con Ángel.

—Con un sándwich de fiambre me hubiera conformado. —Sentado en la mesa de una espectacular cocina, Ángel observaba a Dana trajinar en los fogones con una habilidad propia de un malabarista. Los últimos diez minutos se había quedado fascinado observándola manejarse en su terreno—. Me sabe mal hacerte cocinar a las dos de la madrugada después de un duro día de trabajo y de autoinvitarme a cenar a tu casa.

—En mi casa nadie se come un sándwich de fiambre —le advirtió tajantemente, señalándole con el dedo índice—. Y esto te va a saber muy muy bien.

—No me cabe la menor duda.

Los siguientes minutos de silencio apenas roto por los sonidos de borboteos, cucharas y cuencos fueron como ver un espectáculo. Sin proponérselo, Dana le estaba mostrando más de ella en ese escaso tiempo que en todo el que ya habían compartido. Estaba concentrada, expresando con su cara y sus manos lo que pasaba por su mente, y se notaba que disfrutaba con lo que hacía.

Cuando se dirigió a Ángel, y él no fue capaz de oír

lo que le dijo porque se había quedado profundamente embelesado con sus movimientos, se planteó que eso que había oído de que una mujer podía hipnotizarte y dejarte embobado era por completo verídico.

—¿Perdona? —preguntó saliendo del trance al verla mover los labios mientras lo miraba.

—Que si puedes hacer de pinche mientras yo me voy a cambiar —repitió Dana, secándose las manos en un trapo y acercándose a él con un delantal—. Llevo todo el día con esta ropa, que es ropa de trabajo, y me gustaría asearme y ponerme cómoda.

—Desde luego. —«Serás desconsiderado», se recriminó. Aunque al verse cubierto por el delantal de un tono pastel se dijo que ya le estaba empezando a compensar—. Pero te advierto que este repentino ascenso de conejillo de Indias a pinche de cocina puede resultar nefasto para tu experimento.

—No tienes que hacer gran cosa —lo tranquilizó y señaló la cazuela más pequeña—. Cuando esto comience a hacer ruido de ebullición, levanta la tapa y remueve con la cuchara de madera de forma suave y constante.

Él asintió, aunque en el fondo no creía que suave y constante fueran unas medidas de fuerza y velocidad suficientemente precisas.

—Y cuando la olla empiece a silbar —la señaló, por si la confundía con la cazuela de tamaño intermedio—, apaga el fuego. Nada más.

—¿Nada más? —El tono dejaba claro que realmente le parecía mucho.

—Tranquilo. No vas a estropear nada. Además —añadió mientras traspasaba la puerta de la cocina—, quede como quede, el que se lo va a comer eres tú.

Dana oyó su carajada mientras se dirigía a su cuarto. Y cualquier duda que le quedara sobre tenerlo en su cocina a las dos de la madrugada se esfumó de un plumazo. El puñetero poli era irresistible.

Sus escasos quince minutos como pinche le parecieron horas a Ángel, realmente tenso por ser capaz de calcinar la salsa que no sabía si estaba removiendo a la velocidad adecuada y dubitativo de haber apagado el fuego cuando la olla silbaba o solo echaba vapor. No obstante, había merecido la pena sustituirla para que ella pudiera volver vestida con un pantalón flojo gris perla y una camiseta ligera a conjunto. Se había duchado y aún tenía el pelo húmedo, haciéndolo parecer más rojizo que anaranjado. Las mejillas estaban incluso más rosadas que las veces que la había hecho enrojecer. «Cómo es posible que a alguien le siente tan bien una ducha y un sencillo pijama», pensó cuando le devolvió el testigo en los fogones. Ni qué decir del afrutado aroma que emanaban ahora su pelo y su piel. Era su olor, el que él ya había percibido en un par de ocasiones que la había tenido deliciosamente cerca, pero más intenso. Tentador y sugerente. Le iba a costar contenerse, y mucho.

—Enseguida está la cena, toma asiento —le indicó, y él volvió a bajar a la Tierra, olvidando por un momento las ganas que tenía de ella, pues el estómago le rugía demasiado.

El rato que ella pasó traspasando de las cazuelas a diferentes recipientes cada producto elaborado fue una eternidad para Ángel. No solo porque estaba hambriento, sino porque sentía auténtica curiosidad por probar en primicia un plato de Dana.

—Tiene una pinta estupenda —dijo con sinceridad cuando ella le puso una cazuelita de barro sobre la mesa—. ¿Qué lleva?

—Pruébalo, y dímelo tú.

Mientras él observaba el manjar desde diferentes ángulos y decidía por dónde atacarlo, ella escogió una botella de Rioja que sabía que a él le gustaría y que, consideraba, maridaba exquisitamente con su nueva creación.

—No debería beber —rechazó la copa que ella le ofrecía con la boca llena—. Después tengo que conducir.

—¿Ni un sorbito? —preguntó apenada.

Él negó con la cabeza y paladeó otro bocado, concentrado en su cena.

«Qué estricto», pensó Dana. Pero claro, era policía. Debía predicar con el ejemplo.

—Es una pena. —Para no desaprovechar el selecto reserva que había decantado, Dana bebió de la copa que había servido para él—. La acidez del tinto realzaría las notas dulces de la salsa de frutos secos.

Apenas había retirado la copa de sus labios tras un segundo sorbo cuando Ángel se levantó y, sin mediar palabra, la acercó a él con la palma de la mano abierta bajo su nuca. Sintió su cálida lengua acariciar sus labios y después colarse entre ellos, buscando su lengua, paladeándola, robándole las últimas gotas de vino que aún quedaban en su boca.

—Tienes razón —reconoció cuando se retiró, sonriéndole con la mirada. Y sin añadir nada más, volvió a sentarse y siguió cenando.

Para disimular el temblor de la mano que sostenía la copa, Dana se apresuró a depositarla en la mesa y se dirigió a la nevera en busca de una botella de agua. El frío que emergió del electrodoméstico alivió su acalorado rostro. Sin embargo, el ardor de su interior se mantuvo activo un buen rato más. Aquello estaba cobrando una intensidad que no sabía cómo manejar.

Le sirvió una copa con agua y un panecillo que él cogió casi de inmediato para untar en la suculenta salsa que decoraba el plato.

—Veamos —comenzó Ángel, limpiándose la comisura de los labios con una servilleta de tela que ella había insistido en colocar a pesar de su rechazo—. La salsa lleva nueces y castañas, tan trituradas que casi no se aprecian al masticar, pero ese líquido dulce que no tengo ni idea de lo que es, realza muchísimo su sabor. ¿Voy bien?

—Castaña pilonga y nuez de Macadamia. Y también lleva avellanas, pero en menor proporción. —Rápidamente, Dana tomó la cuchara que había dejado dentro del puchero de la salsa y paladeó con la punta de la lengua—. Tienes razón, apenas se aprecia. Lo corregiré.

—Por mí, déjalo tal como está. ¿O es que no me has visto rebañar hasta la última gota con ese bollito tan morenito? Por cierto, ¿tienes otro?

Con una mueca de satisfacción, Dana le sirvió otro de sus panecillos de centeno.

—¿No pensarás que me lo voy comer a palo seco? —Señaló hacia los fuegos con vehemencia—. Trae ese cazo de salsa para aquí.

—¿Te has quedado con hambre? —Un poco avergonzada por esa posibilidad, y sin la más mínima intención de que comiera directamente de un puchero, le sirvió el resto de la salsa en un cuenquito muy mono que Ángel cogió con cuidado con dos dedos.

—No. —Olió la salsa y se relamió—. Pero me horroriza pensar que esta delicia se vaya a desaprovechar.

Fascinada, Dana lo vio untar el pan una y otra vez mientras continuaba con sus impresiones.

—Esa especie de canelón que envolvía la carne tenía algo en la masa, además de harina y huevo, que le daba un toque picante, no muy fuerte. Y el relleno, creo que era conejo con alguna verdura. Zanahoria, seguro. Tal vez calabacín...

—No. Berenjena. Y col lombarda. Con algunas especias.

—Todo muy rico. Pero me quedo con la salsa.

—Las salsas son mi especialidad —declaró, sintiéndose, para su asombro, más orgullosa de ello que ante cualquier crítica formulada hasta el momento por expertos *gourmets*—. Solo dejo a un par de cocineros que las elaboren, además de a Eloy. Y todas llevan nombre propio.

—¿Y qué nombre lleva esta?

—Aún no tiene ninguno. —Según lo vio masticar el último pedazo de pan, la idea le vino de golpe y una sonrisa asomó lentamente en sus labios—. Podría llamarla algo así como *Frutos de otoño en la Ribera*.

—Vaya. —El juego de palabras le robó otra carcajada. Pero, al momento, el rostro de Ángel pasó de la satisfacción a una repentina seriedad, como si de pronto se sintiera perdido—. No sé qué decir. Es... un honor.

—Di gracias.

—Gracias. —Otro silencio en el que simplemente se miraron caldeó el ambiente. Ángel sabía que ella no quería entrar en un terreno más físico, no de momento, y lo respetaba, pero tampoco quería marcharse aún. Tendrían intimidad, aunque no fuera del tipo carnal—. ¿Puedo contárselo a mi padre? Le hará mucha ilusión que su apellido bautice una salsa tan deliciosa.

—¿En serio? —En el sencillo gesto de asentimiento, Dana vio un trasfondo de entusiasmo. Eso le dio una clara idea de la buena relación que Ángel debía de tener con su padre. Un punto más para el inspector Ribera—. Como quieras. Aunque no le veo tanta importancia.

—La tiene —confirmó él antes de beberse su copa de agua de un solo trago.

Ella observó su nuez subir y bajar en su garganta, y fue como si el movimiento la invitara a acariciar aquel maravilloso cuello con sus labios.

«Hazlo —le instó esa vocecita de su cabeza—. Él te ha besado cuando menos te lo esperabas. Haz tú lo mismo.»

Ignoró a duras penas el inesperado impulso que le había llevado a acercarse a él y estar a punto de darle un bocado como si fuera una vampiresa sedienta de sangre. En lugar de eso, le mantuvo la mirada unos instantes en los que se temió que él pudiera leer en sus ojos cuáles habían sido sus intenciones.

—¿Quieres postre? —preguntó para romper el silencio. La mirada que él le echó la hizo sonrojarse de inmediato—. No me refiero a ese tipo de postre.

—¿Entonces a cuál? —Cuando él sonrió y se levantó para retirar los platos sucios, ella volvió a respirar—. Si es algo con chocolate, digo sí.

—Puedo añadir chocolate a lo que quieras.

Tenía un par de porciones de tartas que habían sobrado en el restaurante. Ese tipo de sobras solían repartírselas entre los empleados. No estaban ya tan recientes como para servirlas en Suculentos, pero eran perfectamente consumibles. Y ella odiaba tirar comida. También podía añadir chocolate fundido a un plato de fruta, o si no...

—¿Ah, sí? —Ángel dejó los platos en el fregadero y la miró de soslayo con esa ceja tan expresiva alzada más que nunca—. ¿A lo que quiera?

—¿Quieres dejar de buscarle doble sentido a todo lo que te digo? —Nerviosa por el tono juguetón con el que había lanzado su última pregunta, Dana sacó la primera porción de tarta que encontró en la nevera. También un puñadito de monedas de chocolate y la leche entera—. Pareces un adolescente —le recriminó.

—Es que contigo me siento un poco así. Como un adolescente.

El microondas pitó y Dana sacó la pequeña lechera donde había mezclado las monedas y la leche. Cubrió la gruesa ración de tarta de zanahoria con una generosa cantidad de chocolate y se la puso sobre la mesa con una cuchara.

—En ese caso, espero que tengas también el estómago de un chaval. Porque te vas a terminar hasta la última migaja de este postre. En mi casa no se tira comida.

—A la orden, mi capitán —siguió bromeando para disgusto de Dana—. O debería decir, sí, chef.

—Mejor, come y calla.

Él obedeció. Hasta que saboreó la primera cucharada.

—Joder, esto está de muerte.

—Recién hecha, ni te cuento. —Verlo comer con tanto apetito y lamiendo la cuchara tras cada bocado, sí que la estaba matando a ella—. Y con una copita de vino dulce, incluso brandy, sería aún mejor. Pero... tienes que conducir —recordó.

—Puedo quedarme un ratito más. Charlando —matizó inmediatamente—. Y así esperar a que se disipe el efecto del alcohol.

Tras unos segundos en los que él masticó en silencio y con lentitud para que fuera ella quien tomara la decisión final, Dana sacó dos pequeñas copas y sirvió su mejor oporto.

7

El reloj del DVD marcaba ya las cuatro de la mañana. La botella de oporto estaba a medias y reposaba en la mesita central de la sala de estar, también cubierta por un sinfín de álbumes de fotos de los muchos viajes de Dana por el mundo. La sencilla pregunta «¿Dónde has comprado este espectacular vino?» había sido respondida con «En el mismísimo Oporto», lo que le había llevado a explicarle cómo había empezado en eso de la cocina, de principio a fin.

Él había escuchado su historia repantingado en el sofá y ladeado hacia ella, quien, acurrucada en el extremo contrario, se acomodaba con las rodillas dobladas a la altura de su barbilla, los pies cruzados por los tobillos y enfundados en unos gruesos calcetines rosas. Ángel se preguntó qué demonios llevaba ese vino cuando, incluso así, le pareció que hasta sus pies eran sexis.

—¿Y cómo acabaste finalmente en Barcelona? —preguntó para seguir conociéndola un poco más y, de paso, olvidar una imagen mental de sus pies desnudos.

Llevaba casi una hora hablando de su vida, se percató de pronto Dana, y él aún le hacía más preguntas.

—Volví de Japón antes de lo que tenía planeado porque mi abuela había enfermado. En pocos meses se la llevó un cáncer de mama —le explicó, sin querer entrar en muchos detalles—. Mi abuelo tuvo un fallo cardíaco a las pocas semanas. Siempre he pensado que murió de pena —murmuró como para sí.

—Es muy posible —aseveró él.

—Mi madre lo llevó fatal, y yo no quise alejarme demasiado de casa para poder ir a verla más a menudo. La mejor oferta que encontré fue en un restaurante de Madrid, pero no estuve ni tres meses, no encajaba con mi estilo de cocina y el dueño y yo no nos entendíamos. Así que aproveché que María había encontrado plaza en un hospital de aquí de Barcelona para quedarme en su piso mientras probaba suerte con otra de las ofertas que había recibido. Era un proyecto nuevo, un restaurante que nacería de cero, en el que iba a poder definir mi propia línea, mi propia carta. La única pega era que compartiría liderazgo con otro chef, el hijo del dueño.

—Eloy —recordó él, y ella asintió.

—Al principio pensé que no funcionaría, pero Eloy y yo encajamos enseguida. Nos repartimos las tareas y nos dejamos espacio el uno al otro. En pocos años hemos ido formando un equipo de cocineros excelente.

—Doy fe.

Dana ya estaba algo harta de hablar de sí misma. Así que le quiso dar la vuelta a la conversación.

—¿Y tú? ¿Por qué te hiciste policía?

—Por algo que me ocurrió de niño. —Dio un último sorbo a su tercera copita de oporto—. Mmm. Y con esta, van tres. Creo que voy a tener que llamar a un taxi.

Dana lo miró boquiabierta mientras se estiraba, miraba la hora de su reloj de muñeca y dejaba la copa vacía sobre la mesa.

—¿De verdad crees que con esa respuesta me voy a conformar? —Se levantó, llenó su copa hasta el borde una vez más y se la entregó en mano.

—No debería beber más.

—Pues no lo hagas. Aunque llamarás a un taxi, estoy de acuerdo. Después de que me cuentes tu historia.

—No hay mucho que contar.

—Yo te he contado mi vida en verso. Así que habla.

—Sí, mi capitán. —Saludó con la mano en la sien y ella puso los ojos en blanco—. Debes de llevar tu cocina con mano de hierro.

—Se hace lo que se puede —admitió con una sonrisilla.

Ángel volvió a acomodarse en el sofá y se propuso satisfacer su curiosidad.

—No ha sido tan emocionante como la tuya. No he viajado, salvo por trabajo un par de veces o las típicas vacaciones, como cualquiera. Y mis padres son de lo más normales. Él es profesor de instituto, y ella, ama de casa, aunque trabajó como restauradora de muebles antes de casarse y sigue haciéndolo puntualmente. Tengo dos hermanas mayores, tres sobrinos y otro de camino. Soy su tío favorito, como ya te habrás imaginado.

—Claro, ni lo he dudado. —El humor estaba implícito, pero, en el fondo, apostaba a que era cierto.

—Voy a verlos siempre que puedo, los llevo a jugar al parque, al teatro infantil, al cine... esas cosas.

—Ya. ¿Me has tomado por tonta?

—¿Qué? —Pestañeó con inocencia—. ¿No tengo pinta de que me lleve bien con tres monstruitos?

—Sí, por supuesto. Pero ya sabes lo que quiero.

—¿Lo sé?

—Cuéntame eso que te pasó de niño. Si no hubieras querido contármelo, me habrías dicho que es una profesión como otra cualquiera, o que a tu madre le hacía ilusión y no quisiste defraudarla.

—Uf, no. —Sacudió la cabeza con énfasis—. Mi madre lo odia.

—Habla.

—De acuerdo. Pero es un poco deprimente. No quería aguar la noche.

—Te escucho.

Él suspiró profundamente y se resignó a confesar el desencadenante de lo que le había convertido en el policía que hoy era.

—Tenía ocho años. Volvía del colegio con mi balón de fútbol, chutándolo distraído de camino a casa. No tenía que cruzar ninguna carretera para llegar, vivía bastante cerca, al otro lado de un parque, pero golpeé el balón muy fuerte y se me escapó calle abajo. Acabó encajado bajo un coche en la parte trasera de un edificio de viviendas, donde solo había una hilera de vehículos aparcados junto a un muro. Estaba metido casi por completo bajo el coche tratando de recuperarlo cuando oí gritos.

—¿Y quién era? —quiso saber de inmediato Dana, pues él hizo una pausa para beber.

—Un hombre sacaba a la fuerza a una mujer de otro coche, del asiento del conductor. Detrás había un niño llorando, de mi edad más o menos, golpeando el cristal mientras su propio padre golpeaba a su madre con una brutalidad impresionante. Le gritaba que no la iba a dejar marcharse, ni llevarse a su hijo, que antes la mataba. La lanzó al suelo y le dio varias patadas.

—¡Santo Dios! ¿Y qué hiciste?

—Me quedé tan petrificado al principio que solo pude quedarme escondido y mirando. Cuando vi que la mujer ya no se movía, tuve el impulso de coger el balón y lanzárselo con todas mis fuerzas al hombre para que dejara de patearla. Pero mi puntería no era tan buena. Así que salí corriendo a buscar ayuda.

—¿Y la encontraste a tiempo? —Tuvo que tragar saliva para poder preguntar, en la garganta se le había formado un nudo que casi la ahogaba.

—Más o menos. —Suspiró con lentitud, como si solo recordarlo le doliera—. Había varios hombres en un bar cercano. Yo llegué llorando y casi no pude explicar lo que sucedía, pero me siguieron cuando eché a correr. Tuvieron que agarrarlo entre tres de ellos, parecía haberse vuelto loco, aún estaba pegándola cuando llegamos.

—Qué animal —resopló Dana, sintiendo un escalofrío de indignación, repulsión e impotencia.

—Lo conocían, eran sus propios vecinos. Pero no dudaron en declarar en su contra, por lo que yo pude evitar testificar en el juicio, ya que era menor.

—¿Y la mujer?

—Ahora vive lejos de aquí. Su hijo es médico. Sí, me

he mantenido al tanto —corroboró cuando ella alzó las cejas. Por segunda vez, Dana comprendió hasta qué punto le importaban las personas a Ángel. No olvidaba a aquellos que ayudaba, seguramente, por si volvían a necesitar ayuda—. Ella perdió un ojo y tiene la cara llena de cicatrices. Se ensañó bastante, y en el suelo había algunos cristales.

Dana se tapó la boca con una mano de forma inconsciente. La dejó caer después de mirarlo a los ojos y comprender el daño que le hacía recordar lo ocurrido. También comprendió que una parte de él se sentía culpable por no haber podido evitar los daños irreparables que habían sufrido madre e hijo.

—A ti también te dejó marcas aquello.

—Sí. Me sentí fatal por no haber podido hacer algo antes. Ahora comprendo que era un niño, y que hice todo lo que estuvo en mi mano. Pero hubo un tiempo en el que me preguntaba si hubiera podido salvarle el ojo de haber lanzado mi balón contra él, aunque fuera para distraerlo.

—Te habría atacado también a ti —sugirió ella con seguridad—. O la habría matado antes de que tú pudieras volver con ayuda.

—Tal vez. —Cuando él se rascó la nuca, Dana supo que contar aquello le resultaba incómodo—. Soñé con todo tipo de variantes de aquel día durante meses. Y años después, aún me viene el recuerdo en momentos puntuales. Entonces suelo llamar a mi padre con cualquiera excusa, solo para oírlo, y recordarme lo afortunado que he sido por tener un padre como él.

—Me están entrando ganas de llamar al mío.

Compartieron una risa discreta y Dana esperó en silencio a que él continuara.

—Aquello me hizo ver algo que hasta entonces no había imaginado, precisamente porque mi padre era cariñoso y respetuoso. Sabía que en la calle había peligros, mis padres me habían advertido de ellos. Pero hasta ese momento no había sido consciente de que las personas podían correr riesgo en sus propias casas, a manos de su propia familia. Las personas que debían protegerlas eran su principal enemigo.

—Es una revelación muy dura para un niño de ocho años.

—Sí. Pero esa revelación me llevó a querer ser lo que hoy soy.

Dana sintió que se le paraba el corazón cuando vio que apretaba los labios y que sus ojos brillaban demasiado.

—Te has puesto triste. Lo siento.

—No. Qué va. —Se frotó los ojos y se incorporó para dejar la copa sobre la mesa—. Es solo que he bebido demasiado vino. Y necesito ir al servicio.

—Claro. —Detrás del duro policía, salía a la luz un hombre sensible. Si aún no estaba lo suficientemente colgada de él, aquello acababa de derretirla por completo. Que Dios la ayudara—. Al final del pasillo. Junto al dormitorio.

Lo encontró sin problemas. Un pulcro y ordenado cuarto de baño con una enorme bañera y muchos espejos. Botes de todo tipo de productos y un albornoz que estuvo tentado de olisquear, pero se abstuvo. En lugar de eso, se lavó la cara con agua fría, pues estaba francamente cansado. Además, hablar de su pasado le había hecho ponerse un poco tontorrón. Sincerarse con ella había sido tan fácil que, simplemente, se había dejado llevar. Así que más valía marcharse antes de que se dejara llevar un poco más.

Tardó solo unos minutos. Pero cuando volvió se la encontró dormida en el sofá.

—No me hagas esto —murmuró mientras se le acercaba—. Soy más débil de lo que pareces presuponer.

Estaba acurrucada de lado, contra el respaldo, y un mechón de pelo le cubría una mejilla. Él se lo retiró con delicadeza, aunque en el fondo esperaba que se despertara. No lo hizo.

—No era así como esperaba verte dormida por primera vez —le susurró mientras la cogía en brazos para llevarla al dormitorio.

La tumbó con sumo cuidado, como a sus sobrinos cuando se dormían fuera de sus camas los días que les hacía de canguro a sus hermanas. No muchos. Menos de los que realmente le gustaría.

Pero ella no era una de sus sobrinas. Era una mujer que se le estaba metiendo bajo la piel con demasiada rapidez.

Descubrió la cama y la tapó con las mantas hasta el cuello. Al ver que un calcetín asomaba bajo las ropas, hizo algo que llevaba toda la noche deseando: desnudar aquellos pies. Y tal como había imaginado, encontró unos pies esbeltos, de dedos largos y uñas cubiertas por un esmalte rosa intenso. Deslizó una mano con suavidad bajo las plantas para que quedaran tapados y ella dio un respingo ante el contacto.

—¿Qué...?

—Shhh. Duérmete.

—Lo siento. —Aturdida, trató de incorporarse, pero él se lo impidió—. Ha sido un día muy largo.

—Para mí también. No eres la única que se cae de sueño, tranquila.

—¿Has llamado ya a ese taxi? —preguntó con un bostezo.

—No.

Se quedó mirándola en la penumbra de la habitación, allí, acostada, su larga melena sobre la almohada, sus ojos entrecerrados, y su aroma flotando por doquier.

—¿No pensarás conducir? Hemos dado buena cuenta de esa botella de oporto.

—No. Pero se me plantea un dilema que no sé cómo resolver.

—¿Cuál?

Él estaba de cuclillas al borde de la cama, mirándola como solo él sabía mirarla, a escasos centímetros, y su voz era un leve susurro.

—¿Cómo vas a cerrar con llave cuando me vaya si ya estás en la cama?

Dana emitió una risa soñolienta, frotándose los ojos como un niño adormilado.

—No mentías cuando decías que eras muy pesado con el tema de las puertas.

—No suelo mentir, salvo fuerza mayor, como cuando nos conocimos. —Para asombro de Dana, él comenzó a desabrocharse la camisa—. Podrías darme un juego de llaves, para que yo cerrara por fuera. Yo te lo devolvería el viernes.

—No sé...

—Pero —la interrumpió— yo mismo soy de la opinión de que no deberías darle las llaves de tu casa a un hombre que acabas de conocer. Por mucho que sea un policía.

—Podría levantarme y cerrar yo —concluyó con obviedad, aunque contra toda lógica, él ya se estaba quitando los pantalones.

—No quiero que te desveles.

Dana tragó saliva con dificultad.

—¿Y no crees que pueda desvelarme ver cómo te quedas desnudo?

—No voy a desnudarme. —Se subió a la cama y recompuso las mantas para que ambos quedaran tapados—. Pero no me gusta llevar ropa arrugada. Y como no tengo otra para ponerme por la mañana, dormiré en calzoncillos.

Dana se incorporó de un brinco.

—¿Pretendes dormir conmigo?

—¿Aún te queda alguna duda?

—No...

—Solo dormir. Te lo prometo.

Dana se tapó de forma instintiva hasta el cuello y él hizo lo mismo. Aquello era surrealista.

—¿No puedo fiarte mis llaves pero sí puedo fiarme de que vas a estar ahí mismo y solo vamos a dormir?

—Sí. Me caigo de sueño. Anoche no pegué ojo.

La hizo tumbarse de nuevo, se pegó a su espalda y le echó el brazo por la cintura para acercarla a él.

—Me encanta el olor de tu pelo.

—Bonita forma de no desvelarme —le recriminó, paralizada.

—Cierra los ojos y piensa en cómo vas a bautizar al plato que acompaña mi salsa. Seguro que te duermes antes de decidirlo.

—¿Con tu mano ahí? —La cubrió con la suya, exactamente sobre su ombligo.

—No se moverá de ahí —prometió él.

—Ángel...

—Buenas noches.

Él le besó la coronilla y, en menos de un minuto, ella oyó cómo su respiración se volvía más lenta.

—Buenas noches —le respondió.

Antes de que pudiera plantearse siquiera lo maravilloso que era sentirlo abrazándola, se quedó dormida de nuevo. Y soñó con él y lo que su vocecita interior le decía que habría sucedido si no hubiesen tenido ambos tanto sueño.

8

El olor a café recién hecho sacó a Dana de un sueño agitado. Tardó unos instantes en ubicarse y recordar que no había pasado la noche sola. Aunque en su cama solo estaba ella.

—¡Las diez y media! —Se levantó de un salto al ver el despertador de la mesilla.

Hacía mucho tiempo, tal vez años, que no se levantaba a esa hora. Y que no dormía del tirón... ¿cuántas? ¿Unas seis horas? Todo un récord.

Observó la silla vacía donde Ángel había dejado su ropa pulcramente estirada la noche anterior. Recordarlo desnudándose le llevó a la mente fragmentos del sueño que había tenido. Con él. En su cama. Y no precisamente durmiendo.

Para colmo, cuando entró en el baño, los cristales estaban empañados y la mampara de la bañera lucía pequeñas gotas que revelaban una ducha reciente.

El sueño se le presentó ante sus ojos más vívido que hacía unos instantes. No, no solo se lo había imaginado en la cama. La bañera llena de espuma también había formado parte de sus fantasías.

—Es culpa de la abstinencia. Solo eso —le habló a su reflejo en el espejo del baño mientras se lavaba la cara. Si Ángel seguía en su cocina, no quería presentarse ante él con el rostro soñoliento y las pestañas pegadas.

«Y de que el policía está cañón —le dijo cierta vocecilla desde el espejo—. Y de que has pasado la noche en la cama con él, solo separados por tus pantalones y sus calzoncillos.»

—Sí. De eso también —tuvo que reconocerse a sí misma.

Tomó aire y salió al pasillo, preguntándose si él se habría marchado sin despedirse después de la insólita noche que habían compartido.

La cocina estaba desierta. Sin embargo, la mesa estaba repleta. Zumo de naranja natural en una copa, tostadas acompañadas de un triángulo de mantequilla y una bolita de mermelada, café humeante en una taza junto a una nota que decía: «Si se queda frío para cuando te levantes, tienes más en la cafetera. Me ha encantado dormir contigo. Ya queda menos para que llegue el viernes.»

Con una sonrisa, Dana se bebió el zumo, imaginándose a Ángel rebuscando en los armarios y en la nevera para dejarle listo el desayuno. Lo normal habría sido que le molestara que alguien tocara sus cosas, sobre todo, que las cambiara de sitio y dejara los utensilios sucios. Por suerte, no había sido así, aunque lo único que le preocupó realmente en esta ocasión fue haberse perdido el espectáculo que tendría que haber sido ver al inspector preparando el desayuno. Tal vez a medio vestir, o con una toalla anudada a la cintura...

—Buenos días. —Dana se atragantó con el zumo al ver entrar a Ángel en su cocina y saludarla alegremente. Tenía el pelo mojado y una sombra de barba que le daba un aire de lo más seductor. Lo que le faltaba—. Llevo un rato buscando mi chaqueta. Tengo ahí las llaves del coche.

—Buenos días —respondió con educación después de aclararse la garganta—. La colgué en el armario de la entrada.

—Claro. —De pronto la recordó haciéndolo—. No sé dónde tengo la cabeza.

—Ya somos dos —murmuró Dana para sí, pero se metió una tostada en la boca de inmediato mientras se encaminaba hacia la entrada para darle su chaqueta—. Gracias por el desayuno.

—No tengo mucha idea de cocinar, pero soy capaz de preparar un desayuno. Y después de la cena de anoche, era lo mínimo que podía hacer. —Cogió la chaqueta que ella le entregaba y los dedos de ambos se rozaron, muy ligeramente, aunque más que suficiente para los dos—. Las tostadas se habrán enfriado.

—No importa. Están muy ricas. —Ella volvió a la cocina. Y él la siguió—. Imagino que llegarás tarde a trabajar —planteó cuando vio que se la quedaba mirando.

—Ayer trabajamos hasta tarde, así que le di la mañana libre a mi equipo —dijo sin dar más explicaciones de lo ocurrido—. Y primero quiero ir a casa a ducharme.

Dana dejó de remover el azúcar que acababa de echarle al café.

—Me ha parecido que habías usado mi bañera.

—Así es. Y también tu jabón. Por lo que tengo tu olor rodeándome como si aún te tuviera pegada a mí. —Se llevó la muñeca a la nariz y suspiró antes de mirarla con tal intensidad que la cucharita del café se le escurrió entre los dedos—. Más me vale volverme a duchar, con mi propio jabón, si no quiero pasarme el día empalmado y pensando en ti.

La crudeza con la que le había soltado aquello se contradecía con la templanza con la que se había acostado a su lado y se había quedado dormido, simplemente abrazándola.

—Las cosas claras, ¿eh? —repitió ella al hilo de la conversación que hacía unos días les había llevado a concertar una cita y a besarse como dos consumados amantes.

—Siempre —certificó él, señalando hacia su entrepierna, donde Dana pudo vislumbrar un bulto muy marcado.

Era una locura. Ella lo sabía, y él seguramente también. Pero estaba harta de sus propias normas. Necesitaba hacer por una vez lo que le pedía el cuerpo. Y, en ese momento, se lo pedía con urgencia.

—En ese caso —lentamente, Dana se levantó de su silla y se encaminó hacia él, deteniéndose a solo un palmo de distancia—, y teniendo en cuenta que yo no entro a trabajar hasta la una y media, podrías quedarte un rato más.

Le excitó de inmediato que la respiración de él se

entrecortara cuando ella deslizó las manos por sus hombros e hizo que la chaqueta que acababa de ponerse cayera al suelo. Podría ir vestida con un sencillo pijama, pensó, pero por cómo la miraba él, se sentía tan sexi como si llevase puesta la más sensual de las lencerías.

—¿Y qué propones que hagamos? —logró preguntar Ángel, aunque el nudo que se le estaba formando en la garganta apenas le dejaba respirar. Ahora las manos de ella desabrochaban su camisa botón a botón, haciéndole arder la piel que iba descubriendo.

—He tenido unos sueños esta noche que me han dado un par de ideas bastante explícitas de lo que podríamos hacer.

—Espero que se parezca a lo que yo tengo en mente. —Controlándose incluso más de lo que había tenido que hacer esa noche, detuvo su mano cuando ya alcanzaba el botón de sus vaqueros—. Porque si me sigues tocando así, vamos a dejar de hablar muy pronto.

—Ya hablamos bastante anoche.

—Estoy de acuerdo.

No esperaron más, porque ninguno podía más. El fuego en las venas los empujaba a arrancar la ropa del otro, a caminar entre manoseos y besos hasta salir de la cocina.

—A la cama —susurró ella cuando se sintió estampada contra la pared del pasillo.

—¿Eso es lo que has soñado? —Su lengua recorría minuciosamente una de sus orejas—. ¿En la cama?

—Y en la bañera —balbuceó débilmente cuando comenzó a descender por su garganta.

—Eso está mejor. —En un rápido movimiento la desnudó de cintura para arriba y la contempló descaradamente—. Preciosos —declaró, y se colmó de sus senos con manos avariciosas.

A trompicones, llegaron al sofá, donde ella impactó contra el respaldo en el preciso momento en que él sustituía sus manos por su boca.

—¿Aquí? —Dana abrió los ojos un solo instante para percatarse de dónde se encontraba.

—Prefiero sorprenderte. —Su boca, que deambulaba de un seno y otro, como si fuera incapaz de decidirse por uno, hizo una pausa para murmurar—. Y ten por seguro que intentaré impresionarte.

—Pero las cortinas... —La voz se le apagó cuando él mordisqueó el pezón finalmente elegido.

—Que nos vean —propuso Ángel, y la giró de golpe, dejando la mitad de su cuerpo colgando hacia delante.

El rostro de Dana quedó hundido entre dos cojines del sofá, los mismos que amortiguaron su grito cuando él bajó sus pantalones y, suavemente primero pero con mayor fuerza después, tiró hacia arriba de su ropa interior hasta que quedó prácticamente clavada en su más tierna carne.

Sintió sus labios acariciando la piel de gallina de sus muslos, ascendieron húmedos, tentadores, hasta que dieron paso a los dientes que, tras un mordisco en su nalga izquierda, atraparon la pequeña tela de algodón y la bajaron hasta los tobillos.

Cuando pataleó para dejar que sus braguitas cayeran al suelo, él la agarró de ambas rodillas, separándolas, y acarició el interior de sus piernas con las palmas extendidas.

—Tengo que encontrar mi chaqueta. Otra vez. —Los labios vibraron contra la piel de sus corvas, y ascendieron un poco más.

—¿Qué?

¿Pretendía marcharse? ¿Justo ahora? Incrédula, Dana apoyó las manos para incorporarse. Sin embargo, él se levantó y volvió a empujarla contra el sofá.

—Necesitamos algo que tengo en mi cartera. Ni se te ocurra moverte.

Por suerte, Ángel mantenía la costumbre que le había inculcado su padre desde que tenía dieciséis años: llevar un preservativo en la cartera. Mientras lo buscaba, atinó a pensar que su padre se sentiría orgulloso de que aún siguiera sus consejos, si bien igual no lo estaría tanto de ciertas cosas que tenía en mente hacer con Dana en cuanto terminara de ponerse la protección. Se sentía rabiosamente juguetón.

—Chica mala —la reprendió al volver a la sala y verla de pie, aunque de espaldas.

Los segundos se le habían hecho eternos a Dana. La había dejado completamente desnuda, boca abajo, de cintura para arriba sobre el respaldo del sofá y del todo expuesta para él de cintura para abajo. El pudor le había hecho incorporarse, pero una mano cálida y enorme se posó sobre su espalda y la recolocó de nuevo.

—Te dije que no te movieras.

La invasión de uno de sus dedos entre sus pliegues, inesperada y de forma abrupta, la hizo chillar y convulsionarse violentamente.

—¡Ángel! —gritó a continuación, cuando lo sacó con la misma velocidad y lo sustituyó por otra parte de él mucho más gruesa y cálida.

—Así es como te he soñado yo esta noche, pero despierto. —No podía verlo, pero lo imaginaba en su mente mientras él la embestía con dureza y acariciaba su espalda de arriba abajo una y otra vez, recorriendo su columna—. ¿Quieres saber qué más he deseado hacerte mientras dormías?

Ella asintió en un gemido y él alargó la caricia de sus dedos por su espalda hasta colarse entre sus nalgas. Sin dejar de penetrarla con una cadencia mareante, hundió su pulgar en un lugar prohibido para ella hasta ese momento.

—He estado a punto de despertarte varias veces —confesó comenzando a trazar pequeños círculos con el dedo—. Pero te había prometido que solo dormiríamos.

Dana contuvo el aliento cuando él salió de ella de golpe y la dejó al borde de un orgasmo inminente.

—No pares —rogó rendida por completo a su forma de poseerla.

—Necesito parar. Si quiero superar tus expectativas.

—Ya las has superado. Con creces. —La última palabra sonó estrangulada cuando él la giró, la subió a su cintura y la llevó con él hasta la alfombra del centro de la sala, donde se arrodilló y la recostó para quedar sobre ella.

—También quiero ver tu cara mientras te hago disfrutar.

No hubo réplica, pues él volvió a penetrarla con todo su cuerpo cubriendo el de ella.

Dana lo abrazó con fuerza, rodeando su espalda como si se estuviera ahogando, y devoró su boca como había deseado hacer mientras él la tomaba de espaldas.

—Más fuerte —reclamó cuando el ritmo parecía no poder ser más intenso—. Más rápido.

Él obedeció a duras penas, pues estaba al límite. Pero fue ella quien se envaró primero, curvando su garganta en un arco imposible y gritando sin pudor alguno un «sí» que reverberó contra los cristales.

—Joder —farfulló él segundos antes de derramarse en su interior y caer sobre ella, desplomado como si le hubieran disparado en el pecho.

Con las manos aún en su espalda, Dana apoyó los codos y trató de incorporarse.

Él la abrazó con fuerza y la llevó consigo mientras giraba para quedar boca arriba. La acomodó sobre él y le acarició el pelo mimosamente.

—¿Mejor que en la cama? —preguntó, besándola en la sien.

—No lo sé. Tendremos que hacerlo allí también, para compararlo.

—¡Por Dios! Dame al menos cinco minutos para recuperarme.

La risa de Dana fue apenas audible contra su pecho, el cual besó según alzaba la vista hacia él.

—No me refería a ahora mismo.

Visto desde esa perspectiva, su rostro parecía más joven, y sus ojos más brillantes. La sonrisa que esbozó mientras lo miraba le atravesó el pecho como un puñal.

Solo un gesto y ya le demostraba que aquello no había sido solo algo físico entre ellos.

—¿Y a cuándo entonces? ¿Al viernes?

—A... dentro de un rato.

Esta vez fue Ángel quien se carcajeó y el cuerpo de ella rebotó sobre el de él. Se quedaron unos minutos abrazados sin más, disfrutando del contacto de la piel del otro, sin moverse y sin hablar.

—No te habrás dormido, ¿verdad?

—No. —Dana alzó la vista hacia él. Había estado pensando en algo que no se atrevía a preguntar, pero que necesitaba saber. Se armó de valor y lo soltó—. ¿Siempre lo haces así?

Sorprendido por la pregunta, se incorporó un poco para mirarla.

—¿Sobre la alfombra del salón? —Su tono fue burlón.

—No. Así. Con tanto... ímpetu.

Ángel resopló y dejó caer la cabeza contra el suelo.

—¿Te he hecho daño?

—¡No! —Dana subió por su cuerpo hasta encontrar su mirada—. No me estoy quejando. Al contrario.

Él fue a hablar y ella lo impidió atrapando su boca en un beso que le demostraba lo deseosa que estaba de más.

—Me ha gustado. Muchísimo —recalcó—. Lo que quiero saber es si lo habías hecho así antes. Con otras.

Según lo dijo, le sonó tan mal que se planteó levantarse y vestirse a toda prisa. Él pareció intuir su desasosiego y la tomó por la nuca con una mano.

—De tu pregunta deduzco que has tenido amantes

muy convencionales. —Dana se encogió de hombros al recordar a los dos únicos hombres con los que se había acostado en su vida, ni la mitad de apasionados que Ángel, y el doble de rápidos en finalizar el acto. A él le pareció ver inseguridad y desconcierto. No era así como la quería. La deseaba decidida y sensual, como cuando lo había provocado en su cocina con solo unas caricias—. Y que imaginas que las mías no lo han sido tanto.

—Es una forma de decirlo —reconoció, aunque seguía sin responder a su pregunta.

—Te puedo decir que nunca lo había hecho empezando sobre el respaldo del sofá y terminando sobre la alfombra —le concedió, pues percibía que ella necesitaba saber que lo que había sucedido entre ellos era especial. Y lo era.

—Hemos empezado en la cocina y atravesado el pasillo antes —le corrigió con una sonrisa más relajada.

—Y vamos a seguir en la cama. Donde me vas a mostrar lo que has soñado. Con todo detalle —le ordenó. Dana alzó una ceja ante su solicitud, pero todo reparo se esfumó en cuanto él comenzó a dibujar el perfil de sus labios con el dedo índice—. Aunque puede que antes tenga que volver a tomarte a mi manera.

Dana contuvo el aliento cuando él le dijo esto último a la vez que hundía el dedo en su boca, acariciando su lengua.

—¿Por qué? —planteó confusa, y algo mareada también.

—Porque ya me he recuperado. Totalmente.

Antes de que ella pudiera reaccionar, él volvió a girar, se levantó y la llevó consigo, a cuestas, hasta el dormitorio, donde la cama aún desecha los esperaba.

—Espero que tengas preservativos. Yo solo llevaba uno.

A ella apenas le dio tiempo a señalar hacia el cajón de la mesilla, pues él prácticamente la lanzó sobre el lecho, la cubrió con su cuerpo y tomó su boca posesivamente.

Como si de pronto se arrepintiera, se retiró.

—¿Ocurre algo?

Ella contempló su cuerpo, firme y definido, cuando él se apartó unos centímetros y la observó con minuciosidad.

—Sí. Pero todo bueno. Muy bueno —la tranquilizó, acercándose de nuevo. Depositó un beso tormentosamente tierno en sus labios—. Más despacio esta vez —le indicó, aunque más bien parecía decírselo a sí mismo.

Instantes después, todo fueron delicadas caricias, suaves besos y mareantes susurros de inminentes intenciones.

—Si algo de lo que te hago no te gusta, o te hace sentirte incómoda, dímelo. ¿De acuerdo?

El asentimiento de Dana fue casi imperceptible, pues toda ella temblaba ante la expectación de cuál iba a ser su siguiente movimiento. Ella le había acompañado en cada una de sus caricias, pero sin duda él había llevado la batuta en todo momento.

Cuando posó sus labios entre sus piernas y la besó tras una breve pero acertada succión, Dana convulsionó y se deshizo en un orgasmo inesperado y devastador.

—Voy a saborearte —anunció, lamiéndola y mordisqueándola—. Hasta que te corras otra vez.

El segundo orgasmo no tardó en llegar. Esta vez, tras los espasmos que lo precedieron, él la colmó con sus dedos para alargar el placer más y más. Aun así, no le dio tregua. En cuanto ella abrió los ojos, él la besó con fuerza en la boca y la giró hasta que quedó pegada a la almohada.

Con el rostro oculto, solo pudo guiarse por el oído y el tacto. Le oyó rebuscar en el cajón, rasgar el paquete y maldecir mientras se ponía la goma con una mano, pues la otra la tenía ocupada en su sexo, preparándola de nuevo.

Cuando se hundió en ella, aplastándola por completo con su peso, el grito que resonó a través de la almohada le incitó a penetrarla con más audacia. Segundos después, y tras varios gemidos muy reveladores, la alzó por la tripa y la colocó a cuatro patas sobre el colchón.

—¿Bien? —preguntó contra su oreja cuando volvió a estar dentro de ella, tan profundamente como la postura les permitía.

—Muy bien —sollozó entre vaivenes cada vez más erráticos—. Ángel...

—¿Sí?

—Tócame —le rogó vencida por la necesidad.

Había llegado al clímax más veces seguidas que en toda su vida, pero la expectativa de una nueva catarsis la acuciaba. Si él solo la apretaba por las caderas, dirigiendo el movimiento con la presión de sus manos, no sabía si iba a llegar antes de que él eyaculara.

—¿Dónde? —Entre jadeos, la apremió a confesar sus deseos—. ¿Cómo?

—Como antes —siseó, sin estar segura de que él captara exactamente a qué se refería, pero su pudor le impedía reconocer en voz alta lo mucho que la había excitado su osadía.

Supo que había comprendido su mensaje cuando lo oyó resoplar y ralentizar sus envites. Una de sus manos abandonó su agarre y, de pronto, salió de ella.

—No... —protestó, sintiendo frío y decepción.

—Espera —masculló él, volviendo a resoplar, profundamente excitado.

Fueron unos segundos que a Dana se le hicieron eternos, con las palmas apoyadas sobre el colchón y la cara ladeada entre ellas. Sin embargo, la espera tuvo su recompensa.

—Confía en mí —le susurró pegado a su oreja y con voz tomada.

Cuando sus hábiles dedos se deslizaron de delante atrás, esparciendo su humedad con una caricia, todo su cuerpo tembló de anticipación. Y al sentir su miembro pugnando por colarse en un lugar por el cual juraría que era imposible que entrara, sus caderas se movieron de manera autónoma, invitando al intruso a invadirla sin reparos.

—Dana, no te muevas, espera a que...

No hizo caso. Su instinto la guiaba, y las nuevas sensaciones eran demasiado intensas. Su piel enardecida se abrió para darle paso. Solo introdujo una pequeña parte de su ser, pero la suficiente para que Dana llegara a donde tanto había necesitado, sofocando su grito contra las sábanas.

Él se permitió entonces liberarse, disfrutar de la desinhibición de ella, y acompañarla en el placer final de lo que durante muchos segundos había sido una pequeña tortura. Le había costado mucho contenerse para no clavarse en ella hasta el fondo, pero sabía que era inexperta en ese juego, y por mucho que reclamara su invasión con unos movimientos sinuosos y provocadores, no estaba preparada para llegar hasta el final.

No obstante, sentirla tan entregada y atrevida lo colmó de forma más que satisfactoria. Tanto que había estado a punto de dejarse ir antes de que ella supiera lo que era deshacerse de placer ante aquella nueva experiencia.

Volviendo en sí, Ángel se apartó para que ella pudiera girarse. Al no hacerlo, la tomó por un hombro y lo hizo él mismo.

—¿Estás bien?

—Sí. —Cuando lo miró a los ojos, se tapó la cara con ambas manos—. Solo muerta de vergüenza.

—¡Qué dices! —Ángel le apartó las manos y, apoyándose en un codo, se inclinó hacia ella.

Dana volvió a mirarlo, con los ojos entrecerrados, el pelo revuelto, la nívea piel deliciosamente sonrosada, y él la besó en los labios hasta que la sintió relajarse.

—¿Sabes qué? —La rodeó por los hombros y la atrajo hacia su pecho, cobijándola y tapándola con las sábanas—. Al final has sido tú la que me ha impresionado, superando mis expectativas. Y créeme, eran muy altas, incluso antes de verte desnuda.

Dana se hundió más bajo las sábanas, volviendo a

ocultar el rostro, pero él la sintió reírse, una vibración contra su piel se lo indicó.

—No tenía ni idea de lo que estaba haciendo —declaró, pues creyó necesario que él supiera la verdad.

—Ya lo iremos perfeccionando —sugirió—. Quizá... el viernes.

Dana se carcajeó y le propinó un ligero puñetazo en la tripa. Él también rio, cogió su puño y lo alzó para poder besarlo.

Aunque minutos después se acompañaron en la ducha, dejaron los sueños de Dana para otro día. No por falta de ganas de un tercer encuentro carnal, sino porque el tiempo se les había echado encima. Cada uno se dirigió a su trabajo al salir del portal de ella, despidiéndose con un beso en los labios al que los dos acudieron con complicidad y decisión.

Aún no habían tenido una sola cita, no una de verdad, pensó Dana, y ya tenían una relación. No sabría definir exactamente cuál, pero sí que iba mucho más rápido de lo que ella creía saber manejar.

—Eso te pasa por saltarte todas tus normas —se reprochó a sí misma.

«Y lo mucho que has disfrutado quebrantándolas», respondió con sorna su vocecita interior.

Sí. Había disfrutado como nunca antes del sexo más fiero, crudo y placentero que había tenido nunca. Y ya se estremecía pensando en la próxima vez que tuviera al inspector Ribera entre sus piernas.

Definitivamente, el viernes quedaba muy lejos todavía.

El Renault Megane estaba apostado a escasos metros de donde Dana y Ángel se despedían afectuosamente. No se había movido de allí desde la madrugada. Ahora su conductor tenía pruebas de lo que tras horas en vela le había parecido más que evidente, pues el edificio no contaba con otra salida que no fuera el portal al que no había quitado ojo. Bueno, una pequeña cabezada sí se había echado al alba, pero el jefe nunca lo sabría, ni falta que hacía. El vehículo del inspector tampoco se había movido. De hecho, lucía un papelito sobre el parabrisas corroborándolo: una multa por no haber pagado la tasa de aparcamiento que comenzaba a las nueve de la mañana.

Esperó a que el coche de Ángel se incorporara al denso tráfico e hizo la llamada con noticias frescas que, imaginaba, pondría una sonrisa en el duro rostro del jefe y, esperaba, le resarciría de sus últimos errores.

9

Volver a su piso la noche anterior había sido raro. Normalmente se tiraba en la cama o en el sofá según entraba, exhausta de un duro día de trabajo en el hospital, o de una noche de juerga. Y si venía de casa de sus padres, como era el caso, solía coger lo primero con alcohol que encontraba y darle un buen trago a morro y a palo seco, sentada donde pillara: el suelo de la cocina, la alfombra de la sala, la taza del váter... Eso solía paliar el martilleo mental que las discusiones de sus padres le producían.

Pero esta vez, durante los pocos días que había pasado con ellos tras el incidente, no había oído una palabra más alta que otra. Su casa de la infancia, un caserío tan perdido en la espesura del monte como el de la familia de su amiga Dana, le había acogido como un manto cálido. Se había sentido abrazada por los buenos recuerdos, aquellos en los que sus padres no se odiaban y su familia parecía una familia de verdad. Imaginaba que habían enterrado el hacha de guerra por ella, por ayudarla a reponerse de lo ocurrido, porque nunca antes la habían visto llorar a mares horas seguidas.

Ella lo agradecía, porque, aunque hubiera sido una ilusión, era lo que necesitaba para recomponerse. El olor de la chimenea, de los pinos húmedos tras una noche de intensa lluvia, el viento en la cara al abrir su ventana por la mañana... era como volver a la niñez.

María había encontrado la fortaleza que había creído perdida en la habitación donde había pasado horas estudiando para conseguir una plaza en Medicina, su sueño de toda la vida. Donde había metido la cabeza bajo la almohada para no escuchar a sus padres discutir noche tras noche, reprochándose mutuamente su infelicidad, creyendo que ella no les podía oír.

Se dijo que había sido muy fuerte toda su vida, que había superado suspensos, horas sin dormir, mil desamores, el miedo al divorcio de sus padres... y, después, el tortuoso deseo de que se separasen si así dejaban de hacerse daño el uno al otro y, de paso, a ella.

Había hecho frente a todo lo que la vida le había traído, y nunca se había venido abajo. Su amiga Dana había tenido mucho que ver en ello. Siempre la había apoyado, desde el instituto. La había escuchado, aconsejado, dado ánimos. Era afortunada por ello.

Así que volver a su piso y encontrarse descansada, en paz y con el miedo amortiguado, le había llevado a pensar con seriedad en su vida, y a darse cuenta de que tenía lo que siempre había deseado y que tan feliz le hacía: un puesto como cirujana. Ninguna despiadada organización criminal iba a sumirla en la desesperación y el pánico. Su vida era suya, y así se lo pensaba demostrar al mundo.

Ya en su cama había tomado la decisión de reincorporarse al trabajo lo antes posible. Antes de dormirse había llamado a Dana para decirle que al día siguiente se pasaría por el hospital para hablar con recursos humanos y poner fin a sus vacaciones forzosas. También le propuso una tarde de viernes de chicas, ya que sabía que tenía el día libre, si bien a la noche le esperaba una cita, como bien le había recordado ella con voz ilusionada y extrañamente nerviosa, detalle que solo María era capaz de apreciar.

Dana, su Dana, por fin, parecía ir a abrirle las puertas al amor. Ella, por su parte, iba a cerrarlas por un tiempo.

Sentada frente a su amiga en una tetería cercana al hospital donde habían quedado innumerables veces, María llevaba varios minutos con su taza de té sujeta entre ambas manos, escuchando a Dana en silencio, y sin apenas pestañear. Tan solo sus cejas alzándose progresivamente, mientras ella le iba contando cómo había acabado Ángel en su cama hacía unas noches, y de nuevo a la mañana siguiente, pero de otra forma bien distinta, le indicaron que su amiga estaba escuchándola y no en estado catatónico.

—Así que por eso te has puesto hoy esa falda globo —comentó sin cambiar su gesto y dando por fin un sorbo a su té—. Para que pueda meterte mano en el teatro sin que nadie se dé cuenta.

—¿Qué? —La cara enrojecida de Dana y su gesto de indignación hicieron que María rompiera a reír—. ¡Claro que no!

—A mí no me engañas. Tú has probado por fin sexo

del bueno y en un par de casquetes te has vuelto adicta. No te juzgo, al contrario, me alegro por ti.

—No voy a dejar que me meta mano en público, María —se defendió, bajando la voz y exigiéndole con un gesto de la mano que ella hiciera lo mismo.

El lugar era tranquilo e íntimo, con cómodos sillones y música relajante, pero también muy pequeño, por lo que las conversaciones podían ser escuchadas por oídos ajenos con facilidad.

—Pero bien que le dejaste hacerlo en el restaurante, con Eloy casi de espectador.

—Eso fue... un arrebato. Y ya te dije que se suponía que Eloy no estaba —volvió a defenderse.

—¿Y si os vuelve a dar el calentón?

—Nos aguantaremos.

—¡Ja! ¿Después de lo que me has contado? Ni de coña. Os largaréis a mitad de función y os lo montaréis en los baños, como si lo viera.

—No haremos tal cosa.

—Espero que las entradas no le hayan costado muy caras —murmuró María como para sí antes de dedicarse a su té favorito.

—Estamos en el patio de butacas.

Eso le había indicado Ángel por teléfono la noche del miércoles, cuando la llamó para decirle a qué hora sería la función, lugar y obra. Él le había preguntado si ya había reservado restaurante, haciendo que ella se sintiera como una auténtica idiota, cosa que no había confesado, por supuesto. Se había pasado la noche del martes dando vueltas en la cama preguntándose por qué él no la había llamado aún, en lugar de considerar que apenas habían pasado veinticuatro horas, y que ella tenía que planear la otra mitad de la cita.

Al final, lo llamó el jueves por la tarde, aunque ya tenía la reserva desde la mañana, por si él pensaba que se había dado demasiada prisa, cuando en realidad lo había dejado casi para el último día. Este comportamiento absurdo e ilógico la traía de cabeza. Aún no entendía qué le pasaba, pero no le gustaba nada sentirse como una quinceañera atolondrada. Ella a los quince ya tenía bien claro qué quería ser en la vida y había empezado a luchar por ello. No iba a vivir una pubertad tardía a los treinta años.

—El patio de butacas es lo más caro, además de la primera fila de los palcos —observó María mientras mordisqueaba una galleta.

—Lo sé. —Y eso le había hecho decantarse por un restaurante de la talla del propio Suculentos.

—¿En qué fila? —quiso saber de pronto.

—Creo que me dijo que en la tercera.

—Entonces los actores podrán ver su mano debajo de tu...

—Basta. —Dana le tapó la boca con una mano y forcejearon como dos niñas jugando.

—Es lo que va a pasar, y lo sabes —prosiguió María tras conseguir liberar su boca, señalándola con el dedo índice—. Estás colada hasta las bragas.

—Eso sí que no te lo puedo negar. —Suspiró y se frotó los ojos con cuidado de no estropear su maquillaje—. Nunca me había pasado nada igual. Incluso antes del sexo —matizó en cuanto vio a María abrir la boca para, muy probablemente, soltar alguna otra barbaridad al respecto—. Estuve muy a gusto con él el día que fuimos al restaurante de su amigo, y el beso de despedida fue..., bueno, ya te lo conté por teléfono. Sentí... sentí cuánto me deseaba, cómo se estaba conteniendo para no dar un paso más, y también sentí la promesa de que, cuando le dejara dar ese paso, iba a recibir un placer irrechazable. Y no mentía.

María se llevó una mano al pecho, como si se le fuera a salir el corazón.

—Joder, me estoy poniendo cachonda, Dana.

—No era mi intención.

—Ya. Solo me estás queriendo dar envidia.

—No, mujer.

—Entonces ¿qué es? —Entrecerró los ojos buscando en los de ella qué era lo que le rondaba la cabeza—. ¿Me pides permiso para ir a saco con el tío que me salvó de un puto traficante de personas? Tienes mi total bendición.

—Tampoco es eso... —Bueno, no lo era exclusivamente—. Aunque me alegra que no suponga un problema para ti que sea precisamente él quien me tenga... así.

—¿De encoñada?

—Sí —admitió, como si reconocerlo en voz alta la liberara de un gran peso.

—Ningún problema, en serio. Aunque aún no lo he visto sin su modelito de Sonny Crockett. Así que imagina el espectáculo que he estado visualizando mientras me contabas cómo os lo montabais. Un rollo de lo más carnavalesco.

Dana ignoró la broma, cogió una galleta y se la metió en la boca a su amiga para que dejara de tararear la musiquilla de la cabecera de la serie *Corrupción en Miami* intercalada por unos jadeos nada discretos que pretendían emular a la propia Dana en pleno orgasmo.

—Precisamente a eso iba. —Se mordió un labio, nerviosa por lo que iba a decirle a su amiga más íntima, la cual sabía que no contaría nada de lo que hablaran. Razón por la que no se había dejado detalle de lo ocurrido con Ángel—. Tú tienes mucha más experiencia en hombres.

—Sí, soy bastante más guarrilla que tú, eso es cierto —reconoció cabizbaja, fingiendo sentirse culpable por ello—. Aunque con lo del otro día has subido varios puntos de un plumazo.

Dana le sacó la lengua y ella le devolvió el gesto.

—Quiero decir que está claro que Ángel es muy osado con el sexo, y sabes que yo soy más...

—¿Remilgada?

—Convencional —usó la palabra que él mismo había utilizado.

—Y te sientes insegura —dedujo rápidamente—. ¿Piensas que él necesitará cosas que tú no sabrás darle?

—Algo así —respondió Dana sin apenas voz.

—Pues olvídate.

Esta vez, María apoyó su taza sobre la mesa y tomó a su amiga por ambas manos, hablándole de forma directa y sin bromas de por medio.

—Por lo que me has contado, él mismo dijo que superaste sus expectativas, que te indicó que le dijeras si algo no te gustaba. Eso deja claro que no te va a presionar, pero que te irá proponiendo... las cosas que le gusten a él. Tú prueba, déjate llevar. No hace falta que seas tú la innovadora, él no espera eso de ti. Seguro que le gusta ser él quien te haga descubrir nuevas sensaciones. —De pronto, soltó sus manos y se recostó contra el respaldo de su sillón—. Joder, escúchame, parezco un anuncio de condones.

Dana se relajó con las palabras, siempre algo subidas de tono, de su amiga. No solo porque le hicieron pensar que Ángel no iba a sentirse decepcionado por su falta de experiencia en juegos sexuales más atrevidos, sino porque si María hablaba de aquella manera golfa y deslenguada era porque ya no tenía en la cabeza en todo momento lo ocurrido con su supuesto ligue por internet. Volvía a ser ella misma.

—Nunca me había descontrolado de esa manera haciéndolo —se sinceró de nuevo con ella, pues se sentía más cómoda ahora que todo estaba sobre la mesa—. Nunca he disfrutado sin tabúes ni complejos como lo he hecho con él. Nos conocemos desde hace tan poco y, a la vez, me siento tan en confianza con él. Es una sensación extraña.

—Es el destino.

Aquella conclusión sorprendió a Dana.

—¿Tú crees?

—Tiene que serlo. —La mirada de María se nubló un poco, dejando a la vista que había vuelto a pensar en el turbulento episodio—. Así que no lo dejes escapar.

—No tengo intención de hacerlo —admitió.

—Esa es mi Dana.

María levantó su taza y la hizo chocar con la de su mejor amiga.

De todas las veces que ambas mujeres habían estado en esa misma mesa hablando de hombres, aquella era la primera que lo hacían sobre uno en particular, y que no fuera del interés de María.

Dana se percató de ello de la misma forma que comprendió que, a partir de ese momento, tanto si la cosa salía bien como si no, esa mesa sería testigo de muchas nuevas conversaciones con Ángel como protagonista. Solo esperaba que no tuviera que ser también su paño de lágrimas.

Lo vio en cuanto dobló la esquina de la calle. Vestido con la misma chaqueta de cuero que ella misma había guardado en su armario hacía varias noches y con un pantalón negro, destacaba con luz propia entre la pequeña multitud que esperaba a que abrieran las puertas del teatro, y eso que ni siquiera podía verle bien la cara, pues tenía la cabeza gacha y la mirada fija en el móvil.

Aún se encontraba a un par de pasos de él cuando alzó la vista y la clavó directamente en ella, como si algo le hubiera advertido de su proximidad. Tal vez su perfume, se planteó Dana, esperando no haberse pasado con la cantidad. Hasta en eso había dudado antes de salir de casa. Qué ponerse, cómo peinarse, cuánto maquillarse...

Casi no se reconocía. Nunca antes había sido así con respecto a los hombres. Pero con Ángel todo parecía diferente.

«Te ha visto en pijama, recién levantada —parloteó

la pesada de su cabecita—. Y en pelota picada, así que da igual lo que lleves, tonta.»

—Hola —se interrumpió ella misma para cortar con sus propios pensamientos y saludar a Ángel—. Espero que no sea trabajo.

Ante la cara de extrañeza de él, quien había tratado de disimular el repaso que le había hecho de los pies a la cabeza centrándose con rapidez en sus ojos, Dana señaló su móvil.

—¡Ah! No. Leía las noticias. Llevo un rato aquí. No quería que llegaras tú antes y hacerte esperar —confesó. Y, seguidamente, dio un decidido paso hacia ella, la tomó por la cintura y la besó con delicadeza durante varios segundos—. Hola —susurró al separar sus labios.

Dana parpadeó tratando de recuperar la voz. Pero no la encontró.

—¿Te molesta que te bese en público? —preguntó él al verla tan cohibida.

—No no no —soltó ella de corrido. La voz parecía haberle vuelto de golpe.

La respuesta pareció gustarle a Ángel porque sonrió de oreja a oreja. Sin añadir nada más, la rodeó por el hombro y juntos se encaminaron hacia la puerta principal.

—Tranquila, dentro me comportaré —le susurró al oído justo antes de entregarle las entradas al acomodador—. Al menos lo intentaré.

A Dana se le hizo un nudo en la garganta recordando lo que María había augurado apenas una hora antes. Pero como él rio entre dientes, quiso pensar que solo estaba bromeando.

—¿Qué tal está tu amiga? —se interesó Ángel, una vez que se acomodaron en sus asientos y mientras esperaban el comienzo de la representación.

Ella le había pedido quedar en la puerta porque justo antes se iba a ver con María cuando saliera de la oficina de recursos humanos del hospital. Él se había ofrecido a acercarse a buscarla donde hubieran quedado, pero ella lo había rechazado. La tetería estaba a escasos quince minutos andando del teatro. A él esa explicación le había bastado y no había insistido. Pero el verdadero motivo de Dana para no aceptar había sido la posible reacción de María al verlo de nuevo. Aún se estaba recuperando de lo sucedido. Y bastante impacto suponía que iba a ser para ella conocer lo ocurrido entre ellos en casa de Dana. Tiempo al tiempo.

—Lo está superando. Es fuerte. Se está esforzando mucho por seguir con su vida y comportarse tal y como ella es. Pero de vez en cuando, en medio de la conversación, se la ve distraída y con la mirada perdida —reflexionó en alto—. Enseguida vuelve a sus bromas y a sonreír, pero sé que el recuerdo sigue ahí.

—Según me has dicho, fue y volvió de casa de sus padres conduciendo ella misma, pretende volver a trabajar el lunes con normalidad, sale a la calle y queda con una amiga a tomar algo y charlar. Es mucho más de lo que consigue la mayoría en tan poco tiempo. Aunque...

—¿Qué? —le exigió saber cuando él dejó la frase en el aire.

—Cuando esté sola en casa será cuando le dé más vueltas a la cabeza. ¿Sabes si está durmiendo bien o ha recurrido a algún tipo de pastillas?

—Pues... no lo sé. No le he preguntado eso. —Se llevó una mano a la frente y se dio unos golpecitos de reprimenda—. Soy una amiga horrible.

—Claro que no. Si no la has visto ojerosa, será que duerme bien. Aunque la próxima vez podrías intentar averiguarlo. Sutilmente. Porque de ser así, sería bueno que las fuera dejando poco a poco, es muy fácil engancharse a ese tipo de ayuda y después cuesta mucho dejarlo.

Ella lo miró con los ojos entornados.

—Lo dices muy convencido.

—Conozco a mucha gente a la que le ha pasado, eso es todo.

—Gracias. Lo hablaré con ella. Con sutileza —recalcó.

Él asintió satisfecho. Una vez más, la preocupación más allá de su intervención policial por aquellos a los que había ayudado quedó patente. Ella sabía que su interés no era solo porque fuese su amiga.

—¿Y qué le ha parecido que tú y yo estemos empezando a vernos?

La pregunta le sorprendió, pero solo porque en ese momento estaba planteándose con algo de preocupación que ella, como médico, podría tener acceso a fármacos con más facilidad. Aunque dudaba mucho que María recurriera a ello, era demasiado íntegra.

—No me digas que no se lo has mencionado. —Esta vez el sorprendido fue él.

—Tenemos su bendición —lo tranquilizó brevemente, ya que las luces se estaban atenuando hasta apagarse del todo.

El telón se abrió para dar paso al primer acto de *El barbero de Sevilla*. Aún no habían dicho ni una sola palabra cuando Dana dio un brinco al sentir la mano de Ángel rozándole la pierna.

No puede ser, pensó, con un hormigueo recorriéndole desde la rodilla hasta debajo de su ropa interior. Miró a Ángel con los ojos muy abiertos, dispuesta a decirle con la mirada que una cosa era besarse en público y otra muy distinta... Pero antes de poder hacer o decir nada, él entrelazó su mano con la de ella, besó sus nudillos y le dedicó una cautivadora sonrisa mientras depositaba sus manos unidas sobre el reposabrazos.

La mirada de él se centró en los actores y ella se quedó paralizada durante unos segundos, mirándolo con perplejidad y un poquito de vergüenza. Una vez pasado el mal trago, acomodó su mano dentro de la de él y prestó su atención a la ópera bufa que, él le había asegurado, iba a lograr hacerla aficionada a ese tipo de espectáculos.

El paseo hasta el restaurante donde Dana había reservado mesa era de escasa media hora, durante la cual intercambiaron sus impresiones sobre la obra y se preguntaron mutuamente por sus trabajos. A Dana se le hizo raro, aunque agradable, que él mantuviera un contacto constante con ella. Un brazo rodeándole la cintura o el hombro, sus manos entrelazadas de nuevo, aunque por suerte, había dejado de juguetear con sus dedos como había estado haciendo durante toda la función. Aquellas pequeñas caricias la habían estado distrayendo y torturando, pues había imaginado esos dedos recorriendo todo su cuerpo.

A un par de calles de su destino, una repentina lluvia les sorprendió, literalmente, porque tras unos segundos lloviznando, una brusca tromba de agua comenzó a caer sobre ellos sin piedad.

Corrieron hasta el primer refugio que encontraron, un portal cubierto por los balcones del edificio. Allí fueron testigos de un relámpago que iluminó el cielo nocturno a la vez que todas las farolas de la calle perdían su luz. El estruendo del trueno que prosiguió hizo vibrar la puerta acristalada que tenían tras ellos.

—Bonita noche —murmuró Ángel apartándose el pelo húmedo de la frente.

Ella lo miró de soslayo mientras él contemplaba atónito y con sonrisa irónica la granizada que se iniciaba en ese momento. Y no pudo contenerse más.

Se plantó frente a él y rodeó su cabeza con ambas manos para acercarlo hasta sus labios, los cuales abrió casi de inmediato para devorar esa boca que la llamaba a gritos cada vez que sonreía.

«No son simples ganas de besarte —le dijo de forma muda en aquel contacto fiero y directo—, es lo loca que me vuelve sentir tus labios, tu lengua, tus manos queriendo abarcarme entera... Es comprender las ganas que tienes tú de mí.»

La reacción de Ángel fue inmediata, y como si hubiera comprendido su mensaje, igual de voraz. La pegó contra sus caderas con una mano mientras que la otra subió sinuosa por su espalda hasta acabar enredada en la melena suelta y algo húmeda de Dana, y después en su nuca.

Ambos se atrajeron hacia sus bocas con fuerza, como si no fueran conscientes de que el otro no tenía intención alguna de alejarse. Cuando, tras largo rato, se separaron, los dos respiraban como si acabasen de correr una maratón.

—¿Y esto? —jadeó Ángel con la boca entreabierta.

—Un aperitivo —resolvió Dana, como quitándole importancia.

No pensaba confesarle que apenas había podido prestar atención al espectáculo, pensando en lo que acababa de ocurrir y en mucho más. Y si no lo besaba antes de la cena, o bien explotaría o bien acabaría besándolo igualmente así, pero en mitad del restaurante. Mejor que no hubiera espectadores.

Él volvió a acercarla y la pegó de nuevo contra él, dejándole clara la situación por debajo de su cintura.

—Con aperitivos como este, puedo saltarme la cena e ir directo al postre —ronroneó en su oreja, haciéndola estremecer.

—Ni hablar. —Como pudo, se escabulló de su agarre, aunque no se apartó demasiado para no mojarse—. Conozco al chef, coincidimos en la escuela de Nueva York, y no puedo hacerle el feo a última hora de no presentarnos.

Él salvó la escasa distancia que los separaba atrayéndola por la cintura, completamente fuera de sí. La giró y pegó su espalda a su pecho, volviendo a atacar su oreja desde otro ángulo, descendiendo después por su cuello mientras trataba de persuadirla.

—Dale cualquier excusa, échame a mí la culpa. Que me he puesto enfermo, que has cancelado la cita tras el teatro porque no me soportabas más... lo que sea. —Cuando reclamó su boca, ella ya estaba lánguida y casi vencida—. Hoy quiero llevarte a mi casa —declaró justo antes de morder su labio inferior y tirar lentamente de él.

Aquello la hizo estremecer de tal forma que reaccionó lo suficiente como para detener un nuevo avance de él.

—Trabajo mañana. Mejor a la mía.

Él negó con la cabeza y la cogió por ambas manos.

—Te llevaré de vuelta a la hora que quieras para que te duches y te cambies de ropa, y después te acompañaré al restaurante.

—Sería más práctico estar ya en mi casa. Y no hace falta que después me acompañes —rechazó de inmediato.

—Quiero hacerlo. —Sus dedos comenzaron a juguetear con los de ella como lo habían hecho en el teatro—. Y quiero tenerte en mi cama, entre mis sábanas. Será un capricho, pero lo necesito.

Ella lo miró a los ojos, sobrecogida por la expresión con la que le confesaba aquella debilidad que parecía estar torturándolo.

—Está bien —aceptó sin ser capaz de negarle aquello que tanto parecía importarle—. Pero primero cenamos. Y deja de hacerme eso con los dedos.

Dana apartó las manos cuando la última de sus caricias en la base de sus muñecas le produjo un escalofrío.

—Es para tenerlos distraídos. Se mueren por tocarte, por todas partes.

Por como la miraba, parecía un animal en celo. Ella no se sentía muy distinta.

—Ya, eso me ha parecido.

Una nueva granizada, aún más intensa que la anterior, repiqueteó contra el suelo, haciendo que las bolitas de agua helada rebotaran y alcanzaran sus pies y hasta sus tobillos. Dana retrocedió todo lo que pudo para evitar que se le empaparan los zapatos de tacón y las medias. Antes de que se diera cuenta, Ángel la alzaba en brazos y la sostenía a salvo de salpicaduras.

—¿Piensas llevarme así lo que queda de camino? —se burló ella, cruzando las manos tras su cuello para acomodarse mejor.

—No. Pero esperaremos aquí así, hasta que tus bonitos pies puedan caminar sin mojarse.

—Uf. —Puso los ojos en blanco exageradamente—. Para eso pueden faltar horas.

—Entonces aprovechemos el tiempo.

Dana dejó escapar una risita antes de ser engullida por la boca aún hambrienta de un hombre que conseguía mantenerla excitada casi con cualquier cosa que le dijera o hiciera. Y que la estaba volviendo adicta a su manera de besarla.

—Míranos —murmuró entre besos—. Parecemos dos quinceañeros comiéndonos a besos en un portal.

—¿Hiciste esto mucho a los quince años?

—La verdad es que no.

—Bien, yo tampoco. Pero nunca es tarde.

No, no lo era, se dijo Dana mientras disfrutaba de aquella sensación de sentirse flotar en sus brazos y arder en sus labios.

Aunque sí llegaron algo tarde a la reserva que tenían, y no porque la lluvia se lo hubiera impedido. Y es que el tiempo en brazos del otro parecía detenerse.

Cuando Ángel abrió la puerta de su casa, Dana esperó a que le indicara que entrara, repentinamente azorada por la situación. Entrar en su terreno le hacía sentirse más vulnerable. Pero la conversación con María le vino a la mente y dejó a un lado sus reticencias. Se iba a dejar llevar, e iba a disfrutar con ello.

—Bienvenida a mi humilde morada. —Ángel colgó sus chaquetas de un perchero junto a la puerta y le mostró todas las dependencias de su piso, de una sola habitación, pero con un salón amplio y un baño muy completo, no así la cocina, que hizo que a Dana se le encogiera el estómago al imaginarse intentando cocinar algo allí—. No es ni la mitad de grande que tu piso. Pero fue lo mejor que encontré cuando me ubicaron en esta comisaría. Y me he acabado acostumbrando.

—Espero que sea alquilado —dijo ella como un pensamiento personal que no supo callar.

—Un alquiler muy razonable.

—Lo siento. Es solo que...

—No es lo que hubiera elegido una chef de prestigio. Tranquila, lo entiendo.

—Ha sido la cocina —se excusó—. Me horripila la falta de espacio. Pero el resto no está mal, de verdad.

—No es en la cocina donde quiero tenerte —declaró a la vez que la tomaba de una mano y la llevaba al salón.

Allí la hizo detenerse en mitad de la estancia, le dio la espalda y se acercó al armario donde estaba la tele y unos cuantos aparatos electrónicos más. Una suave música comenzó a sonar a un volumen tenue, pues era ya la una de la madrugada.

—Esta canción me ha estado persiguiendo toda la semana —comenzó a explicarle mientras extendía la mano hacia donde ella estaba. Cuando la aceptó, tiró de ella y la pegó a él, de esa forma que a Dana le ponía la piel de gallina. Como se había temido, comenzó a bailar al ritmo que marcaba *Blue jeans* de Lana del Rey, haciéndola seguir sus pasos—. En el coche; en el bar donde tomamos café a media mañana, porque el de la comisaría apesta; en la tienda donde me compré ayer esta camisa, porque quería volver a sentir cómo me la desabrochabas, y las dos únicas que tenía ya me las has visto.

Como si de una orden se hubiese tratado, Dana se soltó de sus manos y comenzó a desabotonársela desde la cintura hasta el cuello, retirándola a continuación de sus hombros de forma que cayera por sí sola al suelo.

—Cada vez que volvía a oírla, nos imaginaba a ambos bailando, así, muy pegados, pero completamente desnudos. O a ti sobre mí, moviéndote a su ritmo hasta explotar de placer.

Con una cadencia casi hipnótica, se fueron balanceando mientras se quitaban las prendas el uno al otro. Dana estaba abrumada y expectante, sabiendo que estaba haciendo exactamente lo que él quería, llevar a la realidad su fantasía, pero algo en ella pugnaba por más.

Sus cuerpos ya desnudos contoneándose, rozándose y sintiéndose mientras la música se volvía más intensa, hicieron que se excitara tanto que sus instintos tomaron la iniciativa. Hacía rato que había empezado a sentirlo muy duro contra su vientre, así que se dejó caer de rodillas ante él y lo tomó con la boca sin más preámbulos.

Por cómo aspiró gran cantidad de aire con un siseo agudo, Dana supo que lo había pillado por sorpresa. Se sintió victoriosa y lasciva, dispuesta a que él viera que podía tomar la iniciativa.

Sin embargo, pronto se dio cuenta de que él tenía muchas más tablas en aquella materia. Tras un par de minutos disfrutando de la suave succión que ella ejercía sobre toda su longitud, le tomó suavemente la cabeza con ambas manos y comenzó a ser él quien marcaba el ritmo de los envites, cada vez más determinados y continuos. Hasta que, de golpe, se detuvieron.

—Saca la lengua —ordenó Ángel con la voz tomada y los ojos entrecerrados, fijos en los de ella—. Más, todo lo que puedas —insistió cuando ella obedeció.

Colocó las manos de ella en sus nalgas y, agarrándose su propio miembro, lo deslizó desde la punta de la lengua de Dana hasta el fondo de su garganta, retrocedió lentamente y volvió a introducirse de la misma forma, una y otra vez, gimiendo sin reparos y buscando la mirada de ella en todo momento.

Dana no pudo evitar clavarle las uñas cuando él aumentó la velocidad, gruñendo y balbuceando su nombre. Él las apretó y al instante se detuvo, saliendo de su boca y cayendo de rodillas frente a ella.

—No voy a seguir follándote la boca sin que tú hagas lo mismo con la mía —declaró antes de besarla con devoción, cogerla en brazos y llevarla hasta el sofá.

Allí, Dana sintió cómo la giraba sobre él, poniéndola boca abajo y cabeza abajo, con las piernas separadas y prácticamente de rodillas sobre la cara de Ángel. Su boca no tardó en besar sus muslos, sus ingles, y finalmente el punto exacto donde a Dana más le palpitaba la sangre desde que la música había empezado a sonar.

La succionó con fuerza, más de la que ella se esperaba, y no pudo contener un grito mezcla de sorpresa y placer. La lengua comenzó a trazar suaves círculos, como si quisiera aliviar la anterior sensación, pero al momento fue acompañada por un dedo, y después otro, palpando y acariciando, apretando y buscando puntos sensibles y deseosos de contacto. Dana era capaz de sentir sus diez dedos moviéndose cada uno a su aire, por todas partes, por cada rincón, expertos y precisos en cada contacto.

Cuando la vista comenzó a nublársele, de nuevo su pene, rotundamente erecto, apareció ante sus ojos, brillante y deseoso de que siguiera mimándolo. Esta vez, Dana acompañó a su boca con ambas manos, abarcándolo todo, masajeándolo, torturándolo como él estaba haciendo con ella.

La música hacía rato que había dejado de oírse, eran sus jadeos, murmullos y ronroneos lo único que ambos podían escuchar entre el sonido de la fricción de sus propios cuerpos.

Dana lo tenía completamente hundido en su boca cuando él se tensó, estiró las piernas como si le hubiera dado una descarga y la levantó ligeramente de su cara para poder hablar.

—Estoy a punto. Apártate si no quieres —le advirtió.

La primera reacción de Dana fue levantarse de golpe, mas ella también estaba al límite y, ya que se había lanzado a la piscina del sexo oral simultáneo, se dijo que llegaría hasta el final, aunque solo fuera por esa vez si la experiencia le desagradaba.

—Dana —rugió él al ver que no lo soltaba, sino que lo succionaba con mayor fuerza—. ¡Joder!

Ella lo notó estallar en su boca, cálido y salado. Después ya no pudo pensar más, porque él acertó de lleno en un punto que había parecido estar esquivando a propósito, solo rondándolo, y todas las sensaciones que le había estado provocando se colapsaron hasta que su cuerpo se contrajo y se relajó repetidas veces, buscando y rehuyendo aquel contacto de forma involuntaria, hasta que una oleada de calor la hizo estremecerse de la cabeza a los pies.

Temblorosa y desorientada, se dejó caer sobre él, quedando su mejilla apoyada en uno de sus muslos fuertes y cubiertos de un suave vello negro.

—Sigue sonando la misma canción —murmuró Dana tras un corto silencio—. No podemos haber tardado solo unos pocos minutos.

—La he puesto en repetición automática. A saber las veces que ha sonado. —Suspiró y el aire que expulsó hizo que la piel de los muslos de Dana se estremeciera, haciéndolo reír—. Si la vuelvo a oír, donde sea, es posible que corra a buscarte allá donde estés solo para poder tocarte.

El escalofrío que le provocaron aquellas palabras unido a la caricia de su mano a lo largo de toda su pierna logró que Dana se encendiera de nuevo, deseosa de pasarse la noche desnuda y pegada a él.

—Entonces más te vale no andar muy lejos —convino con una mezcla de lógica, humor y exigencia.

—Esa es mi intención —le aseguró con convicción. Acto seguido, se incorporó y la giró hasta que quedó sentada en su regazo—. Me parece el momento perfecto para que me muestres ese sueño tuyo sobre una bañera y nosotros.

—Pero tu bañera es muy pequeña —protestó cuando él la cargaba ya hacia el baño.

—Así te tendré más cerca.

La sonrisa de Dana fue radiante y divertida. Y si él no hubiera estado ya completamente embrujado por ella, aquel sencillo gesto lo habría puesto a sus pies definitivamente.

Ángel la cubrió con una gran toalla además de caricias y besos mientras la bañera se llenaba, dispuesto a darlo todo para hacer realidad la fantasía de ella, puesto que Dana había satisfecho la suya yendo incluso más allá de lo que su ardiente imaginación había podido cavilar días atrás.

Se metió en la bañera y, abriendo los brazos para recibirla, declaró:

—Soy todo tuyo.

Las palabras flotaron en el aire como el vapor del agua que los envolvía. Y antes de entregarse el uno al otro de nuevo, ambos supieron que su significado iba más allá de una simple forma de hablar. Eran una realidad en sí mismas. Una que lo cambiaba todo desde ese momento y que no tenía vuelta atrás.

10

Se le había hecho tardísimo. Otro día más. Le había prometido a Dana que esa noche llegaría a tiempo para cenar juntos. Ella libraba y él iba a salir a una hora decente por primera vez en semanas. Pero ya eran las ocho y seguía revisando datos que no sabía si le iban a llevar a algún sitio.

Había recibido una inmensa cantidad de documentación, en papel, por parte de la policía italiana en torno a una empresa de reciente creación conocida bajo el nombre de Luchetti. Tras descartar uno tras otro a todos los hombres con antecedentes por delitos mayores apellidados así, y contando con que el conductor del Alfa Romeo les podría haber mentido o bien a él podrían haberle dado un nombre falso, habían estado a punto de dar por nula aquella pista.

Sin embargo, hacía un par de días, el contacto de la inspectora Chevalier en los Carabinieri les había hablado de aquella misteriosa empresa, aún emergente en Italia, pero ya muy bien situada y cuyos beneficios estaban creciendo a un ritmo tan meteórico que les había hecho dudar inmediatamente de su legalidad.

Terminó de revisar la última carpeta que había elegido al azar y decidió que por ese día ya era suficiente. Hasta ahora solo había encontrado compras de inmuebles en media Europa y cuentas bancarias en paraísos fiscales. Realmente, nada que a él le ayudara a su verdadero objetivo: relacionar a André Tocqueville con el tráfico de personas y dar con el agujero donde se ocultaba Damien.

—¿Aún aquí? —Tras un par de toques en la puerta, el comisario Andrade entró en el despacho de Ángel y la cerró tras de sí—. Juraría que nunca antes había pasado tanto tiempo sentado ahí, Ribera.

—En efecto. Por eso no me había dado cuenta hasta ahora de lo incómoda que es esta silla.

Ángel se sorprendió al ver que el comisario se sentaba frente a él y miraba con escepticismo la montaña de papeles sobre su escritorio.

—¿Ha sacado algo en claro de todo esto?

—Nada, de momento. Tener que traducirlo del italiano tampoco me está aligerando el proceso.

—De eso precisamente quería hablarle. —Andrade hojeó distraídamente una de las carpetas mientras le planteaba su opinión—. Lleva ya cuatro años metido en este caso. Si se entierra en un montón de papeleo que además no comprende, a saber cuánto más se alargará en la investigación.

El tono era sereno, pero Ángel percibió enseguida la reprimenda que se ocultaba detrás de lo que pretendía disfrazar como una mera observación.

—No perdería el tiempo aquí sentado si no creyera que en estos papeles está la clave que me llevará al cliente al que estaba destinado María Uribe. —Clavó con demasiado ímpetu el dedo índice sobre una pila de carpetas, desahogando en aquel pequeño gesto las ganas que tenía de decirle una vez más lo que era más que evidente y que él se negaba a ver: si pusiera más efectivos en aquella investigación, las cosas irían mucho más rápidas—. Ya sabe que yo soy un poli de calle, no me gustan nada los despachos.

—Precisamente por eso se lo digo. Es en la calle donde están los delincuentes. Si tan relevante le parece esta documentación, ¿por qué no la delega en otro miembro de su equipo?

«¿A cuál de los dos únicos miembros se refiere, Andrade?», estuvo a punto de preguntar.

—Mi equipo está ocupado siguiendo otras pistas.

—Ya. —Como si pretendiera alargar la conversación, el comisario se recostó sobre el respaldo más cómodamente—. Suárez se ha marchado hace apenas media hora. Y a Asensio le he visto de camino aquí, con la nariz pegada a su ordenador.

—Trabajan duro. Cuento con un gran equipo, a pesar de ser escaso —dejó caer sin poder evitarlo.

—Que está tan perdido en el papeleo como usted.

Ángel cogió aire y lo retuvo en su pecho antes de contestar.

—Dentro de dos semanas tenemos previsto viajar a Marsella. Hemos acordado con la inspectora Chevalier que nos reuniríamos allí en esta ocasión. Volveremos a unir ambos enfoques y trataremos de encontrar lo que se nos está escapando. Si es necesario, estamos dispuestos a darle un nuevo rumbo al caso.

Ángel confiaba en que, uniendo fuerzas, información y puntos de vista, más allá del contacto telefónico y por correo electrónico, lograran dar un paso más en un caso que no hacía más que cerrarles una puerta detrás de otra.

—¿No puede venir ella como la última vez? A mí me es imposible acompañarles. Tengo varios casos abiertos, un par de ellos a punto de resolverse, y no puedo alejarme de aquí tanto tiempo. Sin contar con lo abandonados que tengo ya a mi mujer y a mis hijos —se lamentó.

¿Eso era todo lo que le preocupaba de lo que le había contado? ¿Quién iba o venía y su propia vida privada?

—Hemos creído que nos corresponde a nosotros acudir esta vez. Además, la inspectora también es madre. —Al ver que no parecía ir a añadir nada más, dio por zanjado el tema—. Intentaremos no pasar allí más de dos semanas. No queremos arriesgarnos a que ocurra algo por aquí en ese tiempo.

—Me parece bien. —De pronto, su mirada se volvió diferente y se reclinó sobre la mesa como si fuera a contarle un secreto—. Aunque imagino que tampoco querrá alargar mucho su viaje para no estar mucho tiempo lejos de su novia.

—¿Disculpe?

—Vamos, no se alarme. Los rumores en esta comisaría corren como la pólvora. Y me alegro de que haya encontrado una mujer que le ayude a evadirse del trabajo para mantener la salud mental.

Ángel no podía estar más atónito. Su relación con

el comisario era estrictamente laboral. Jamás le había hecho referencia a su vida privada y no había mencionado nada sobre su mujer e hijos delante de él hasta ese momento. Así que ese comentario le pareció bastante fuera de lugar.

Él solo había oído rumores sobre Andrade de los que no quería hacerse eco, probablemente de las mismas lenguas viperinas que hablaban ahora sobre él. Que si tenía una mujer demasiado joven y demasiado guapa, la cual algo turbio debía ocultar para estar con un hombre de su edad y aspecto; que si sus hijos no eran realmente suyos; que si le gustaba demasiado la máquina tragaperras del bar de abajo, hasta el punto de pagar a menudo su café con un billete no menor de veinte euros y pedir todo el cambio en monedas para probar suerte; que si lo habían visto gastándose el sueldo en más de un salón de juego con unas copas de más...

Difamaciones que le parecían no solo una falta de respeto, sino una pérdida de tiempo, el cual deberían estar dedicando a su trabajo y no a chismorrear. Tal vez su relación con el comisario no fuera la mejor, pero tampoco creía que por ello tuviera que dar credibilidad a las bobadas que se inventaban sobre él. Si él lo supiera, seguro que no haría caso alguno a los chismes sobre los demás.

Sospechando que no había sacado el tema como un simple cotilleo ni para darle la enhorabuena, fue el propio Ángel quien puso las cartas sobre la mesa.

—Supongo que también estará informado de que la mujer con la que mantengo una relación es amiga íntima de María Uribe.

—Sí, Ribera. Sus compañeros han hecho bastantes bromas al respecto por los pasillos. Tonterías —añadió al ver la cara de disgusto de Ángel—. Ya sabe, usted salva a la víctima y su amiga se lanza a los brazos del héroe. No haga caso.

¿De verdad estaba manteniendo una conversación de ese calibre con su jefe? Ángel no daba crédito. Y como diera con los imbéciles que estaban comentando aquellas chorradas sobre él y Dana, iba a haber más que palabras.

—No lo haré, señor. Lo que quería decirle es que la relación entre ambas no está influyendo ni interfiriendo en la investigación.

Una de las pobladas cejas del comisario se alzó exageradamente.

—¿Quiere decir que no va a poner más interés todavía en resolver el caso porque la amiga de su chica estuviera a punto de ser secuestrada?

Aquello pareció sonar como un halago a su ya profundo compromiso con el caso. Pero también escondía cierto sarcasmo.

—No puedo poner más interés cuando ya tengo el cien por cien puesto —declaró con seriedad, para que el comisario dejara de tomarse aquella conversación a la ligera—. Lo que quiero decir es que he mantenido a ambas al margen de los acontecimientos y de cualquier avance en el caso. Ni siquiera saben que Pierre Tocqueville está muerto.

—Mejor. Es preferible separar lo laboral de lo personal. Sobre todo en un trabajo como el nuestro.

—Así lo creo yo también.

Cuando Andrade se levantó del asiento, Ángel hizo lo mismo.

—Entonces, hágaselo ver a Asensio antes de marcharse —añadió ya junto a la puerta, desde la que se veía la mesa del aludido—. Ambos sabemos que su interés sí ha rebasado la barrera de lo profesional.

—Lo haré, señor.

—Hasta mañana, Ribera.

—Buenas noches, comisario.

Ángel lo vio marcharse y se preguntó si al resto de inspectores les prestaba tan poca ayuda en sus casos como a él. Estaba empezando a pensar que el problema era él mismo y no la dificultad para avanzar en la investigación lo que hacía que su jefe se desentendiera tan abiertamente y participara solo lo necesario para recibir meros informes sobre las novedades que iban descubriendo.

Con un dolor de cabeza gestándose desde la base de su cráneo, Ángel dio por concluida la jornada y abandonó su despacho. Al cerrar la puerta pudo ver que, tal como le había dicho Andrade, él no había sido el único en dejarse los ojos leyendo ese día.

—Asensio. —Se acercó a su mesa, donde su compañero miraba la pantalla del ordenador fijamente—. Asensio —repitió al ver que no se inmutaba.

—Un momento.

—Iván. —Esta vez él lo miró como si despertara de golpe. Su cara reflejaba un profundo agotamiento—. Vete a casa.

—A la orden, jefe. Solo déjeme terminar de comprobar los listados de fechas y localizaciones donde se ha dado algún aviso de la posible presencia de Damien Tocqueville. Suárez cruzó nuestros listados con la información que nos dieron los franceses y los italianos, así que tiene que haber alguna coincidencia.

—No era una orden. —Suspirando, Ángel echó mano a la silla de la mesa contigua y se sentó frente a un subordinado al que apreciaba como un verdadero amigo—. Era un consejo. Necesitas desconectar.

Los ojos de Iván se apartaron de la pantalla para enfocar la cara de un hombre que lo conocía casi mejor que su propia madre.

—Hace dos años que no desconecto, jefe.

—Lo sé. —Se le formó un nudo en la garganta, mezcla de comprensión y culpabilidad—. Pero al menos sal de aquí. Es lo más parecido que puedes hacer.

Iván se recostó sobre el respaldo de su silla, provocando que la espalda le crujiera y después el cuello.

—Estar solo en casa es aún peor. Prefiero ir lo justo para ducharme y dormir.

—Entonces ve, dúchate y duerme. Mañana será otro día y te necesitaré centrado y descansado. Nunca se sabe cuándo tendremos un chivatazo y nos tocará correr detrás de esos cabrones e incluso dispararles. Tienes que estar al cien por cien, tío.

—Tienes razón. Las dos últimas veces ha sido así, a bote pronto. —Se frotó los ojos, llorosos tras horas enfocándolos en direcciones postales en dos idiomas que no dominaba, pero la vista le volvió de forma automática al listado que estaba a punto de terminar de revisar—. Acabo con esto y me voy. Palabra.

—No vas a encontrar nada que se nos haya pasado

por alto —auguró con pesimismo—. Suárez los repasó tres veces antes de darlos por inútiles.

—Yo los repasaré una cuarta. Y después bajaré a cenar al bar, hoy hay fútbol. Los lunes se llena y hay muy buen ambiente con el partido y el cambio de turno.

Pensando en que un poco de socialización no le vendría nada mal, cedió ante su propuesta. Parcialmente.

—Y después te irás a dormir. Lo necesitas más de lo que crees.

—Que sí, pesado. Oye, ¿por qué no te sumas? Fútbol, hamburguesa y cañas.

El plan que hubiera sido irrechazable hacía unos meses, se quedaba en solo tentador para el Ángel en el que se había convertido.

—Lo siento, tío, otro día. Dana está esperándome en mi casa. Se ha empeñado en reorganizar mi diminuta cocina. Dice que si no puede cocinar allí una cena decente, se niega a volver a pasar una sola noche en mi piso.

—Pues idos a vivir juntos y problema solucionado.

La rotunda solución le dejó paralizado unos instantes. El Ángel que se hubiera ido a ver el partido con su amigo se había acojonado al oír aquella propuesta. Pero el actual lo había empujado a un rincón y había empezado a imaginar aquello como algo más que una mera posibilidad en un futuro lejano.

—Llevamos solo dos meses saliendo juntos —razonó sin saber muy bien qué parte de sí mismo estaba hablando.

—Eso da igual. El tiempo se desvanece cuando encuentras a la mujer de tu vida. Lucía y yo creímos tener todo el tiempo del mundo, y ya ves, no fue así.

Ángel habría jurado que nunca había oído hablar a Iván de aquella forma. Apretó su hombro con fuerza. No quería que se derrumbara en plena comisaría. Allí podía ser visto por cualquiera y, si se echaba a llorar, como los primeros días tras el incidente, podía llegar a oídos del comisario. Este solicitaría otro examen psicológico y vuelta a empezar. No quería volverle a hacer pasar por aquello.

—Creo que no le dije las suficientes veces que la quería —se lamentó Iván mirando al infinito.

—Pero ella ya lo sabía de sobra —quiso consolarlo de alguna manera.

—No importa. Si se siente, hay que decirlo. Hay que demostrarlo, pero también mirarla a los ojos y decírselo cada día. Ojalá pudiera decírselo una vez más, solo una vez más.

—Pues díselo. —Aquello logró hacer que él lo mirara—. Coge una foto suya, piensa en ella, recuerda los momentos que pasasteis juntos, y dile lo que sientes, como si estuviera ahí, como si pudiera oírte. Puede que lo haga.

Iván parpadeó varias veces hasta evitar que las lágrimas que amenazaban con caer lo hicieran.

—Nunca hubiera dicho que creyeras en esas cosas, colega.

—Nunca hubiera creído tener a una mujer redecorándome la casa, y mira tú por dónde, tiene hasta una balda en el baño y dos cajones llenos de ropa en mi dormitorio.

—Lo que yo te decía. Idos a vivir juntos. —Esta vez su sonrisa fue más amplia y un poco guasona—. A su casa, la tuya es un cuchitril.

—Gracias.

—De nada. Consejos vendo...

Y con aquel refrán a medias, dio por terminada la conversación para volver a la tarea que le tenía completamente absorbido.

—No te pierdas el partido.

—Tú seguro que no vas a ver fútbol esta noche —dijo sin tan siquiera mirarlo.

—No. Y no me importa en absoluto.

Mientras se marchaba, pudo oír que Iván murmuraba deliberadamente alto:

—Cabrón con suerte.

Había conseguido que aquel zulo al que hacían llamar cocina fuera al menos digno de cumplir su función. Había llevado los utensilios básicos para cocinar platos sencillos, no solo porque Ángel le había pedido que no se excediera con los cambios, sino porque allí no iba a caber ni una cucharita de café más.

Dispuso la mesa de forma algo más elegante de lo que acostumbraban cuando cenaban en casa de él. Poder disfrutar de una buena cena no pasaba solo por tener el espacio para cocinarla, se dijo Dana, así que extendió sus modificaciones hasta el comedor. Se había atrevido a llevar un pequeño florero y lo había adornado con flores frescas, del mismo tono azulón que el mantel que había comprado porque Ángel no tenía ni siquiera uno. De esta forma, las vistosas dalias se entendían como parte de la decoración y no como un regalo para él.

Hasta ese punto ya había llegado a calarlo Dana. Él le había empezado a regalar flores con cierta asiduidad. Cuando no salía muy tarde y porque la tienda le pillaba de camino a su casa, solía decirle antes de entregárselas y besarla de tal forma que las flores eran lo de menos. Pero que ella le regalara flores a él... Sabía que le resultaría inconcebible, o eso le diría con tono indignado, aunque no lo pensara de verdad.

Ángel era un hombre sensible que coexistía en el mismo cuerpo que el duro inspector Ribera. Esa era una realidad que ella había ido descubriendo poco a poco. Al igual que sabía que, a menudo, esas personalidades se fusionaban, dando como resultado un hombre complejo y lleno de contradicciones. Como cuando le hacía el amor, que podía ser fiero y a la vez tan delicado que de solo recordarlo le temblaban las piernas.

Estaba colocando las copas sobre la mesa cuando sonó el timbre. Por la hora, Dana asumió que sería Ángel. Si bien no podía haberse olvidado las llaves, puesto que el cerrojo tenía tres vueltas cuando ella había abierto con la suya, sí que podría querer dar aviso de que llegaba. Tal vez pensara que ella quería sorprenderlo y, si la pillaba a medias, le chafaría el plan.

Se miró en el espejo de la entrada de forma mecánica, y decidió soltarse la pinza del pelo para deshacerse el cómodo moño con el que había estado trabajando. Sabía que su melena suelta era una debilidad para él.

Y una tenía que usar todas sus armas lo más hábilmente posible.

La mujer que apareció al otro lado de la puerta sin duda sabía cómo utilizar las suyas a la perfección.

Un largo cabello negro intenso al que le había dado volumen desde las sienes la hacía parecer más alta, como si los casi diez centímetros de tacón de sus carísimos zapatos no fueran suficiente. El maquillaje no muy exagerado excepto por el brillante carmín de sus labios le favorecía casi tanto como la gabardina bien ajustada a la cintura, bajo la que no se apreciaba que asomara una sola prenda de ropa. Dana se preguntó si realmente estaría desnuda o si al menos llevaría ropa interior de encaje.

—Disculpa. Busco a Ángel. Ángel Ribera —matizó con una voz profunda que combinaba con el resto de su estudiada imagen. La mirada escrutadora que le echó a Dana con sus ojos castaños y enormes le dejó claro que las dos se estaban midiendo bajo la misma vara—. ¿Acaso ya no vive aquí?

—Sí, esta sigue siendo su casa. —Tuvo que hacer una pausa para que su voz no delatara el impacto que le produjo ver una botella de vino en una de sus manos. Ni el estremecimiento que le provocó percibir, por debajo de su dulzón perfume, el aroma especiado de lo que dedujo que llevaba dentro de una grasienta bolsa de papel—. Pero aún no ha vuelto de trabajar.

—Entiendo.

La mujer hizo una mueca forzando una sonrisa y pareció quedarse pensando en cuál iba a ser su siguiente paso mientras escudriñaba el rostro de Dana con un descaro exagerado.

—¿Quieres que le dé algún recado de tu parte? —Enfocó la botella de vino de forma retadora. Aunque seguidamente, y porque ella nunca se había considerado una mujer demasiado celosa y se negaba a empezar a serlo sin causas aún por demostrar, sacó su lado más amable—. O si lo prefieres, puedes esperarle. Tiene que estar a punto de llegar.

—¡Oh, no! No quiero molestar. —Carraspeó antes de apoyar la botella y la bolsa junto al felpudo y rebuscar dentro de su bolso—. Realmente venía a traerle esto.

Dana aceptó el sobre que le entregaba, cuyo membrete rezaba el nombre de una reconocida revista de tirada nacional.

—¿Y quién le digo que se lo ha traído?

—Greta. —Le tendió una mano de uñas largas y dedos saturados de anillos—. Greta Ruiz. Periodista de investigación. Tú eres Dana Oteiza.

—Eh... Sí.

—De primeras no te había reconocido. Pero he recordado que os vi en la tele. Aquella inauguración de un restaurante.

—Rumbo al Edén —asintió Dana con un regustillo dulce en la boca.

—Aja. Solo amigos, ya —murmuró, y por fin le soltó la mano. Sacó una libreta y una pluma del bolso y comenzó a escribir a gran velocidad—. Con que le digas que uno de mis fotógrafos me las hizo llegar por casualidad junto a las imágenes de famosillos habituales, ya lo entenderá. Aunque le dejaré una nota con un par de detalles más. Y si necesita alguna aclaración, ¿podrías decirle que me llame? Él tiene mi teléfono.

—Sí, claro.

—Es por un caso que tiene entre manos —le explicó con cierta condescendencia—. Creo que estas fotos pueden serle de gran ayuda.

—Muchas gracias.

—Toma. —Dana se encontró de pronto con la nota y el sobre en una mano y la botella de vino en la otra—. Disfrutadlo a mi salud. Los kebabs... mejor me los llevo. Seguro que tú habrás preparado una cena de verdad. Hasta luego.

Por la forma rápida y sin lugar a réplica con la que se había marchado, Dana supo que estaba más molesta de lo que su orgullo le permitía mostrar. Pues muy bien, ya eran dos, se reconoció haciendo sonar la botella contra la mesa al dejarla de mala gana.

—Kebabs y un buen tinto de Rioja —canturreó con retintín—. Mucho te conoce a ti Greta Ruiz, Angelito.

«Y tanto», comenzó a pensar retorcidamente su lado más masoquista. Porque la confianza debía de ser mucha si sabía exactamente dónde vivía, y si se presentaba del modo que lo había hecho. Sin avisar. Y a las nueve de la noche.

Con el rostro enrojecido de rabia, decidió ignorar ese otro lado lógico que le decía que la sexi y sofisticada Greta se había retirado dignamente y que, si no la había esperado allí habiéndolos visto juntos en la televisión, sería porque no habían tenido contacto desde aquel acontecimiento, cuando ellos ni siquiera estaban aún juntos.

Invadiendo por completo su privacidad, y porque en realidad ella no le había dicho que fuera privado, desdobló la nota y la leyó en alto imitando su voz:

—Querido Ángel: Mira con lupa estas fotos. Están hechas con teleobjetivo. Enfocan uno de los yates atracados en el área privada del puerto deportivo de Palma de Mallorca. Me juego la estilográfica que me regalaste a que ese es Damien Tocqueville. Son de hace tres días. Espero que te sirvan de ayuda. Besos. Greta.

Aún estaba asimilando lo que estaba leyendo, planteándose si iba a mirar aquellas fotos o no, cuando un violento trueno la hizo saltar en el sitio, el sobre se le escurrió entre los dedos y cayó al suelo. Su contenido se desparramó por todo el salón.

—Esto te pasa por cotilla —se reprochó a sí misma.

Una vez que hubo recogido las fotos, decidió que no iba a mirarlas más de lo que no había podido evitar ver al recopilarlas. Un hombre desde diferentes ángulos, y una rubia joven y esbelta siempre de espaldas, en la cubierta de un lujoso yate. Ese era el trabajo de Ángel, del cual nunca le contaba nada, salvo que fueran nimiedades o acontecimientos referentes a casos ya cerrados. Si esa era su decisión, ella debía respetarla.

Sintiéndose orgullosa de sí misma, volvió a la cocina a echar un último vistazo a la cena. Pero mientras troceaba las frutas con las que iba a decorar la *mousse* de chocolate que tanto le gustaba a Ángel, no pudo evitar pensar en la estilográfica con la que Greta había escrito la nota, preguntándose si sería esa la que Ángel le había regalado, cuándo y por qué.

La respuesta que se dio a sí misma no le gustó nada. Como tampoco le gustó ser consciente de que la muy perra había escrito esa frase al respecto de ese regalo tan personal con la certeza de que Dana leería la maldita nota.

Cuando se sorprendió a sí misma troceando con tanta saña unas fresas que el cuchillo se estaba quedando marcado en la tabla, una vocecita de su cabeza la acusó de algo que se negaba a admitir.

—¿Celosa, yo? ¡Ja!

Como efectivamente había fútbol, aparcar cerca de su casa fue imposible. Ángel tuvo que hacerlo a varias manzanas de su piso, casi en otro barrio. Y para colmo, se acababa de poner a llover.

—Bonita noche —dijo para sí, rememorando su primera cita de verdad con Dana, y el millón de besos que se dieron delante de un portal mientras esperaban a que parase de llover. Y cómo siguieron devorándose la boca el uno al otro incluso mucho después de que parara.

Nunca se cansaría de besarla, pensó mientras se subía el cuello de la chaqueta y hundía el suyo en su interior para protegerse del repentino aguacero. Sencillamente, besar sus labios o cualquier rincón de su cuerpo se había convertido en una necesidad, como respirar o comer. Solo que para él no existía aire más puro que el aliento de su boca o alimento más delicioso que el propio sabor de su piel.

Todo el cuerpo le tembló, y no por la humedad que lo cmpapaba, sino por el rumbo que estaban tomando sus pensamientos. Las palabras de Iván acudieron a su mente: «Cuando uno encuentra a la mujer de su vida...»

Aquel pensamiento se quedó bloqueado cuando sintió un duro golpe en su espalda solo un segundo antes de caer de bruces contra el suelo. La frente impactó primero, después lo hicieron la nariz y la barbilla. Por instinto se encogió sobre sí mismo en el encharcado pavimento, apoyando las manos sobre el asfalto deteriorado que le había quemado la piel del rostro.

Estaba en el asfalto, pero no se había tropezado al bajar la acera... De hecho, no había tenido intención de cruzar aún. Entonces qué...

Una patada en el vientre lo levantó y lo hizo volver a caer en la postura arrodillada en la que se encontraba. A continuación, desde el ángulo contrario, un puntapié en la cabeza lo hizo girar y caer de espaldas, permitiéndole por fin encararse con sus atacantes.

Eran dos. Estaba seguro de ello a pesar de no poder abrir más que un ojo. Iban encapuchados y apenas se les veían los ojos y parte de la nariz, pero Ángel estaba seguro de que ambos eran hombres. Uno de ellos de ojos claros, el otro con una oscura y poblada barba que asomaba por la parte alta de sus mejillas.

Cuando este último, el más corpulento, lo alzó por el cuello con una sola mano, Ángel se aferró a su brazo y lo retorció hasta lograr soltarse de su agarre. Con la garganta liberada, continuó con la maniobra de giro del brazo con todas sus fuerzas, hasta que el codo crujió y el tipo cayó de rodillas con un gemido de dolor.

La misma barra de hierro que le había golpeado la espalda de primeras impactó ahora en su pecho, cortándole la respiración unos segundos. El siguiente golpe lo vio venir. Sin apenas aire en los pulmones, se agachó para esquivarlo y estiró una pierna para patear los tobillos del más joven y delgado, quien se desestabilizó y cayó con una rodilla en el suelo.

Aún estaba recuperando la capacidad para respirar cuando el otro se incorporó y se lanzó de cabeza a por Ángel, llevándoselo consigo en un forzado abrazo hasta impactar contra un vehículo aparcado.

La espalda le crujió, pero como tenía ambos brazos libres por encima de los hombros del tipo, rodeó su cara con ambas manos y hundió sus pulgares en sus ojos sin piedad.

El grito de su atacante fue desgarrador, pero aún tardó varios segundos en soltar a Ángel para llevarse sus propias manos al rostro.

A unos cuatro pasos frente a él, pudo ver cómo el más joven se hacía de nuevo con la barra de hierro y se encaminaba hacia su posición. Ángel no lo dudó y aprovechó su libertad de movimientos para sacar el arma y apuntarle directamente entre ambos ojos.

—¡Policía! ¡Levanta las manos y suelta el arma! ¡No dudaré en disparar si no lo haces de inmediato! —le avisó al notarlo dubitativo, mirando hacia su compañero que aullaba de dolor encogido en el suelo.

El grito de una mujer que caminaba por la calle a pesar del aguacero distrajo a Ángel lo suficiente como para no ver que la puerta trasera de una furgoneta aparcada junto a ellos se abría de golpe y que los dos asaltantes se subían sin demora. Antes de que esta se pusiera en marcha, tomó la decisión y disparó varias veces contra las ruedas.

Acertó en una de ellas, pero no fue suficiente para detenerla. Con el corazón latiéndole a mil por hora, echó a correr para alcanzarla. Poco a poco fue perdiendo fuelle y aumentando la distancia que le separaba de ella, por lo que optó por ir a por su coche y tratar de darle caza entre el tráfico. Una furgoneta negra con cristales tintados y sin matrícula no podía ser difícil de distinguir entre el tráfico de Barcelona.

Sabía que habían dejado las calles residenciales para incorporarse a la vía principal, pero una vez que tomó esa ruta, no logró dar con el vehículo en cuestión. Probablemente, pensó Ángel con frustración, habían salido de esa vía en cuanto se dieron cuenta de que no les seguía a pie.

Maldiciendo de cien formas distintas, con una visibilidad limitada a causa de la lluvia y de la sangre que emanaba de una de sus cejas, y con el dolor lacerante que empezaba a manifestarse sin piedad, no se percató de la rotonda que tenía justo delante, y acabó subido al montículo de césped. El traqueteo hizo que se golpeara de nuevo en la cabeza, esta vez contra el techo del coche, ya que no se había puesto el cinturón con las prisas.

Por suerte, el coche arrancó sin problemas y logró bajar de aquella altura sin más incidentes. Se detuvo en el arcén dejando las luces de emergencia encendidas y se hizo un rápido chequeó de las lesiones sufridas. Demasiado para presentarse en casa de esa guisa. Y ahora que la adrenalina de la lucha y la persecución se estaba empezando a disipar, sentía que se mareaba y hasta tenía ganas de vomitar. Más valía pedir ayuda a alguien menos impresionable que Dana.

—Iván —susurró sin poder evitarlo cuando este

respondió a su llamada. La voz apenas le salía de la garganta—. Siento joderte el partido. Pero necesito que vengas a buscarme. Acaban de intentar matarme a hostias.

Eran pasadas las tres de la madrugada cuando Dana abrió la puerta de su casa, con Ángel detrás de ella, apoyado en el hombro de Asensio. Este lo ayudó a llegar hasta el sofá y se sentó a su lado para repasar lo sucedido ahora que ya estaban fuera del hospital.

Ella había insistido en que fueran a su casa. Allí podría cuidar mejor de él hasta que se recuperase. Porque no iba a permitirle reincorporarse al trabajo hasta que, como mínimo, se terminara las tres cajas de medicamentos que le habían recetado para el dolor y la inflamación del interminable listado de partes del cuerpo dañadas: costillas fisuradas; un derrame en el ojo izquierdo y tres puntos para cerrar la brecha de la ceja; una contusión en el cráneo y otra brecha con cinco puntos; el lado izquierdo del rostro en carne viva por el impacto contra el asfalto, al igual que las palmas de las manos. Más un sinfín de arañazos menores y moratones a diestro y siniestro. La herida en el orgullo por no haber podido detener a sus asaltantes no tenía arreglo posible.

—Dices que te atacaron por la espalda a pocos metros de donde aparcaste el coche. —Asensio retomó la reconstrucción de los hechos que ya habían empezado de camino al hospital.

—Sí. Es una zona un poco apartada, pero habitualmente es segura —explicó Ángel mientras aceptaba la taza de tila que le ofrecía Dana—. En ese momento estaba desierta, imagino que por la hora y porque se había puesto a llover a cántaros.

La mujer que había gritado al verlo empuñar la pistola había echado a correr y él no sería capaz de identificarla. Dudaba que, de presentarse voluntariamente en comisaría para dar parte de lo que había presenciado, pudiera aportar más detalles que él sobre los dos tipos y la furgoneta.

—Así que no crees que fueran unos simples maleantes del tipo que acecha en puntos negros de la ciudad para robar a incautos.

—No. —Había estado dándole vueltas al asunto las largas horas que había pasado en urgencias, en la sala de curas y de rayos X—. Por la localización dudo que trataran de robarme la cartera y el móvil, o incluso el coche. Pero tampoco le veo sentido a que, si venían a por mí a sabiendas, no llevaran más armas que una barra de hierro. Tendrían que haber imaginado que siendo policía llevaría pistola.

—Pero casi te matan a golpes —jadeó Dana, refugiándose en su propia taza de tila después de servirle otra a Asensio.

—Sí, eso es lo que me pareció que pretendían. Si no matarme, sí dejarme muy mal herido.

Un silencio se instaló en el salón, durante el cual todos fueron conscientes de la relativa suerte que había tenido Ángel. Podía contarlo, que no era poco, dada la brutalidad de la agresión y de la inferioridad numérica en la pelea.

—¿Crees que puede ser algún tipo de venganza? —planteó Asensio—. Por parte de alguien a quien hayas detenido. O de algún familiar dolido por ello.

Ángel se encogió de hombros y todos sus músculos se resintieron ante aquel sencillo gesto.

—Cualquiera de todos los que he mandado a presidio. Pero no se me ocurre nadie en particular. Y menos ahora, cuando llevo varios años metido en el caso Tocqueville. No me cuadra.

—¿Y si tiene que ver precisamente con ese caso? —La voz de Dana reflejaba enfado. Él no le hablaba nunca de nada concreto de su trabajo. Por su seguridad, alegaba siempre. Pero ella no podía evitar pensar que en parte era porque no confiaba en su discreción—. Tal vez estés más cerca de resolverlo de lo que crees y quieran evitarlo.

Ambos policías contuvieron el aliento un segundo ante aquella posibilidad. Pero si ni ellos mismos estaban seguros de estar tocando las puertas adecuadas, dudaban de que los propios delincuentes supieran qué tenían entre manos en la oficina.

Asensio se decantó por la teoría de la venganza.

—Si alguno de los Tocqueville quiere vengar el suicidio de Pierre, lo lógico sería que te hubieran pegado un tiro directamente.

—¡Iván!

El increpado se llevó una mano a la boca. No se había dado cuenta de que estaba hablando más de la cuenta.

—Ese Pierre Tocqueville era el supuesto Claude Clermont, ¿verdad? —preguntó Dana sin auténticas dudas, solo para que fueran conscientes de que sabía perfectamente de lo que estaban hablando.

—Sí.

—¿Y por qué no me has dicho que se ha suicidado? Creí que estaba en la cárcel.

—No podemos revelar nada del caso —intervino Asensio para tratar de enmendar su error—. Te agradecería que no mencionaras lo que se me acaba de escapar. Ni siquiera a tu amiga María, por favor.

—Pero...

—Puede que creas que se quedará más tranquila sabiéndolo muerto —le interrumpió Asensio con tono serio y persuasivo—. Pero no es así. Sobre todo tratándose de un suicidio. Y menos aún para un médico, cuyo objetivo siempre será salvar vidas.

Dana tragó saliva. Realmente había creído que a María le aliviaría saber que su casi secuestrador ya no podría hacerle daño nunca más. Pero una muerte sobre su conciencia, aunque ella no fuera culpable de ella, podría desestabilizar la aparente serenidad de su amiga.

—Deja que crea que se va a pudrir en la cárcel. —Ángel le aguantó la mirada mientras ella sufría un debate interno en el que de un lado estaba la lógica que ellos planteaban y en el otro la lealtad hacia su amiga. Al final, venció la primera—. Créeme, es mejor así.

—De acuerdo.

—Gracias. —Asensio se dirigió a Dana y después a Ángel—. Lo siento —añadió por su metedura de pata.

—Tranquilo. Ahora mismo eso es lo que menos me preocupa.

—Lo que debería preocuparte es recuperarte —le

regañó Dana, ayudándolo a incorporarse del sofá—. Así que te vas a meter en la cama ahora mismo.

—No hay nada que me apetezca más.

Con dificultad, logró estabilizarse lo suficiente para intentar andar él solo.

—Bueno, aquí ya no me necesitáis. Mañana te llamo a ver qué tal estás, jefe.

—Mejor que te llame él, no vaya a ser que esté dormido y lo despiertes.

—Sí, por supuesto. —Asensio casi enrojeció ante el tono severo con el que le contradijo Dana—. ¿Quieres que hable yo con Andrade a primera hora?

—No. Prefiero explicárselo yo mismo. —Como esa misma tarde le había hablado de lo descuidada que tenía a su familia, no había creído considerado molestarle en plena madrugada, ya que saber lo ocurrido antes o después no iba a cambiar nada—. Le llamaré a las ocho en punto.

—Entonces no entraré en comisaría hasta las ocho y cuarto. —Fue a darle una palmadita en la espalda, pero se detuvo justo a tiempo—. Huy, casi.

—Sí, casi. —Ángel se había vuelto a encoger de hombros al ver venir el golpe, y le dolió como si se lo hubiera dado.

—Que descanséis todo lo posible.

—Gracias, Iván. —Dana lo acompañó a la puerta—. Por todo.

—A ti. Por estar en su vida. —Le dio un abrazo que pilló a Dana por sorpresa—. Llénalo de mimos, es más tierno de lo que quiere aparentar.

—Te he oído —se oyó decir a Ángel de fondo, al

igual que se oían sus pies arrastrándose por el pasillo—. Lárgate de una vez. Y vigila tus espaldas. Tú también investigas este caso.

—No me separaré de esta —convino Asensio tocando el arma que llevaba enfundada bajo la chaqueta—. Buenas noches, parejita.

—Iván, espera. —Dana se aseguró de que Ángel hubiera entrado en el dormitorio antes de volver a hablar—. ¿Sabes quién es Greta Ruiz?

—Pues... —Los ojos de Asensio se abrieron de par en par y Dana percibió enseguida que se pensaba mucho su respuesta—. Sí, una periodista que ha colaborado en varias ocasiones con la policía.

—No sufras, sé que ha hecho algo más que colaborar con Ángel. —Al ver que él no lo negaba, los celos que parecían haber desaparecido tras el susto por lo ocurrido volvieron tortuosamente a su pecho—. Lo que quiero saber es si te fías de la información que pueda aportar.

—Al cien por cien —aseveró de inmediato—. Es una gran profesional. Pero tú cómo...

—Escucha. —Dana sacó su llave de casa de Ángel de su bolso y se la dio—. Mañana, antes de ir a comisaría, pásate por casa de Ángel. Sobre la mesa del salón hay un sobre con unas fotos que ha traído ella esta noche.

—¿Unas fotos?

—Sí, de hace tres días, del puerto deportivo de Palma de Mallorca. Cree que puede tratarse de Damien Tocqueville. —Cuando Asensio abrió la boca como un buzón, Dana se temió que pudiera soltar un grito, y le chistó para que no lo hiciera—. Por favor, sé discreto. Te lo digo porque imagino lo importante que es, y porque lo que le ha sucedido a Ángel puede que tenga que ver con ese hombre. Pero no quiero que le digas nada a él. De momento. Deja que se recupere, por favor. Lo que menos necesita ahora es pensar en el trabajo.

Tras unos segundos meditándolo, Asensio aceptó la llave y las condiciones de Dana.

—Pero que sepas que esto le va a cabrear muchísimo.

—Me arriesgaré.

Antes de despedirse, Asensio quiso darle un poco de tranquilidad.

—Y que sepas también que entre Greta y él nunca hubo nada serio.

—Ya. —Aquello no le aliviaba en absoluto. No sabía si era peor que mantuvieran una buena relación de exnovios o de simples *follamigos*—. Gracias.

Asensio bajó por la escalera dándole vueltas a la cabeza. Era tarde, muy de madrugada, pero dadas las circunstancias, decidió ir directo a casa de Ángel. Y hacer cierta llamada cuanto antes.

—¿Crees que intentarán hacerle daño a él también? —preguntó Dana en cuanto llegó al dormitorio junto a Ángel.

Le había pedido que vigilara sus espaldas. A saber si esos hombres seguían por las calles, al acecho.

—Es mejor ser precavido de más. —Dana lo ayudó a desvestirse para ponerse el pijama que tenía siempre en su casa—. Así que, por el momento, tú no vas a volver a ir en bici o andando al trabajo.

—¿Y cómo pretendes que vaya? —Deliberadamente, le sacó la camiseta de golpe.

—En autobús, en taxi o acompañada.

—Exageras.

—Mírame. —Desnudo de cintura para arriba, se señaló los múltiples moratones y heridas del cuerpo y la cara—. ¿Te parece que exagero?

La visión de las consecuencias de aquella paliza le provocó un incómodo hormigueo en las rodillas.

—Pero yo no estoy en el caso.

—Estás conmigo. Y eso puede bastarles.

Ella pudo ver en sus pupilas que aquello le hacía sufrir tanto o más que sus lesiones.

—No me asustes.

—Mejor asustada que muerta.

Los ojos de Dana se llenaron de lágrimas, pero se obligó a no dejar que ninguna cayera por su rostro.

—¿Va a ser así siempre?

—No. —Él la rodeó por la cintura y con la otra mano acarició sus párpados, después los besó suavemente—. Porque voy a dar con ellos y meter sus feos culos en la cárcel.

Ella apenas hizo una mueca que no llegó a ser una sonrisa.

—Sabía desde el principio que tu trabajo era peligroso. Pero esto...

Ángel tragó saliva. No se había esperado que ella se planteara alejarse de él para así alejarse del peligro. Pero tal vez era lo mejor.

—Entendería que no quisieras verme hasta que esto se aclare. —El rostro se le volvió ceniciento—. Yo...

Dana le tapó la boca con dos dedos.

—Ni se te ocurra seguir por ahí. —Sustituyó sus dedos por sus labios y le dio un beso largo y lento—. Ningún delincuente con el culo feo me va a separar de ti.

«Ni ninguna periodista con culo de infarto», se dijo para sí.

Con una sonrisa completa esta vez, le ayudó a ponerse el pijama y a acostarse hasta encontrar una postura que no le hiciera ver las estrellas.

Él se durmió antes que ella. El efecto del relajante muscular, dedujo Dana mientras le oía roncar.

Solo entonces se permitió llorar todo lo que había contenido en el hospital, después de que Asensio la llamara para explicarle por qué Ángel no se iba a presentar a cenar. Le había dicho que no fuera, pero ella le había gritado que cómo podía pedirle eso, antes de colgar y salir como un rayo hacia allí.

Hasta que no lo vio con sus propios ojos no pudo creer que fuera cierto. Ver su rostro entre amarillo y rojo por la mezcla de sangre y yodo había sido como recibir un puñetazo en el estómago. Tuvo que contenerse para no lanzarse a abrazarlo, limitándose a besarle en la mejilla que no tenía magullada y tomarle de la mano que tenía mejor.

Ahora se moría de ganas de rodearlo con sus brazos, pero temía dañarlo, así que se pegó a su espalda y posó el rostro en su nuca. Se sentía tan impotente, tan inútil por no poder hacer nada más que cuidarlo hasta que se recuperase y, después, dejarlo volver a ponerse en peligro de nuevo... Tanto que dolía como si ella también hubiera recibido alguno de esos golpes.

Un último pensamiento llenó su mente antes de dormirse y tener las peores pesadillas de su vida: «Este es el precio que me toca pagar por no poder vivir ya sin ti.»

El móvil le sonó en la habitación. Pudo oírlo desde la ducha nada más cerrar el grifo, pero salir corriendo para cogerlo a tiempo no era una opción para él. A pesar de haber transcurrido una semana completa, Ángel se sentía incapaz de hacer ciertos movimientos aún. Y aquello lo estaba empezando a volver loco.

Se secó con lentitud y, desnudo, hizo los estiramientos que el médico le había recomendado para recuperarse mejor.

Dos semanas. Eso era lo que le había indicado que necesitaría para reponerse. Y el comisario le había prohibido terminantemente reincorporarse antes de ese período. Con lo que no debería pisar la comisaría hasta después de volver del viaje a Marsella, para el que quedaba una semana más.

Dana había estado con él tres días completos, haciendo uso de los días de asuntos propios que rara vez se cogía. Lo había cuidado como la mejor de las enfermeras, pero sin dejar que se sintiera un inútil. Habían visto películas, jugado a las cartas, escuchado música y dormido más horas que nunca. A pesar de sus terribles dolores, habían sido días magníficos.

Ahora ella estaba en el restaurante, y él se aburría como una ostra. Sin poder trabajar y sin estar en su propia casa con sus cosas, dormir, ver la tele, leer o practicar esos ejercicios que ya le estaban machacando era lo único que podía hacer.

Se vistió con la ropa cómoda que Dana le había traído de su casa cuando fue a recoger la comida que había dejado allí empantanada la noche del ataque. Casi todo era para tirar, pero ella rehízo la *mousse* de chocolate que le había prometido y, solo por eso, a él ya le parecía que todo le dolía menos.

Una luz parpadeante le recordó que tenía una llamada perdida en el móvil. Cuando fue a comprobarla, este sonó de nuevo.

Nada más ver el nombre en la pantalla, Ángel sonrió con nostalgia. Aunque acto seguido, se puso a pensar en cómo dejar caer en la conversación que tuviera con ella que ya no era un hombre libre. No fuera a ser que se presentara cualquier día en su casa con ganas de jugar, como había hecho alguna que otra vez, para deleite de ambos.

Se fustigó mentalmente por no haberlo pensado antes. Respetaba a Greta y su forma de entender las relaciones, sin compromisos más allá de amistad y sexo. Pero también sabía que le gustaba tener toda la información de primera mano, como en su trabajo. Así que era él quien debía mencionarle la existencia de Dana en su vida antes de que la casualidad les hiciera encontrarse en el teatro o paseando por la calle.

—Hola...

—Vaya, por fin te dignas a responder.

El tono le pareció demasiado furioso para haber tardado apenas unos minutos desde su primera llamada.

—Lo siento, me has pillado en la ducha.

—¿Llevas una semana a remojo? Pues debes de estar reluciente. —Ángel no entendió el sarcasmo de aquel comentario, pero se rio igualmente por la ocurrencia—. ¿Encima te ríes? Lo que faltaba.

—Perdona, Greta, pero no entiendo por qué estás enfadada conmigo. ¿He hecho algo y no me he enterado?

—Más bien no has hecho algo que deberías haber hecho. —El silencio al otro lado le dijo a Ángel que ella esperaba que con eso descubriera el motivo de su enfado. Pero al no decir nada, ella resolvió sus dudas—. No creo que el hecho de tener una novia obviamente celosa te impida hacer una sencilla llamada para darme las gracias por las fotos. Pero ni un puto mensaje te has molestado en enviarme.

—Espera, espera. —Decidió ignorar lo de novia celosa y se centró en lo que le pareció realmente relevante—. ¿De qué fotos me hablas?

—De las fotos que te dejé hace una semana en tu casa. De esas hablo.

—¿Hace una semana? —Ahora empezaba a comprender—. Verás, es que hace precisamente una semana que no paso por mi casa. He tenido un... accidente, y estoy en casa de esa novia que ya me dirás cómo has averiguado que tengo. Ni siquiera he recogido el correo, así que si las dejaste en el buzón...

—No. No las dejé en el buzón. —Suspiró y su tono de enfado pasó a uno de fastidio—. Lamento lo de tu accidente y espero que te recuperes, Ángel. Y perdona que sea tan brusca, pero si no estás hospitalizado ni te has quedado ciego, no entiendo por qué tu chica no te ha dicho nada de las fotos de Damien Tocqueville que le di en mano para ti junto con una nota.

—Yo... Yo tampoco.

El nudo en la garganta le impidió a Ángel hablar por unos instantes. Después, decidió dejar el dolor para más tarde y averiguar qué información tenía Greta para él.

11

Dana estaba agotada. Había querido que Ángel se sintiera como en su casa, incluso mejor, y lo había colmado de atenciones los días que había pasado sin ir al restaurante. El esfuerzo del día no habría supuesto ningún problema si por las noches hubiera podido descansar. Pero las pastillas que se tenía que tomar Ángel lo dormían tan profundamente que le hacían roncar como un ogro.

Tras noches en vela, se había comprado unos tapones, pero no los aguantaba. Así que la última noche Dana se había marchado a dormir a la camita de la habitación de al lado. No había servido de mucho. Prácticamente se le oía igual. Así que estaba pensando en dormir en el sofá. Se iría allí con una almohada y una manta una vez que él se durmiera. No quería que se sintiera culpable por roncar sin poder evitarlo, pero ella necesitaba dormir con desesperación.

El cansancio se le quitó de golpe cuando entró por la puerta y lo primero que vio en su recibidor fue la bolsa de viaje que ella misma había llenado con ropa y artículos de aseo en casa de Ángel. Él estaba de espaldas, mirando por la ventana del salón. A pesar de haberla tenido que oír entrar, no se giró hasta que ella habló.

—¿Te vas? —Cuando la miró con unos ojos que parecían los de otra persona, creyó que el corazón se le rompía en mil pedazos—. Pensé que te apetecería quedarte hasta que te dieran el alta.

—Y yo pensé que podía confiar en ti.

Si había alguna parte de su corazón que no se hubiera roto con su gélida mirada, aquellas palabras acabaron por desintegrarlo.

—Y así es.

—¿Por qué lo has hecho?

—¿Qué he hecho?

La voz de él era de absoluta decepción. La de ella avisaba de que había lágrimas a punto de ser derramadas.

—Ocultarme información de vital importancia para el caso en el que llevo años trabajando. —Por el cambio de su gesto, supo que acababa de entender de qué le hablaba—. ¿Ha sido por celos? Porque si por una tontería como esa pierdo la oportunidad de cazar a Damien Tocqueville, no voy a podértelo perdonar nunca.

Dana se secó una lágrima traicionera de un manotazo y dejó el bolso sobre el sofá de mala gana. Su mero peso podría hacerla caer de las pocas fuerzas que sentía en esos momentos.

—No soy tan egoísta como pareces creer, Ángel.

—¿Entonces? ¿Por qué no he sabido nada de las fotos que te dio Greta hasta hace una hora? Y porque ella misma me ha llamado, sorprendida de no tener noticias mías.

Lo imaginaba. Saber que había sido esa mujer la desencadenante del actual estado de Ángel le empujó a hablar de forma visceral y poco meditada.

—Por ti, Ángel. Te lo he ocultado solo por ti. No porque las fotos las trajera una mujer que seguro que te has follado hasta dos días antes de conocerme. La cual venía con toda la intención de echarte un polvo en tu casa después de camelarte con su información privilegiada, un grasiento kebab y una botella de vino. La mujer a la que has regalado una pluma que lleva en su bolso Louis Vuitton y con la que te escribió una nota que tenía toda la intención de que yo leyera.

Ángel entrecerró los ojos, como si cada nuevo reproche fuera una llamarada de fuego que lo cegara.

—Tenía razón Greta. Estás celosa. Y por mucho que yo te diga que entre ella y yo hace más de un año que no hay nada más allá que una relación de amistad y de trabajo, no lo creerás. Solo creerás lo que esos celos te dejen creer.

Dana apretó tanto los dientes ante aquellas palabras que los oyó rechinar.

—¡Deja ya de decir que estoy celosa! ¿No me has oído decirte que lo he hecho solo por ti? Para que te recuperases y dejaras de pensar en tu maldito trabajo por unos pocos días. Casi te matan, puede que ese hombre sea el culpable, y tú no ibas a quedarte en casa sabiendo que él podía estar a unos pocos kilómetros de aquí.

¡Claro que no! ¿Cómo cojones iba a hacerlo? Es

un puto traficante de personas, Dana. Mató a mi compañera, a mi amiga. Y casi vende a la tuya. ¿No entiendes que ocultar esa información es como ayudarlo a escapar?

—¿Y tú no entiendes que yo no quiera que te maten a ti?

Ahí estaba otra vez, el miedo a las consecuencias que ser policía podía acarrear. Ángel lo había vivido en su casa mientras se preparaba en la academia. Su madre, incluso sus hermanas, habían tratado de disuadirlo innumerables veces. Pero esa era la primera que una mujer que no era de su familia temía por su vida y le pedía que no la pusiera en riesgo.

Cuando la miró sintiéndose bastante menos decepcionado y más culpable por hacerla sufrir siendo lo que él era, la vio tan frágil que tuvo que contener las ganas de rodearla con sus brazos.

—No, no me gustó ver a Greta en la puerta de tu casa deseando meterse en tu cama —reconoció con voz más serena—. Pero confío en ti y sé que si quisieras estar con ella, no estarías conmigo. Por eso la invité a que entrara a esperarte. Fue ella la que prefirió marcharse. Eso no te lo ha dicho, ¿verdad? —dedujo al ver que el gesto de su mandíbula se aflojaba un poco.

—No —admitió escuetamente.

—Te habría dado las fotos esa noche nada más entrar por la puerta. Pero nunca llegaste a atravesarla.

Esta vez las lágrimas se le escaparon sin poder contenerlas. Derrumbada, se dejó caer sobre el sofá y echó todo lo que tenía dentro.

Ángel trató de mantenerse firme al otro lado del

salón. Las lágrimas eran un arma a la que muchas mujeres —y algunos hombres— recurrían para tratar de buscar compasión en los interrogatorios o en las detenciones. Él se había forjado un escudo impermeable para ignorarlas y solía funcionarle. Pero Dana no era una delincuente, ni siquiera una sospechosa. Dana era la mujer que le había devuelto la vida que creía haber enterrado en su absorbente trabajo.

Cuando ella rechazó la caricia que quiso hacerle en el hombro, la sangre se le heló en las venas.

—No soy tonta, Ángel. Sé que las fotos son una pista muy valiosa. Por eso le di mi llave de tu casa a Asensio antes de que se fuera de aquí la noche del ataque. Para que las recogiera cuanto antes. Si tú confiabas en él como para ser el primero a quien llamar tras lo que te hicieron, pensé que era una buena idea que fuera él quien trabajara con ellas para dar con ese Damien lo más pronto posible.

—¿Las tiene Asensio? —logró preguntar tras un carraspeo.

—Sí. —Dana por fin lo miró a los ojos, pidiendo redención, pero no para ella—. No te enfades con él. Le pedí que no te dijera nada. Debes recuperarte, Ángel.

—Ya estoy mejor —replicó con tozudez y desviando la mirada, ya que no se sentía capaz de sostenérsela.

—Pero el médico te dijo dos semanas. Y el comisario...

—Andrade solo me ha prohibido ir a comisaría. No me ha dicho nada de trabajar desde mi casa.

Dana tembló al verlo caminar hasta su bolsa y cargarla al hombro.

—¿Te vas a marchar así?

—Creo que es lo mejor. Ahora solo puedo pensar en que me has mentido, según tú por mi bien, y que has hecho que mi equipo, mis subordinados, me oculten información también.

—Estás de baja. —Dana se agarró a lo único que le quedaba—. Su jefe hasta que te den el alta es el comisario Andrade.

Supo que su último recurso no había sido acertado cuando él se giró lo justo para mirarla con sus habitualmente brillantes ojos ahora tan apagados como los de un moribundo.

—Eso puede valer en tu cocina, chef. Pero un inspector debe poder confiar con los ojos vendados en su equipo, y viceversa. Al igual que un hombre debería poder confiar en su mujer.

Dana se quedó callada. Aquellas duras palabras la dejaron sin las pocas fuerzas que le quedaban.

Cuando un portazo la hizo brincar en el sofá, las palabras le salieron solas, pero ya era tarde.

—Me he equivocado. Lo siento —murmuró antes de acurrucarse sobre sí misma y llorar en silencio.

De pronto, se descubrió a sí misma tarareando la canción que ambos habían bailado en casa de él, bajo cuya melodía se habían amado de la forma más carnal que Dana había conocido nunca. Si solo le había entregado su cuerpo, ¿por qué era su corazón el que se desgarraba en esos momentos, y no había lágrimas suficientes que borraran ese dolor?

Antes de quedarse dormida de puro agotamiento, Dana extrajo unas palabras de la letra de la que ella ya consideraba la canción de los dos. Debería haberse parado antes a escucharla con más detenimiento: «Cuando saliste por aquella puerta, una parte de mí murió.»

—Llámala.

Suárez levantó la vista de su ordenador portátil agradeciendo que por fin Asensio soltara lo que ella se moría por decir desde hacía horas. Entendía que no tenía todavía ese tipo de confianza con su jefe y, dado el estado anímico que se gastaba desde que habían instalado el centro de operaciones en su casa, no se atrevía a traspasar la frontera de lo profesional justo en ese momento.

—No, no hace falta. Debí de malinterpretarla. Cuando me dijo que en una de las fotos se veía parcialmente la matrícula del yate, di por hecho que se refería a algo más que una letra y un número. Con esto no hacemos nada.

Asensio y Suárez se miraron. Uno negó con la cabeza y el otro respondió poniendo los ojos en blanco.

—Además, después de cómo manipuló nuestra conversación para que yo creyera en su teoría de que Dana estaba celosa, omitiendo de manera deliberada que la había invitado a esperarme en casa, prefiero no oír su voz por el momento.

Asensio comprendía su punto de vista. Al igual que había aceptado su tremendo enfado con ellos dos y había asumido la culpa por callar tal como Dana le había pedido, y por obligar a Suárez a hacerlo.

Había llamado a su compañera esa misma noche

para ponerla sobre aviso de lo ocurrido, pues creía que lo merecía igual que él. Después le había revelado la información sobre las fotos que había recogido de inmediato de casa de Ángel, haciéndole jurar dejar al jefe al margen hasta que se recuperara. Y, casi al alba, ambos habían acudido a comisaría para dar aviso a la policía de Mallorca y a la guardia costera sobre la más que posible presencia de Tocqueville en la zona.

Tras más de veinticuatro horas de rastreo, ni unos ni otros habían dado con él.

No obstante, gracias a esas fotos contaban con una valiosísima pista que podía cerrar mucho más el cerco a su alrededor. Ahora sabían que Damien se seguía moviendo en yate como si en vez de estar en busca y captura —tanto por la policía francesa como por la española— estuviera de vacaciones. Que ni siquiera llevaba una gorra, barba o pelo largo, para ocultar su rostro. Solo unas gafas de sol y su habitual corte de pelo de raya a un lado y rostro afeitado. Incluso sabían que seguía teniendo predilección por las rubias altas y esbeltas, como delataba la mujer que lo acompañaba en cubierta, por desgracia siempre de espaldas o con el rostro tapado por el pelo, de forma que no se la podía identificar.

Que viajara en yate en pleno octubre les hacía pensar que su residencia habitual estaba por la zona. El muy pretencioso ni siquiera había huido a algún país más alejado. Seguía haciendo sus negocios en España y Francia. Y según las últimas pistas, también en Italia, bajo el manto de una empresa virtual de nombre Luchetti.

Suárez revisaba en ese momento horas y horas de

grabaciones que le había hecho llegar la policía portuaria de Mallorca. Pero todo parecía apuntar a que Damien no se había bajado de ese barco. Tal vez hubiera recibido a alguien en él, habían augurado esa misma mañana. Así que estaban tratando de identificar a todas las personas que habían entrado en esa zona ese día. Un trabajo eterno y agotador.

Por lo menos, se consolaba Asensio, estando en casa de Ángel podían parar a cocinar alguna cosa cuando el hambre apretaba, y tomar un café decente sin tener que bajar hasta el bar. Y ahora que aquella cocina por fin disponía de las herramientas mínimas para preparar algo caliente, Asensio se había ofrecido voluntario para encargarse del avituallamiento. Los otros dos miembros del equipo eran un cero a la izquierda en ello.

Intentando no levantar sospechas, Suárez y Asensio se habían pasado por comisaría un par de horas al día para ser vistos por otros compañeros y recoger documentación progresivamente. Si les pillaban, con decir que estaban preparando lo necesario para el viaje a Marsella quedarían respaldados. Por suerte, no había hecho falta. Cada cual tenía sus propios asuntos de los que preocuparse y nadie se había fijado en ellos un segundo de más. Como mucho, los habían parado en los pasillos para preguntarles por el estado de salud de Ángel y mandarle su apoyo. El ataque a un compañero siempre levantaba ampollas y generaba empatía.

El comisario se había comprometido a investigar personalmente el suceso. Cuando Ángel lo llamó a la mañana siguiente, lo dejó sin palabras. Pero después le prometió hacer revisar las cámaras de tráfico para buscar un vehículo como el que le describía, e incluso enviar a un par de patrullas a la zona para interrogar a posibles testigos y buscar cámaras de cajeros automáticos u otros negocios que pudieran disponer de ellas, habiendo podido grabar a sus atacantes.

Diez días después, no había habido una sola pista. Nadie había visto nada, ninguna cámara había registrado nada. Así que Ángel se había resignado a ser él quien diera con sus agresores.

—Sabia decisión, Ángel. —El aludido se sobresaltó al ver que lo llamaba por su nombre de pila. No era habitual en Asensio, aun menos delante de Suárez y sobre todo si estaban trabajando—. Pero cuando te he dicho «llámala» no me refería precisamente a Greta.

Un músculo en la mandíbula de Ángel se tensó. Cuando quiso esquivar la mirada de Asensio, se encontró con la de Suárez, que reflejaba la misma reprobación por su actitud de los últimos días. Entonces volvió la vista al punto donde la había tenido hacía escasos segundos. Y comprendió por qué Asensio le había dicho eso en ese preciso momento.

Llevaba media mañana posando la vista en la última foto que había colgado en su salón. Junto con el de su familia y los de sus compañeros de trabajo, hacía varias semanas que había añadido un nuevo marco a la más preciada pared de su casa. Él y Dana se abrazaban y sonreían a la cámara con los rostros pegados por una mejilla. Para ser una foto hecha con el móvil por Eloy en la puerta del restaurante, un día que Ángel había ido a recogerla a la salida del trabajo, no estaba nada mal.

—A nosotros nos has perdonado. —A riesgo de

volver a cabrearlo, Suárez dio su punto de vista—. No entiendo por qué a ella no.

—Con nosotros no se acuesta —soltó Asensio antes de levantarse, coger el móvil de Ángel y dárselo en la mano.

—Eso debería puntuar a su favor, no en su contra —planteó Suárez, sin poder evitar sonreír de medio lado—. Se ha disculpado y ha reconocido que se equivocó. Por mensaje, ya que tú no te has dignado a cogerle el teléfono. ¿Qué más quieres?

Ángel resopló y volvió a levantarse para cambiar de asiento. Las costillas le molestaban si estaba sentado, la espalda se le cargaba si estaba de pie, y tumbado solo aguantaba un par de horas seguidas desde que había empezado a espaciar las tomas de las pastillas.

—Ella fue la cabecilla de toda esta mentira. Si vais a mentir a vuestro jefe cuando a ella le convenga y decida convenceros, ¿cómo voy a poder confiar en ella y en vosotros?

—No fue ninguna conspiración en tu contra. —Asensio habló con voz hastiada, pues le habían repetido lo mismo unas cien veces—. Solo ocultamos una información que creíamos que podía perjudicar tu recuperación. Apenas aguantas en la misma postura quince minutos seguidos. Y ya han pasado diez días del ataque. Ahora imagínate cómo estarías de no haber pasado una semana de reposo, mimos, comida de primera, probablemente masajes muy delicados, besitos y...

—Ya vale, Iván.

Más que la burla implícita en aquel recuento de atenciones, lo que a Ángel se le clavó como una daga fue que había acertado en todas y cada una de ellas. Y él había abandonado la casa donde Dana le había acogido y tratado como un rey sin decirle un mísero gracias.

—Ahora estás relativamente bien. Ella tenía su parte de razón. ¿No crees?

—Y motivos muy honorables —añadió Suárez—: querer que recuperaras la salud.

—Os odio.

Ángel se levantó de sopetón, se fue a su dormitorio y dio un portazo considerable. Pero a ninguno de los dos se le escapó un detalle: se había llevado el móvil consigo.

Aquellos chavales eran diamantes en bruto. Dana observaba a sus cuatro aprendices y se maravillaba de lo rápido que absorbían todo lo que les iba explicando. Cada uno tenía sus puntos fuertes, sus carencias y su personalidad, pero todos contaban con gran talento y mucho potencial.

Se había mostrado un poco recelosa al principio. Cuando Eloy le propuso aceptar la petición de una escuela de cocina para admitir alumnos ya graduados en prácticas, como medio para comenzar a conformarse un currículo y adquirir experiencia y conocimientos en un restaurante de prestigio, la idea de sobrecargar su día a día haciendo de tutora no le resultó muy apetecible. Pero había acabado aceptando ya que, de todos modos, necesitaban contratar como mínimo a dos cocineros más. Y ella iba a tener que, si no enseñarles tanto como a los novatos, sí explicarles cómo se trabajaba en su cocina y cómo se preparaba cada plato de su carta.

Mejor probar algo nuevo y formar a posibles compañeros desde la base, se había planteado a la hora de aceptar.

Apenas un mes después, rendían casi al mismo nivel que el resto del equipo. Si bien uno de ellos, Joel, casualmente el que ella misma había empezado a pensar que podría acabar formando parte de la plantilla, tenía algunas costumbres que no le gustaban nada de nada.

Imaginando dónde estaría, salió a buscarlo dispuesta a meterlo en vereda como era su función de jefa. Tal vez no hubiera mucho ajetreo en ese momento, pero uno no podía salir a fumar sin avisar y cuando le viniera en gana. Y si un chef no podía confiar en que su equipo estuviera en su puesto en todo momento, el trabajo del resto se podría ver ensombrecido por un plato no servido a tiempo o no presentado correctamente.

Ese pensamiento le hizo recordar ciertas palabras que Ángel le había echado en cara antes de salir de su casa y, según parecía dada su forma de ignorar sus llamadas y sus mensajes, de su vida.

Tal vez la confianza fuera esencial en el cuerpo de policía, pero en su cocina no lo era menos. Y así se lo iba a hacer ver al joven adicto al tabaco que hacía desmerecer su talento con una actitud poco profesional.

Abrió la puerta que daba al callejón y lo encontró fumando, tal como había imaginado.

—Joel. ¿Se puede saber dónde te crees que estás? Esto no es el instituto, no hay recreo para comerte un dónut y fumarte un cigarro. Comemos por turnos, y si no puedes fumar, te aguantas. Por cierto, más te vale lavarte bien las manos en cuanto lo apagues.

—*No problem.* —Tiró el cigarrillo y lo aplastó con el pie sin ni siquiera mirarla—. Oye, ¿alguna vez os han entrado a robar?

Ni un lo siento, ni nada. Desde luego, o cambiaba de actitud o no se iba a llevar de allí ni una carta de referencias.

—No. ¿Por qué?

—Porque es el tercer cigarro que me fumo. Y las tres veces que he salido estaba el mismo tío rondando por aquí.

La sensación de alarma que invadió a Dana la hizo estremecer. Podía haber discutido con Ángel, pero se había seguido tomando muy en serio sus indicaciones de no ir sola al trabajo andando. Desde hacía varios días, Eloy la recogía con su moto y, a la vuelta, diferentes compañeros la habían estado acercando hasta su casa en sus coches.

—¿Un hombre? ¿Cómo era?

Joel se encogió de hombros y jugó con su mechero.

—Alto, delgado, treinta y tantos. Ropa hortera. Cara de bobo. Ha querido disimular, pero lo ha hecho muy mal.

Después de echar un vistazo a los alrededores sin avistar nada fuera de lo habitual, Dana decidió no dar importancia a las sospechas de Joel. Podía tratarse de cualquier vecino de los que aparcaba en ese callejón al margen de las normas de aparcamiento.

—Anda, entra y ponte a trabajar.

—Sí, chef.

Estaba echando un último vistazo a su espalda antes de cerrar la puerta cuando el móvil le sonó en el bolsillo del pantalón.

El corazón le saltó en el pecho y trató de convencerse a sí misma de que no se decepcionaría si quien llamaba no era él. Ya se había llevado varios chascos los últimos días, con llamadas de su madre, María y un par de teleoperadores insistentes.

Pero, para su alivio, el nombre y la sonrisa de Ángel aparecieron en la pantalla de su teléfono haciéndola sonreír a la vez que los ojos se le llenaban de lágrimas. Tragó saliva antes de contestar, tratando de sonar lo más despreocupada posible.

—Hola.

—Hola. ¿Puedes hablar?

—Bueno, estoy trabajando. Acabo de reñir a uno de mis alumnos por salir a fumar, así que debería predicar con el ejemplo y no entretenerme demasiado.

Había sonado más cortante de lo que pretendía, pero su lengua iba más rápido que su cerebro.

—Tranquila, seré breve.

—Te escucho.

Ángel tomó mucho aire, cerró los ojos y habló con el corazón en la mano. Había postergado mucho esa conversación, y sabía que estaba insoportable por ello. Su equipo lo estaba pagando, de hecho, ni él se soportaba a sí mismo. No podía seguir así ni un minuto más.

—Siento haber sido tan duro contigo, Dana. Aunque en ciertas cosas que te dije sigo creyendo que tengo razón, también es cierto que fui muy injusto con algunas otras. Estaba muy dolido, decepcionado, y de no haberme ido cuando lo hice, probablemente ahora estaría disculpándome por más cosas que te habría dicho y que no pensaba en realidad.

Una disculpa a medias. Eso fue lo que le pareció a Dana. Y no consideró que fuera suficiente.

—Al final tendré que agradecerte que te fueras como lo hiciste, dejándome hecha un trapo.

—Lo siento. No era hacerte daño lo que pretendía.

—¿Y entonces por qué no me has respondido a las llamadas ni a los mensajes?

Eso se seguía preguntando él. Y solo encontró una explicación posible.

—Porque soy un idiota orgulloso.

—Vale. Me gusta esa respuesta.

La oyó reír levemente e imaginó la sonrisa que se dibujaría en su rostro. El recuerdo de sus ojos llenos de lágrimas dejó de torturarlo por un instante. Aunque sabía que no desaparecería de su cabeza con facilidad.

—Necesito que me prometas que no manipularás a nadie de mi equipo nunca más.

—Prometido.

La inmediatez de su respuesta le dio esperanzas de poder arreglar lo que ambos habían roto a base de mentiras y orgullo.

—Necesito que me prometas que no me mentirás en nada, nunca, por mucho que creas que lo haces por mi bien.

—Prometido.

Esta vez tardó un poco más, pero así supo que había

meditado su petición antes de aceptarla. Lo que implicaba que pretendía cumplirla de verdad.

—Y también necesito que me perdones. Yo ya te he perdonado —diciéndoselo a ella fue como se dio cuenta de que era cierto.

—Te perdono.

—Pero, por encima de todo, necesito verte. O me volveré loco. —Su voz sonaba desesperada, y Dana no pudo evitar sentirse reconfortada por ello. No había sido la única que había estado sufriendo por su separación—. Me voy en cuatro días, y no podría soportar irme sin estar contigo y hablar en persona.

«Yo tampoco», suspiró por dentro, pero se dijo que ya se lo había puesto demasiado fácil. Ahora le tocaba ganarse la redención.

—Ya conoces mis horarios. Dime cuándo puedes tú.

—No salgo de casa, así que puedes pasarte cuando quieras. Solo avísame para que Asensio y Suárez se marchen antes. Estamos trabajando aquí.

—Lo sé. He hablado con Iván. Tenía que comprobar que seguías vivo, y tú no me respondías al teléfono.

El suspiro que emitió Ángel sonó cansado y frustrado.

—Lo siento, lo siento mucho. Esto... es nuevo para mí.

—¿Hacer daño a una mujer?

—Eso también. —Aunque esperaba que aquella fuera la última—. Tener que rendirle cuentas a una. Y que lo que ella haga me afecte tanto que me robe el sueño incluso por encima del efecto de las pastillas.

Sus palabras empezaban a sonar dulces en sus oídos. Dana creyó que realmente podrían superar aquel doloroso bache.

—Ya le he pedido a Iván que conduzca él de camino a Marsella. Lo que tomas está contraindicado para la conducción. Espero que eso no cuente como manipulación a tus espaldas.

—Tranquila. —Incluso habiendo discutido, ella seguía queriendo protegerlo y cuidar de él. La idea lo abrumó y reconfortó a partes iguales—. No haré ninguna bravuconada.

Una voz desde dentro de la cocina reclamó a Dana y ella tuvo que dar por finalizada la ansiada conversación.

—Bueno, tengo que volver ya. Nos vemos cuando quieras.

—¿Querer? Ahora mismo. Pero mejor esta noche —propuso tras la risa de ambos.

—Lo siento, ya he quedado con María. —«Para llorar otro rato por tu culpa, aunque al final lloraré solo un poco mientras le cuento cómo has decidido no romper conmigo», pensó con alivio.

—Mañana, entonces. Echaré a estos dos de aquí antes de cenar.

—Intentaré salir antes de las once.

—Perfecto. Hasta mañana. Un beso, Dana.

—Otro para ti, Ángel.

Cuando la comunicación se cortó, Dana se quedó mirando la pantalla en silencio. Se suponía que ambos se habían perdonado. Eso era lo que ella había estado deseando desde que amaneciera hecha un guiñapo en su sofá, muerta de frío por fuera y por dentro. Si acababa de cumplirse ese deseo, ¿por qué sentía un regustillo amargo en la garganta? ¿Por qué algo en su interior le decía que aquellas palabras no eran suficientes?

Ella se había aferrado tanto a la necesidad de que la perdonara que no se había dado cuenta de que lo que en realidad le estaba arañando las entrañas era el miedo a ser incapaz de perdonarlo a él. Quizá había esperado oír algo más, no sabía exactamente qué, pero sí sabía una cosa. Ángel iba a tener que demostrarle cuánto significaba para él si pretendía que las cosas volvieran a ser como antes.

El día que Ángel partió hacia Marsella, sintió que se dejaba una parte de él en Barcelona. Dana no había querido quedarse a dormir la noche anterior al viaje, alegando que con esas pastillas que tomaba roncaba tanto que no podía pegar ojo. Le había pedido sinceridad, y ella se la estaba dando. Toda.

Sin embargo, Ángel sabía que en el fondo rechazaba compartir su cama porque seguía dolida por lo ocurrido y necesitaba algo de espacio. Lo entendía, lo respetaba, pero eso no evitaba que le quemara por dentro. Al igual que le habían escocido los besos de saludo y despedida que no eran más que un leve roce. Se habían visto tres veces desde que él le pidiera disculpas por teléfono y aceptara las suyas. Y aunque la tensión e incomodidad tras su primera gran discusión parecía haber ido disminuyendo día a día, que él tuviera que marcharse lejos por dos semanas no parecía que fuera a ayudar a que la reconciliación fuera plena.

La primera semana se le hizo eterna. Ni siquiera los días saturados de trabajo lograban hacerle dejar de pensar en Dana. Y eso que algunos de ellos habían sido de lo más moviditos: viajes por la Costa Azul francesa para realizar registros en propiedades relacionadas con los Tocqueville y la empresa Luchetti, incautaciones de material informático con pornografía de todo tipo, dinero en efectivo en cantidades ingentes y la detección y clausura de un laboratorio clandestino de producción de drogas de diseño.

Tras las detenciones que habían realizado, más de diez hombres de diferentes nacionalidades, tenían claro que Damien Tocqueville estaba expandiéndose, no solo geográficamente, sino diversificando sus negocios. La policía francesa estaba además siguiendo un rastro de miguitas de pan que cada vez relacionaba más firmemente a esa empresa salida de la nada con varios casinos de reciente apertura en la costa Amalfitana, al sur de Italia, cuyo propietario era nada menos que André Tocqueville.

La semana que aún les quedaba en Marsella se presentaba cargada de interrogatorios y redacción de informes, visionado de los archivos informáticos incautados y clasificación de pruebas. Tampoco descartaban tener que organizar otro viaje, esta vez hasta Italia, si con las nuevas pistas que la inspectora Chevalier le había hecho llegar a su contacto en los Carabinieri lograban alguna conexión más directa entre Luchetti y André o Damien Tocqueville.

Ángel tenía sentimientos encontrados ante esta nueva posibilidad. Por un lado, ansiaba encontrar cargos definitivos en contra de André y poder detenerlo de una maldita vez, ya que este ni siquiera estaba huido como su hijo mayor. Siempre lograba eludir cualquier tipo de acusación.

Sin embargo, otra parte de él necesitaba volver a casa. Las conversaciones telefónicas con Dana no le bastaban, a pesar de ser cada día más agradables y naturales, sin palabras forzadas y despedidas frías. Ella le hablaba de su trabajo y sus jóvenes aprendices, él de lo bien que se estaba recuperando de sus lesiones y de lo bella que era esa zona de Francia. Incluso se había atrevido a proponerle disfrutar de unas vacaciones por la Costa Azul en verano, y le había dado la sensación de que a ella le gustaba la idea.

Aquel sencillo plan le había dado esperanzas de poder recuperar lo que tenían. También había aumentado su ansia por volver a casa y poder verla cara a cara, mirarla a los ojos y decirle cuánto la estaba extrañando, abrazarla, besarla...

No quiso ponerle nombre a lo que estaba sintiendo. No hacía falta, era más que evidente. Lo que no tenía tan claro era si el sentimiento era mutuo. Así que no le quedaba otra que comprobarlo. Y más pronto que tarde.

12

Eran casi las once de la noche cuando Dana, en la intimidad de su cuarto de baño, apagó el secador creyendo haber oído un ruido en la casa. Esperó unos segundos en los que no oyó nada, aun así, se anudó el cinturón del batín con el que se había cubierto al salir de su baño relajante y asomó la cabeza por la puerta. El pasillo estaba a oscuras y en silencio.

—No son más que imaginaciones tuyas, Dana —se dijo, pues había vuelto a creer ver a un hombre acechándola al salir del restaurante el día anterior. Por supuesto, la idea de que se hubiera colado en su casa era algo que quería desterrar de su mente, pero le era imposible.

Se encaminó hacia su dormitorio para vestirse y, antes de alcanzar el interruptor de la luz, el timbre de la puerta sonó con fuerza, haciéndola brincar en el sitio y contener un grito.

—¡Por Dios! —exclamó entre dientes, con el corazón a punto de salírsele del pecho—. De esta me da un infarto.

Obviando el temor de que su acosador imaginario se presentara llamando a la puerta, dio por hecho que sería María. A esas horas de un viernes y sin previo aviso, seguro que quería convencerla de que se sumara a un improvisado plan para salir de la monotonía. Al menos eso hubiera hecho la María previa al incidente. Hacía mucho que su amiga no se presentaba en su casa de esa forma.

Sin embargo, quien en realidad deseaba que fuera su inesperado visitante se materializó al otro lado de la mirilla, y todo su cuerpo se encendió de inmediato nada más verlo.

—¡Madre mía! —susurró para sus adentros—. Incluso a través de este agujerito estás para comerte con las manos.

—¿Dana? —Ángel, intuyendo movimiento detrás de la puerta, dio dos golpecitos con los nudillos—. ¿Estás en casa?

—Sí, ya te abro. —Descorrió los cerrojos y giró la llave tres veces para poder hacerlo. Después se lo quedó mirando, aun no pudiendo creer tenerlo en su puerta. Por fin—. Hola.

—Buenas noches. —Traía el gesto serio, pero a medida que sus ojos se llenaron de ella, una amplia sonrisa invadió su rostro—. ¿He interrumpido algo?

Dana siguió la dirección de su mirada y se percató de que solo llevaba puesto el batín de raso púrpura que usaba para después del baño. Nada más. Ni siquiera unas zapatillas. Involuntariamente, lo cruzó sobre su pecho para tapar más su escote.

—No. Nada. Pasa. —Se hizo a un lado y él entró

con paso firme—. ¿Cuándo has vuelto? Creí entenderte que como pronto llegarías mañana.

—Acabo de llegar. —Sin despegar los ojos de ella, se quitó la chaqueta y la dejó caer en el sofá—. He pasado por casa, he cenado, me he duchado, iba a acostarme y venir mañana a primera hora, cuando hubiese descansado.

Ella estaba de pie escuchándolo. Cuando se quedó callado y caminó hacia ella, algo en su mirada le advirtió de la inquietud que habitaba en su interior.

—Pero... —susurró, andando hacia atrás de forma inconsciente según él se le acercaba.

—Pero no he recorrido quinientos kilómetros sin descanso para dormir solo esta noche. —La pared a su espalda obligó a Dana a detenerse. Él la acorraló con sus brazos. Y le sonrió de aquella forma que hacía que toda su piel se erizara—. Te he echado de menos.

La voz, el gesto, la postura, todo en él transmitía deseo y provocación. Todo excepto su mirada. Cuando Dana alzó sus ojos y se encontró con los de él, solo leyó una cosa: la necesidad de su mera cercanía. Exactamente lo mismo que ella había sentido cada segundo de las últimas semanas.

—No más que yo a ti —pronunció contra sus labios cuando estos buscaron su boca.

Tras un beso lento y lleno de revelaciones para ambos, Dana rodeó su cuello con los brazos y él la alzó hasta su cintura obligándola a rodearlo también con sus piernas.

No, no había adelantado el viaje a esa tarde en lugar de a la mañana siguiente para poseerla de nuevo y cuanto antes en la alfombra de su salón, como la primera vez que la tuviera. Había cancelado la merecida tarde de descanso en Marsella que le había prometido a su equipo porque el triste postre de helado de chocolate industrial que les habían servido en el hotel le había recordado las maravillas que ella podía llegar a hacer con la comida en unos minutos. Y aquello había sido la gota que había colmado el vaso de su añoranza.

Dormir con ella, como la primera noche que pasó en su casa, sencillamente eso, abrazándola, sabiéndola segura, sintiéndola entre sus brazos, oliendo su pelo... Con eso habría sido más que feliz. Pero ella había aparecido en el umbral de su puerta con una coqueta batita que dejaba bien poco a la imaginación, con sus esbeltos pies a la vista, con el cabello suelto y brillante, el rostro acalorado por el reciente baño, los ojos risueños y esperanzados... y su maravilloso olor llamándolo a gritos. Ya no tenía dudas de que se había enamorado de ella hasta el tuétano. En algún momento tendría que confesárselo. Pero uno tampoco era de piedra.

—¡Joder! No llevas nada más.

Dana ahogó su risa dentro de la boca que reclamaba de nuevo, deleitándose en las caricias de las manos que la sostenían por las nalgas, abarcándolas con avaricia, apretándolas para acercarla aún más a él.

—¿Cómo puedes ser tan suave? —ronroneó en su oreja, con las palmas abiertas y una de ellas amasando un muslo tembloroso.

—Solo para que tú me toques así.

La boca de Ángel se entretuvo en el pulso de su cuello, la garganta de ella vibrando mientras pronunciaba una confesión que hacía tiempo le rondaba la mente. Él era el hombre que había estado esperando con paciencia toda su vida. Nunca más querría que unas manos que no fueran las suyas recorrieran su cuerpo. Nadie jamás había hecho antes ni podría hacer nunca que su alma emergiera a través de su piel con su simple contacto. Ángel era el elegido. Y en algún momento debería hacérselo saber.

—¡Au!

—¿Qué? —Ángel bajó a Dana al suelo y la observó llevarse una mano a la rodilla.

—¿Qué llevas ahí?

—Mierda. —Se quitó el jersey por el cuello a toda velocidad, dejando a la vista un arma enfundada—. Me la he puesto por inercia al volver a vestirme. Lo siento.

Ella lo observó quitarse el arnés por los hombros y guardarlo junto con su chaqueta en el armario de la entrada. Cuando volvió a su lado, su rostro mostraba arrepentimiento.

—No pasa nada. Solo ha sido un golpecito —quiso tranquilizarlo, ya que así era.

—No había pretendido traer el arma a tu casa. Hoy quería ser solo yo, solo Ángel. No el inspector Ribera —le explicó para que entendiera. Para que empezara a entender lo que ella era para él. Y lo que quería que fuera.

Dana le sonrió comprensiva. También se sentía más ella misma que nunca a su lado. Incluso había sacado de ella facetas que ni siquiera sabía que tuviera. Entre otras, una muy juguetona y sensual que la hacía sentirse poderosa. Una que había reclamado él mismo con su forma de hacerle el amor, de excitarla. Y esa parte estaba de lo más activa en ese momento.

—¿Solo te arrepientes de haber traído el arma?

—¿Cómo?

Él estaba debatiéndose por cómo decirle lo que sentía, pero ella se le estaba acercando sinuosamente y, de pronto, lo rodeaba como un depredador a su presa. Definitivamente, así no había quien se declarase.

—Me refiero a que espero que no te arrepientas de haber traído... esto.

Ángel sintió desaparecer el peso de sus esposas de su bolsillo trasero. Las había olvidado al igual que el arma. No debería dejar que ella las cogiera, que las abriera ni jugara con ellas. Aún menos que...

—¿Qué estás haciendo?

—Castigarte. Por alejarte tanto tiempo de mí. —Él no se resistió. Ella esposó sus muñecas por delante de su cuerpo, retándolo con la mirada—. O... premiarte. Por volver antes de lo esperado. Aún no lo he decidido. —Finalmente, lo empujó por el pecho y lo hizo caer sentado en el sillón.

—Sabes que puedo quitármelas sin problema, ¿verdad?

Dana caminó hacia él con lentitud y se soltó el cinturón tirando de él con dos dedos, dejando que la prenda se abriera con cada paso.

—Más bien opino que es un farol. Pero, si es cierto, no lo harás. —Provocadora, se sentó a horcajadas sobre él y se coló entre sus manos y su pecho, hasta quedar abrazada y muy pegada a su cuerpo—. No hasta que haya terminado contigo.

Ángel agradeció el beso que ella le regaló, entre otros muchos motivos, porque se le había secado la boca. Jamás lo habían tentado de esa manera. Y que Dana estuviera dando el paso de seducirlo como una auténtica experta, cuando él sabía que era de carácter más reservado y que él mismo había sido el que le había abierto nuevas fronteras en el sexo, le daba todavía más mérito.

Se dejó desabrochar la camisa, prenda que había empezado a vestir cada vez más a menudo porque a ella le gustaba, y a él que ella se la quitara. Con dificultad, le bajó las mangas hasta que no dieron más de sí, quedando solo al descubierto el pecho y los hombros. Su miembro emergió con fuerza de sus pantalones cuando ella bajó la cremallera, pero esta vez él la cogió de la cintura, se impulsó con fuerza con las piernas hasta quedar de pie, y consiguió que así la prenda cayera hasta sus tobillos. Después se desplomó sobre el sillón, haciéndola rebotar contra su dura erección.

Aquel impacto hizo gemir a Dana, que comenzó a retorcerse sobre él, hundiendo aquel bulto en su carne, con urgencia. Las sensaciones eran tan intensas que Ángel no fue consciente de que ella había retirado su ropa interior hasta que su pene se deslizó dentro de ella como en un río de seda.

—¡Dana! —exclamó, saliendo de ella en contra de su necesidad más primaria—. No me he puesto...

—No importa. —Ella abrió los ojos y lo miró de repente cohibida—. Ya no lo necesitamos.

—¿No? ¿Desde cuándo? ¡Ah!

Como respuesta, ella trazó movimientos circulares

con sus caderas, obligándolo poco a poco a introducirse de nuevo en su interior.

—Empecé a tomar la píldora el día que me dijiste que te irías de viaje. Quería darte una sorpresa cuando volvieras. —La cadencia de sus movimientos se fue volviendo arrítmica, y la voz de Dana, más profunda—. Quería sentirte sin barreras. Solo tú y yo. Tú, dentro de mí.

El placer de sus palabras lo subyugó tanto o más que el calor de su carne oprimiendo la de él. La besó con fervor mientras la penetraba al ritmo que ella le marcaba, dejando que lo dominara, que lo poseyera, que tomara de él todo lo que quisiera. Bajó por su cuello y se hundió entre sus pechos, perdiéndose entre ellos a la vez que oía su respiración agitada y su corazón latiendo frenéticamente.

En el maremágnum de sensaciones, Dana pudo sacar algo de cordura para percatarse de que él se había quedado bastante tiempo refugiado en su pecho, sin mirarla, sin hablar. Algo preocupada, tiró de su pelo y le obligó a alzar la vista. Lo que vio la dejó paralizada.

—Ángel. —Sus ojos llenos de humedad la miraron con devoción. Una lágrima desbordó y cayó en picado, atravesando su mejilla. ¿Le estarían haciendo daño las esposas, o tendría aún alguna lesión sin terminar de curar? ¿Estaría aguantando en silencio el dolor para que ella terminara su absurdo juego sin enterarse de lo que él estaba sufriendo? Dios, se sentía estúpida y miserable—. ¿Estás bien?

Él sonrió lentamente y asintió. Volvió a moverse dentro de ella de forma muy suave, pero acertando en el punto justo para que ella gimiera y se agarrara a sus hombros con fuerza, reflejando en su gesto y en su rostro el sublime placer que él le hacía sentir.

—Me muero de amor —confesó cuando otra lágrima abandonó uno de los brillantes ojos que la miraban con el corazón expuesto a través de ellos.

Atónita y sin palabras, Dana solo fue capaz de responderle con un beso que le salió del alma. Eso, exactamente eso que le acababa de decir era lo que había necesitado oír el día que se perdonaron el uno al otro. Esas eran las palabras perfectas, y aunque habían llegado más tarde de lo esperado, habían sido pronunciadas de forma sincera y desgarradoramente intensa.

Varios envites después, ambos estaban estremeciéndose, inmersos en un glorioso orgasmo que los arrastró con la fuerza de un huracán. Desmadejados, se quedaron uno en brazos del otro hasta que sus respiraciones recuperaron la normalidad, acariciándose distraídamente, sintiéndose con los cinco sentidos.

—Nunca vuelvas a marcharte de aquí —rogó ella abrazándolo con más fuerza, con todo su cuerpo.

—Jamás.

Él respondió con el mismo gesto. Y ambos supieron que ese círculo que formaban sus brazos era el lugar al que se referían.

Al amanecer, con las sábanas revueltas y ellos enredados entre sí después de una noche en la que uno despertaba al otro buscando un nuevo encuentro repleto de pasión, Dana se incorporó sobre sus codos y se quedó observándolo en la penumbra del dormitorio.

—Sé que me estás mirando —murmuró Ángel tras unos minutos, pero sin moverse.

—¿Cómo puedes saberlo, si tienes los ojos cerrados? —se interesó, haciéndole un mimo en la garganta con la punta de su nariz.

Él alzó una mano y le acarició el pelo, descendiendo hasta sostenerla por la nuca.

—Porque te siento, aunque no pueda verte. —Sin abrir los ojos, se acercó a su rostro y lo rozó con sus labios, trazando el contorno de su cara, la longitud de sus ojos, su nariz y, finalmente, su boca, que besó con suma ternura—. Debe de ser uno de los efectos secundarios de estar enamorado.

Dana tembló por dentro ante sus palabras. Y cuando él abrió los ojos y la miró de aquella devastadora forma que transmitía total abnegación y entrega, tembló también por fuera.

—Buenos días. —Ángel fue a incorporarse; sin embargo, ella se lo impidió frenando su impulso con una mano en su pecho.

—Espera. No te levantes. —Él volvió a acomodarse sobre la almohada y la observó con gesto interrogativo—. Voy a decirte algo.

—Adelante —la invitó, con media sonrisa en los labios, lleno de curiosidad.

Ella se arrodilló en la cama, sentándose después sobre sus talones. Ángel agarró sus manos cuando ella comenzó a retorcérselas y mirarlas cada vez más nerviosa.

—¿Qué ocurre?

—Me has dicho que te has enamorado de mí. Dos veces. Anoche, y hace un momento.

—¿Quieres una tercera? —Alzó su barbilla hasta que logró que lo mirara a los ojos—. Te quiero, Dana.

—¡Calla! —Le puso una mano en los labios y se subió sobre él, reteniéndolo con sus piernas y después con sus brazos, inmovilizándolo por completo—. Necesito explicarme.

—Te escucho. —Su voz sosegada logró que aflojara la sujeción hasta soltarlo.

—Nunca le he dicho las palabras mágicas a nadie. A ningún hombre, porque nunca lo he sentido realmente. —Se frotó los ojos con ambas manos y las dejó envolviendo sus propias mejillas—. Nunca las he pronunciado en voz alta. Nunca se las he dicho a mis padres, porque ellos no son de decirlo, sino de demostrarlo, y es lo que me enseñaron. A querer con hechos, y no con palabras.

—Les daré las gracias cuando los conozca —comentó él, y ella volvió a taparle la boca con sus dedos.

—No he terminado —le regañó, pues no quería ser interrumpida en un momento crucial para ella. Continuó—. Sin embargo, yo sí he oído esas palabras. María es mucho de decirlas cuando nos despedimos. Me da un beso o un abrazo, y me dice cuánto me quiere. Yo siempre le digo «y yo a ti», porque así es, pero nunca le digo las palabras. ¿Entiendes?

—Creo que sí. —Aunque para él, las palabras no eran mágicas. Lo mágico era lo que había detrás de ellas.

—Un par de hombres a lo largo de mi vida me las han dicho. Pero entonces yo no he podido decir ni siquiera «y yo a ti», porque no lo sentía. Nunca lo he sentido por ninguno. No hasta ti.

A Ángel se le llenó el pecho de algo cálido y vibrante cuando ella tomó sus manos y las apretó con fuerza.

—He sentido que me querías desde hace tiempo, y creí que con eso sería suficiente, que no necesitábamos hablarlo, porque con sentirlo el uno por el otro no hacía falta nada más. —Tiró de una de sus manos y se la llevó al pecho junto con la suya—. Pero anoche, cuando te oí decírmelo, y esta mañana de nuevo, las dos veces —remarcó sonriendo un poquito—, ha sido como si al decirlo en voz alta todo se hiciera más grande. Oír las palabras en tu voz me ha hecho sentir algo muy intenso, algo que no sé describir. Lo que sí que sé es que deseo hacértelo sentir a ti también.

—Tú me haces sentir cosas a las que nadie ha puesto aún nombre —declaró él, llevándose su otra mano al pecho junto con la de ella, quedando en un gesto simétrico.

—Me he enamorado de ti, Ángel. —La sonrisa que se dibujó en la cara de Dana le contagió a él—. Te quiero, y quiero que me lo oigas decir una y mil veces. Porque nunca pensé que oírlo y decirlo, cuando se siente de verdad, pudiera llenarme de tanta alegría y ganas de vivir.

—Entonces, ten por seguro que vas a oírlo muy a menudo.

Se giró en la cama llevándosela consigo y la besó profundamente, transmitiéndole con esa deliciosa caricia aún más que con las mágicas palabras a las que ella se había referido.

—¿Ducha compartida? —propuso Dana cuando sus cuerpos comenzaron a arder de nuevo, a lo que él respondió levantándose de un salto y cargándola como un saco entre risas y gritos de entusiasmo.

Al calor del vapor de la ducha, sellaron su amor sin tapujos, murmurando las palabras, una y otra vez, comprobando que era tan dulce escucharlas como liberador decirlas.

13

María descartó varios ejemplares del revistero hasta dar con algo apetecible que hojear mientras Dana servía el café y las galletas para la merienda que llevaban semanas posponiendo. El catálogo publicitario de adornos de Navidad no era lo que se dice interesante, pero con el día que había tenido en el hospital, tres cirugías mayores que además se habían complicado, no tenía la cabeza para nada más denso.

—Mira esto —le indicó a su amiga señalando la revista cuando entró en la sala cargada con una bandeja—. Un trineo con renos, un Papá Noel y un saco enorme de regalos, todo a tamaño real: ¡quinientos noventa euros!

—¿Vas a comprar uno? —bromeó Dana mientras servía el café.

María arrugó la nariz y le sacó la lengua.

—¡Casi cien mil pesetas! —Le hizo la conversión por si la cifra en euros no le parecía suficientemente alta—. ¿Quién puede estar tan loco como para pagar eso por un puñetero adorno de Navidad? ¡Adónde va este mundo, Dana!

Resoplando, María siguió criticando y pasando las páginas con indignación ante cada decadente y ostentoso elemento decorativo que encontraba.

Dana la observó con detenimiento, y no pudo evitar sonreír ampliamente. Esa era su amiga, la de siempre, la que hacía un mundo de la cosa más nimia y le dedicaba pensamientos filosóficos y existenciales a la curiosidad más insospechada. Gracias a Dios, volvía a ser la misma. Atrás parecía haber quedado el horrible capítulo de su casi secuestro y venta al mejor postor.

—En el caserío siempre ha habido todo tipo de adornos —comentó mientras mordisqueaba una de las galletas que ella misma acababa de hornear—. Mis padres restauraron algunos, otros los tiraron. Pero el Olentzero* a tamaño real vestido con ropa del *aitite*** sigue presidiendo la Navidad junto a la chimenea cada año.

—¿En serio?

—Totalmente. Me haré un *selfie* con él este año si quieres.

—¿Te vas a pasar las fiestas al caserío? —Esperó a que Dana asintiera para preguntar lo que realmente quería saber—. ¿Sola o acompañada?

La pregunta hizo que Dana dejara de remover el azúcar de su descafeinado. Había mucho que contar, y

---

* Olentzero: personaje mitológico equivalente a Papá Noel en la tradición vasca. Se trata de un carbonero que por Navidad baja de las montañas para llevar regalos a los niños.

** *Aitite*: en euskera, «abuelo».

hacía mucho que no había tenido la oportunidad de sentarse así con María, a contarse sus intimidades. Por teléfono había cosas que no le gustaba comentar.

—Acompañada.

En uno de sus arrebatos de exaltación de la amistad, María se levantó y la abrazó, haciendo que las dos cayeran contra el sofá, Dana de espaldas y ella encima. Los grititos y besos en ambos carrillos se sucedieron a continuación. La anfitriona esperó con paciencia a que su invitada terminara con su particular celebración de la felicidad de su amiga.

—Así que la cosa va en serio —canturreó de vuelta a su asiento, recomponiéndose las ropas y metiéndose una galleta en la boca, tan ávida de cotilleos como de azúcar—. ¿Cómo de en serio?

—Como que en Nochevieja vamos a casa de sus padres. Con sus dos hermanas, dos cuñados y cuatro sobrinos —añadió en tono neutro.

—Joder. —La galleta se le atragantó en el gaznate—. ¿Me vas a hacer ir a comprar ya un vestido de dama de honor?

Aunque el tono de aquella hipérbole denotaba temor, su rostro reflejaba la ilusión que le haría aquel hecho. Dana la bajó de su nube.

—No corras tanto. Ni siquiera vivimos aún juntos.

—¿A qué llamas vivir juntos?

Hacía semanas que no se veían en persona, el trabajo de ambas no era muy compatible en horarios, pero hablaban por teléfono con frecuencia o se mandaban mensajes. María sabía que, desde hacía más de un mes, rara era la noche que Dana dormía sola.

—Quedarme a dormir en su casa o él en la mía no es vivir juntos —se excusó.

—Lo es si las horas de, teóricamente, dormir son casi el cien por cien del tiempo que no pasáis en vuestros respectivos trabajos —contraatacó ella—. ¿Hoy viene él o vas tú?

—Vendrá sobre las nueve —declaró entre dientes, ocultando la mirada en su taza casi vacía.

María reprimió una carcajada y se lanzó a por otra galleta. Ya bajaría el exceso de calorías corriendo en el gimnasio al día siguiente. Desde el incidente, ya no se atrevía a hacerlo por el parque. Cerró las puertas al temor que trató de colarse en su mente al recordar ese detalle y se centró en su amiga, a la que había extrañado sobremanera.

—Así que me vas a echar a las ocho y media —afirmó, haciendo un puchero—. Confiaba en que me invitaras a cenar. Añoro tu comida casi tanto como a ti.

Aquella suposición molestó a Dana. Y resolvió un cambio de planes que, confiaba, no desconcertara demasiado a Ángel.

—Al contrario. Espero que te quedes a cenar con nosotros. Si no te importa compartirnos a mí y a mi comida con mi novio.

Su novio, pensó en cuanto lo dijo. Era la segunda vez que empleaba esa palabra para referirse a Ángel. La primera había sido hacía unos días, cuando había llamado a sus padres para confirmarles que pasaría el día de Navidad con ellos, si bien la Nochebuena tenía que trabajar, por lo que prácticamente llegaría a mesa puesta. Y acompañada de un hombre. Por primera vez en su vida, iba a llevar a un novio a casa. El grito que su madre había emitido habría competido en decibelios con el de María de hacía unos minutos.

—Te recuerdo que tu novio me salvó la vida. —La voz de María se tornó seria y apesadumbrada—. Lo menos que puedo hacer es no exigirte para mí sola a pesar de no verte desde hace semanas.

El comentario empujó a Dana a levantarse y sentarse de nuevo más cerca de su amiga, acariciándole una mano.

—Me gustaría que os conocierais un poco más. Si no nunca vas a dejar de pensar en lo que ocurrió cada vez que mencione su nombre. Que pienses en él como mi novio. —La palabra empezaba a acomodarse en sus labios—. Y no como el hombre que evitó lo que evitó.

—Tienes razón. —María estrujó su mano con fuerza—. Me encantará cenar con vosotros y ver cómo os miráis como dos tortolitos —se burló con cariño—. Y para que veas que voy a valorar tu invitación y la compañía de tu novio, voy a dejar para más tarde eso tan importante que te tenía que contar.

Dana abrió la boca exageradamente y puso gesto ofendido.

—Ni se te ocurra.

—Bueno, te puedo adelantar que se trata de una cita que tengo este fin de semana.

No supo por qué aquella confesión le hacía sonrojarse ligeramente, pero a Dana no le dio buena espina.

—María... igual es muy pronto para volver a conocer a alguien.

El consejo maternal, lejos de molestarla, la hizo sentirse querida y respaldada.

—Tranquila, ya lo conocía.

Y con esa única pista, dejó a Dana en vilo hasta la hora de la cena.

María colaboró en una de las cosas que pocas veces hacía en su propia casa: cocinar. Cuando cenaba con Dana, solía hacer de pinche, no solo para contribuir en las tareas, sino también para ver si así se le pegaba algo de su buena mano. Aprendía mucho, en teoría, pero luego era incapaz de ponerlo en práctica por su cuenta. Cada uno valía para lo que valía, se consolaba cuando un sencillo arroz le crujía en la boca porque se le había quemado.

No queriendo arriesgarse a estropear la cena en la que iba a estrechar lazos con Ángel en calidad de pareja de quien consideraba como una hermana, se centró en tareas pequeñas y en poner la mesa. Estaba eligiendo un vino de la selecta bodega que Dana tenía en su cocina, con las botellas tumbadas y a la temperatura perfecta, cuando Ángel entró en la casa. Ni ella ni Dana lo oyeron, con la radio a un volumen considerable y cada una enfrascada en su tarea.

Dana, que estaba batiendo ruidosamente el puré de verduras que iba a acompañar a unos jugosos solomillos de cerdo ibérico, dio un respingo al sentir cómo alguien la rodeaba por la cintura. Miró hacia atrás, pensando por un momento que María quería tomarle el pelo. Pero conocía demasiado bien el tacto de aquellas manos que acariciaban su vientre suavemente. Y, como ya esperaba, al girar el cuello no fue su cara la que encontró a pocos centímetros de la suya.

—¡Ángel! No te he oído entrar.

—¿Qué es lo que huele tan bien? —Le robó un beso fugaz en los labios antes de hundir la cara en su cuello.

—Calabaza, zanahoria, patata, cebolleta... —enumeró, mientras buscaba con la mirada a María.

—No. Eres tú.

Los ojos de Dana se cruzaron con los de María en el preciso momento en que esta se incorporaba del suelo, donde había estado acuclillada escogiendo una botella de la última balda de la bodega. Pero el ímpetu con el que Ángel la giró y atacó su boca no le permitió darle aviso de que no cenarían solos esa noche.

Trató de detener sus manos y liberar su boca, pero él lo tomó como un rechazo del tipo «ahora no, que tengo el fuego encendido», por lo que insistió, juguetón.

—Me muero de hambre —le susurró en el oído a la vez que la alzaba y la subía sobre la encimera—, y no estaba pensando precisamente en verduras.

—También hay carne —comentó María como si tal cosa, y se dispuso a abrir la botella que había seleccionado.

—¡Joder! —Ángel soltó a Dana de golpe, y a punto estuvo de desenfundar su arma—. ¿Por qué no me has dicho que teníamos compañía?

—No me has dado tiempo —protestó Dana, mordiéndose los carrillos para no reírse.

—Tiene llaves. —María paladeó el vino que se había servido en una copa y asintió con aprobación antes de servir otras dos—. Si eso no es vivir juntos, no sé qué es. Hola, Ángel.

Ligeramente avergonzado, recogió la copa que María le ofreció y recibió un beso en la mejilla a modo de saludo.

—Hola.

—Seremos tres a cenar —anunció Dana, aunque ya no hiciera falta, y seguidamente rompió a reír a coro con María, mientras Ángel resoplaba y se dirigía al baño para lavarse las manos.

María prácticamente monopolizó la conversación contando anécdotas del hospital. Era consciente de los esfuerzos de Ángel por hacerla sentir a gusto, a pesar de lo poco que se conocían y de que se veía a la legua que él había tenido en mente una cena para dos. Eso le daba muchos puntos a favor al inspector, pero ni la mitad de los que se llevaba por la forma en que miraba a Dana. Ojalá algún día un hombre la mirara a ella así, viendo más allá de su mera fachada.

—Qué monos sois, ahí, los dos juntitos —comentó mientras se sentaba frente a ellos en un sillón—. Sentados en el sofá, al lado pero casi sin tocaros, tan formales. Después de lo que he visto antes en la cocina.

Ángel se atragantó con la copa de vino que se estaba terminando tras la cena, y parte le salió por la nariz. Dana le dio unos golpecitos en la espalda pero no pudo evitar reírse un poco. María se carcajeó a gusto.

—Siento haberos estropeado lo que prometía ser un polvazo sobre la encimera —continuó con su broma, y esta vez Dana no pudo evitar sonrojarse.

—Deja de divertirte a nuestra costa, bonita, y cuéntanos eso que te has guardado hasta que viniera Ángel. Lo de tu cita. —Notó cómo él se ponía tenso a su lado, y quiso tranquilizarlo—. No te preocupes, esta vez parece ser de confianza.

—Nunca se sabe —farfulló él, y se dedicó a su copa con desgana tras haber notado el vino en sus vías respiratorias.

—Oye, que Dana se fue de cena contigo conociéndote solo de un par de veces —le recordó como argumento a su favor.

—Bueno, es que yo soy policía.

—¿Y eso es algún tipo de garantía? —La pregunta la hacía María, pero ambas le miraban con la misma incredulidad.

—¡Coño! Debería. —La respuesta le parecía más que obvia.

—Si tú lo dices. —El gesto de escepticismo de María le molestó bastante, pero prefirió no meterse de lleno en un debate al respecto para no estropear la noche—. El caso es que Dana ya le dio su visto bueno hace tiempo, sin conocerlo. Solo por lo que le contaba de él.

—¿Ah, sí? —Ángel levantó una ceja, nada contento por el voto de confianza a ciegas.

No era propio de ella, así que Dana trató de hacer memoria. Su amiga le había hablado sobre infinidad de hombres a lo largo de su vida, pero ella rara vez la empujaba a lanzarse a la piscina tan alegremente.

—«Es el tipo de hombre que necesitas», esas fueron sus palabras exactas —apuntó María—. Y me propuso que le diera una oportunidad. Pero hasta el otro día ni me lo planteé en serio.

—¡El celador poeta! —exclamó Dana, dando pequeños y rápidos aplausos, provocando que a Ángel se le derramara lo que le quedaba de copa sobre la mano.

—No le diré que le llamamos así... o puede que sí. —Por la sonrisa con la que lo dijo, se notaba que aquello le agradaba—. Se llama José, tiene un acento extremeño que ya de por sí te roba una sonrisa. Pero la labia que tiene es la que ha conseguido que quiera darle una oportunidad.

—¿Te ha persuadido a base de poemas? —A Ángel la idea le produjo un poco de rechazo, no la había tomado por una romántica.

—No le llamamos poeta porque recite poemas —le explicó Dana—. Sino porque cada vez que ve a María por el hospital le suelta algún tipo de piropo de su propia cosecha y muchas veces riman.

—Al principio pensaba que se lo hacía a todas —siguió explicando María—. Es muy extrovertido y simpático, habla por los codos, y pensaba que iba con su forma de ser. Pero mis compañeras me han dicho que, aunque es muy amable con ellas, nunca les ha dirigido un solo halago en verso.

—Y tú te has acabado dejando querer —fue la conclusión de su amiga.

—No es eso. —La cara se le entristeció un poco—. Aunque en el hospital, excepto el jefe de personal, nadie sabe con exactitud qué sucedió, sí es de dominio público que cogí unos días libres por temas personales. Los primeros días de mi vuelta no debí de comportarme como siempre, y él lo notó. Un día coincidimos en la cafetería y se sentó conmigo, me invitó al desayuno y me dijo, más serio de lo que nunca le he visto, que si podía hacer algo por mí, que contara con él, fuera lo que fuera. Que yo había —textualmente— nacido para alegrar el mundo, y no para que el mundo me entristeciera a mí. Luego me sonrió como siempre, yo acabé sonriendo también, y me dijo con ese salero suyo que si aceptaba cenar con él un día, al día siguiente me dolería la cara de haber sonreído demasiado.

—Y aceptaste el reto. —Ángel tuvo que reconocer para sí que el tipo se había esmerado en su estrategia.

—Dana y yo nunca rechazamos un reto, ¿verdad que no?

—Jamás —corroboró ella, y ambas brindaron con complicidad.

—Así que, si el domingo no vuelvo a casa, no penséis que me ha secuestrado. Estaré follándomelo con una dolorosa sonrisa en la cara.

Dana le tiró el cojín que tenía más a mano mientras ella se desternillaba tanto de su amiga como de la cara de horror que había puesto Ángel.

—Es broma —se disculpó rápidamente—. Creo que esta vez me lo tomaré con más calma. Aunque nunca me he follado a un tío así. Tengo curiosidad.

—¿Así, cómo? —Ángel cada vez estaba más descolocado con los comentarios de María.

—Normalito.

—Ya. —Miró para otro lado y buscó la botella de vino para rellenarse la copa.

—No es que sea superficial. —Ella notó la mueca de disgusto de Ángel y trató de explicarse—. Pero me gustan los tíos guapos, como a todas. Y si la atracción es mutua y luego me gusta lo que hay más allá de su físico, pues bienvenido sea.

—Demasiada información para mí —alegó Ángel.

Viendo que la conversación no estaba siendo muy llevadera para él, Dana zanjó el tema pidiéndole a su amiga que la llamara en cuanto terminara su cita. Le propuso que fueran a ver la última obra teatral que había visto con Ángel y aprovechó esa idea para comenzar a charlar sobre lo mucho que se había aficionado a ir al teatro con él y cómo era posible que nunca antes en su vida hubiera pisado uno.

Cuando, casi una hora más tarde, Dana cerró la puerta tras despedirse de María, se volvió hacia Ángel, le rodeó el cuello con ambos brazos y le dio un beso lento y cálido que le hizo ronronear.

—Tu compensación por el mal rato de antes en la cocina —le explicó, y acto seguido lo besó de nuevo, esta vez con más intensidad y vehemencia—. Y este por ser tan encantador y hacer que María se sienta tan cómoda con nosotros.

—Me cae bien, tu amiga. Aunque esté un poco loca.

Dana lo empujó por el pecho con reproche pero a la vez con una sonrisa.

—Sí, vuelve a ser ella misma. Poco a poco.

—Estas cosas llevan su tiempo —reconoció él.

Dana asintió con una punzada en el corazón que creía que nunca desaparecería del todo mientras el recuerdo de lo sucedido, y lo evitado, aquella noche en el Delirium siguiera en su mente. Pero se obligó a dejarlo a un lado, como sabía que Ángel hacía con su trabajo cada noche para poder tener una vida propia sin una losa perpetua sobre su espalda.

—¿Qué tal tu día? —le planteó mientras recogía los restos de la cena, no solo para cambiar de tema, sino porque ya era una costumbre de casi cada noche desde hacía meses.

—Raro —respondió de forma enigmática.

Cuando Dana se giró hacia él para obtener una respuesta menos imprecisa, la sorprendió quitándole las copas que acababa de coger y volviendo a dejarlas sobre la mesa del comedor para poder sostenerle las manos con las suyas.

—¿Ha ocurrido algo? —Él estaba muy serio, pero no parecía preocupado. Tenía un extraño brillo en los ojos. Y aunque la miraba como si quisiera decirle un millón de cosas, no abría la boca. Sin estar segura de por qué, a Dana le empezaron a temblar las rodillas—. Ángel...

Le soltó una mano para cubrir sus labios con dos dedos, pidiéndole silencio. Después la dejó caer lentamente, acariciando su boca y su barbilla con suavidad. La media sonrisa con la que culminó aquel gesto hizo que Dana tragara saliva con dificultad.

—Hoy he vuelto a casa andando. He salido un poco antes, no hacía mucho frío, y me apetecía dar un paseo para despejarme. El comisario se ha ofrecido a traerme, lo que es algo inédito, pero yo le he dicho exactamente eso: «Hoy me voy a casa andando.»

La cara de Dana le dijo a Ángel que no se percataba del detalle. Buena señal.

—Ha puesto cara rara, pero no ha dicho nada. Entonces me he dado cuenta de que creía que me iba a ir a mi piso andando, no aquí. De la comisaría hasta allí habrá como hora y media a pie.

—Oh —susurró Dana, comenzando a comprender, o eso creía ella, pensó Ángel.

—Iba dándole vueltas a eso mientras caminaba, preguntándome en qué momento de estos meses que llevamos juntos mi casa ha dejado de ser un piso u otro, sino el lugar donde tú estés. —Detuvo sus palabras un solo segundo para enjugarle la lágrima que se había precipitado a toda velocidad por su mejilla, y prosiguió—: Y de pronto me he visto parado delante de un escaparate mirando esto y sabiendo que lo quería para ti.

Para aún mayor asombro de Dana, lo vio llevarse la mano al bolsillo del pantalón.

¡Santo cielo! No sería un... y lo había llevado encima durante toda la cena... No le extrañaba que al principio pareciera que la presencia de María lo había molestado más de lo esperado. Si era lo que creía que era, querría habérselo dado en una cena íntima, imaginó. Cuando lo vio sacar una cajita de terciopelo, ya no pudo pensar más.

—El dependiente me ha dicho que es oro blanco con dos esmeraldas engarzadas —explicó tras abrir la cajita y que una delicada sortija asomara llena de promesas—. Pero eso es lo de menos. Quiero que la lleves en tu dedo porque es bonita y parece hecha para ti.

Él le solicitó con la mirada que extendiera la mano y ella lo hizo lentamente, pero sin dudar ni un solo segundo.

—Porque quiero que cuando la mires, cuando sientas que la llevas puesta —continuó mientras la deslizaba por su anular—, pienses en esta promesa que voy a hacerte ahora, y que tengo plena intención de cumplir. Prometo quererte cada segundo de los días que me quedan en este mundo, cuidarte, protegerte, apoyarte, y hacerte lo más feliz que esté en mi mano. Quiero pasar el resto de mi vida a tu lado, Dana.

—Ángel...

—Sé que solamente llevamos unos pocos meses juntos. —Apretó la mano que lucía el anillo entre las suyas, temiendo que ella tuviera reticencias por lo precipitado de su planteamiento—. Así que no hay ninguna prisa para hacer ni decir nada de forma oficial o de cara al resto de la gente, de nuestras familias y amigos. Lo que este anillo simboliza es el compromiso entre nosotros. Me estoy entregando a ti, Dana. Soy tuyo, de nadie más, si tú me aceptas.

El corazón de Dana golpeaba su pecho con tanta fuerza que juraría que si él soltaba su mano ella se tambalearía hasta caer al suelo.

—¿Entonces... no me estás pidiendo que me case contigo?

A ella le brillaban los ojos de lágrimas contenidas, pero él vislumbró una sonrisa oculta tras un velo de incredulidad.

—Claro que sí. —Esta vez su sonrisa fue radiante, y se la contagió a él—. Pero sin fecha definida. ¿Tendría que haberme arrodillado?

—No hace falta. Lo que tienes que hacer es besarme.

—Tantas veces como quieras.

Se fundieron en un beso que sellaba con caricias una unión como la que él había definido con palabras, y que a ella no podría haberle parecido más perfecta.

—Entiendo que aceptas mi proposición —quiso cerciorarse Ángel, no con auténticas dudas, pero sí queriendo oír las palabras de sus labios.

—Ya veremos.

—¿Cómo?

Aunque nunca se lo confesaría, ella disfrutó una pizca con el segundo de decepción que vio en su rostro. El miedo a que ella no le aceptara no hacía sino confirmarle cuánto deseaba dar ese paso tan importante que le estaba proponiendo. Bien, ella le demostraría no con palabras sino con hechos cuánto ansiaba ser suya, en todos los sentidos, y empezando por esa misma noche.

—Tendrás que convencerme.

Recorrió su pecho con ambas manos como la primera vez que lo sedujo, desabrochando su camisa y, para su sobresalto, colándose por la cinturilla de su pantalón sin miramientos.

—¿Y cómo podría convencerte? —murmuró con un tono juguetón al que acompañaron unas manos traviesas por sus caderas.

—Con una muestra de lo que sería nuestra noche de bodas, por ejemplo —sugirió en un susurro.

—Tú te lo has buscado —gruñó él a la vez que la levantaba en volandas y corría por el pasillo hasta llegar al dormitorio, donde la lanzó sobre la cama antes de saltar él mismo sobre ella.

Dana gritó y se carcajeó a cada beso voraz y cosquilla estratégicamente aplicada en los rincones que él ya conocía tan bien.

—Voy a ser muy convincente —le advirtió, poniendo más énfasis en la caricia con la que le estaba recorriendo el cuello—. ¿Vas a poder soportarlo?

Ella se estremeció y contuvo un gemido ante la maravillosa sensación que él era capaz de regalarle con solo una caricia en un punto sumamente sensible de su piel.

—Me encantan los retos —exhaló, y se dejó llevar a ese mundo de placer y suma felicidad que no había conocido hasta conocerlo a él.

Se entregaron el uno al otro como tantas otras noches y, a la vez, como nunca antes. Lo que la unión de sus cuerpos significaba esa noche en particular iba más allá de ese momento. Era el preludio de lo que iba a ser el resto de sus vidas. Unas vidas que desde ese instante unían su camino para convertirlo en uno solo.

—Sí quiero —se le escapó a Dana sin tan siquiera pensarlo mientras se deslizaba a las profundidades de un sueño que la reclamaba tras horas de pasión.

—Te lo dije —se jactó Ángel antes de rodearla por la espalda y dormirse con una sonrisa de triunfo en los labios.

Justo antes de quedarse dormida, un último pensamiento resonó en la mente de Dana. «Ninguna mujer en su sano juicio te diría que no.»

14

El bullicio del centro comercial se mezclaba con los pensamientos de Dana, un torbellino de ideas que descartaba una tras otra cada vez que creía haberse decidido por un nuevo regalo.

—¿Puedes explicarme otra vez por qué estoy yo aquí contigo, desde hace ya dos horas y con todos estos trastos encima, en lugar de ser Ángel quien soporte esta tortura china consumista? ¡Au!

María recibió en la cara el impacto del oso de peluche que su amiga al fin había elegido después de ver más de cien.

—No te ha dolido de verdad —refunfuñó Dana, a lo que la agredida respondió con un puchero—. Así que es perfecto para un bebé de dos meses. Bonito, blandito, cero peligroso. Me lo llevo.

—Ya era hora —protestó con alivio María, arrastrándola hasta la cola de casi diez personas que había para pagar.

—En respuesta a tu pregunta —le concedió mientras buscaba inconscientemente alguna pega al juguete seleccionado—, estás aquí en calidad de mi mejor amiga, para ayudarme a encontrar diez regalos en una sola tarde.

—Eso ya lo sé. —Al ver cómo inspeccionaba los ojos del osito, comprobando su dureza con golpecitos de una uña, se lo arrancó de las manos—. Lo que no entiendo es por qué no has venido con tu novio, si los regalos son para su numerosísima familia.

—Porque él les compró un regalo a mis padres y a mis abuelos sin decirme nada.

El recuerdo aún le producía un calorcillo en el pecho. Su familia no podía haber quedado más encantada con él, ya desde antes de los postres, que fue cuando él apareció con unas bolsas con paquetes envueltos que ella no había visto hasta ese momento. Ángel había encajado desde el primer minuto, siendo todo encanto y atenciones con su abuela mientras el resto de la familia preparaba la comida. Ya solo por eso se habría metido a todos en el bolsillo. Pero no habían hecho falta grandes estrategias ni regalos caros. Comportándose tal como él era, y notándosele como —según su madre— se le notaba cuánto la quería a ella por su forma de mirarla, había logrado el visto bueno de todos en el caserío.

—¿Queriendo sobornar a los futuros suegros? —bromeó María—. ¿Pendientes de diamantes y una caja de habanos?

—No, mal pensada. Fueron solo unos detalles. La idea fue suya, y fue él quien los compró personalmente, aunque en privado me reconoció que le había pedido consejo a su compañera de trabajo, la oficial Cristina Suárez, para elegir qué llevarles. —Y ella estaba segura de que él se había devanado los sesos durante días hasta sentirse frustrado y dar el paso de pedir ayuda. Para comérselo. Por eso creía deberle una—. Y como estos días tiene tanto trabajo, me ofrecí a encargarme yo de los de su familia. De toda.

María comenzó a contar con los dedos, y las cuentas no le salieron.

—Has dicho diez regalos, pero son once. ¿O Ángel no va a recibir nada? Ya sabes, aparte de a ti envuelta con un lazo.

María recibió un codazo por su comentario.

—Muy graciosa. Su regalo se lo di en Nochebuena.
—Y fue...
—Un abono anual para el teatro. Para ambos.
—Guau. Me encanta.
—A mí también. Quién lo iba a decir.

La fila avanzó un puesto y Dana respiró aliviada al ver que María se centraba en no perder el sitio y se olvidaba de preguntar qué le había regalado Ángel a ella. Habían acordado no decir nada sobre su compromiso por el momento, y eso incluía a la familia, el trabajo y los amigos. Aunque se moría de ganas de decírselo a su mejor amiga, y de poder lucir el anillo de compromiso fuera de casa. Un anillo que le había parecido tan caro que le había prohibido terminantemente a Ángel que le comprara nada más por Navidad. De ahí que se le ocurriera la idea del bono como regalo para él. Era algo que iban a poder disfrutar los dos y sabía que eso a él le encantaría.

Ya distraída, curioseó los coches teledirigidos destacados junto a la línea de cajas. Tal vez fuera más apropiado que el balón para el más mayor de los dos chicos.

—Quiero este también —exclamó un niño detrás de ella, prácticamente quitándole de la mano el coche que estaba a punto de coger.

—Ni hablar. He dicho que ni un juguete más.

Al alzar la vista se encontró con un hombre que pasaba de los cincuenta, acompañado por una joven belleza treintañera y dos chavales de no más de diez años que arrastraban un carro lleno de juguetes.

—Jooooo, pero lo quiero.

—Vamos, Guillermo, qué más da uno más. Cógelo, cariño —concedió la mujer con tono meloso.

El hombre bufó, pero dejó que el niño metiera el coche en el carro. Entonces, ella lo besó y a él le cambió el gesto de asco a uno mucho más risueño.

Algo en aquella mueca se le hizo familiar a Dana, y un interruptor en su cabeza se encendió para apagarse de nuevo en milésimas de segundo. Se lo quedó mirando fijamente, buscando volver a encontrar la chispa que encendiera el recuerdo, pero no lo logró. Cuando sintió la mirada del hombre sobre ella, trató de disimular y se giró lentamente hacia su amiga.

—Mierda, ya me ha vuelto a pasar —murmuró entre dientes. Odiaba aquella sensación.

—¿El qué? —quiso saber María.

—Lo de ver a alguien y medio reconocerlo. Ahora estaré una semana o un mes dándole vueltas al tarro.

—Pues piensa en otra cosa —propuso su amiga, girándose hacia donde estaba mirando Dana. Y ella sí que lo reconoció—. ¡Vaya! ¡Hola! ¿Qué tal está?

—Disculpe, ¿habla conmigo?

El hombre forcejeaba ahora con el otro niño para que dejara en su sitio una pistola de juguete eléctrica.

—Sí, comisario. Soy María Uribe. Me tomó declaración hace unos meses. Ya sabe, el caso de... Pierre Tocqueville.

El comisario frunció el ceño un instante, miró a ambas chicas con curiosidad y después pareció reaccionar de repente, con una sonrisa un poco exagerada.

—Oh, claro. Disculpe. No la ubicaba ahora mismo. Tengo la cabeza en otras cosas. —De pronto, cerró los ojos con fuerza y se volvió hacia sus hijos, que tironeaban de su chaqueta—. ¡Niños! Ya vale, no voy a compraros ni un juguete más.

—No les grites —exigió la mujer, y se llevó el carro y a los niños a una caja que acababa de abrir para aligerar las colas.

—Qué ganas tengo de que pasen estas malditas fechas —dijo con una sonrisa forzada—. Tengo que dejarlas. Espero que se encuentre bien y que pase unas felices fiestas.

—Sí, gracias. Igualmente —dijo María, aunque él se marchó tan rápido que apenas le pudo dar tiempo a oírla—. Un poco cortante, ¿no te parece?

—Pues es el jefe de Ángel —le recordó Dana—. Y también parece el padre de ella y abuelo de los críos, en vez de marido y padre.

—No te creas. Esa lleva más trabajo de bisturí que el que he podido hacer yo en todo el mes —observó con ojo de cirujana—. Bueno, al menos ya no estarás pensando dónde lo habías visto antes. Ya sabes quién es.

La fila perdió varias personas y María adelantó varios puestos con los regalos.

—Sí, sé quién es. —La cara de Dana estaba compungida. El estrés mental que aquella sensación le producía sumado a las horas que llevaban de compras, le estaba dando un fuerte dolor de cabeza—. Pero sigo sin recordar dónde lo he visto.

—En la comisaría, el día que me acompañaste —convino María sin dudarlo.

—No entré contigo en su despacho —le recordó ella.

María se encogió de hombros sin darle mayor importancia y comenzó a colocar los juguetes sobre la cinta.

—Lo verías pasar, estuvimos allí mucho rato.

—Puede. Pero creo que no.

—¿Y en alguna fotografía que tenga Ángel en casa?

Dana hizo memoria, repasó las que había visto en el salón, pero tampoco creyó que fuera esa la clave.

—Tiene un par de ellas enmarcadas, de fiestas y celebraciones con los diferentes compañeros con los que ha trabajado desde que comenzó en el cuerpo. Pero estoy casi segura de que el comisario no sale en ninguna de ellas.

—Doscientos ochenta y tres euros con noventa céntimos, por favor —solicitó el joven cajero que ya metía en bolsas la enorme compra de Dana.

—¡La hostia, Dana! —María se llevó las manos a la cabeza—. Me niego a ser cómplice de esto. Va contra mi religión.

—Tú eres agnóstica. —Sacó la tarjeta de crédito y

se la entregó al chico, que no había podido evitar reírse por el comentario.

—Pues contra mi filosofía de vida. No puedo ni ver cómo tecleas el código pin. Te espero fuera.

Ya se disponía a marcharse cuando oyó la voz de su amiga a su espalda.

—¿Y no vas a ayudarme con las bolsas? Se supone que las mejores amigas mandan su filosofía a tomar viento si la otra lo necesita. Porfa... —añadió al ver que su chantaje emocional no calaba.

María se dio la vuelta lentamente y la taladró con los ojos entornados.

—A su servicio, doña Manipuladora —la acusó antes de coger dos bolsas y llevárselas tan separadas del cuerpo como pudo, como si olieran mal o algo peor.

—Muchas gracias, doña Pataletas —respondió Dana mientras la seguía fuera del establecimiento.

Dos cajas más allá, el comisario Andrade las observaba, y se preguntaba por qué la novia de Ribera lo había mirado de aquella forma. Le había parecido ver reconocimiento en sus ojos, incluso sospecha.

—Tengo hambre, papá —el pequeño de sus hijos interrumpió sus pensamientos—. Quiero una hamburguesa.

—Yo quiero pizza —añadió el otro.

El comisario Andrade terminó de meter todo en el carro, sacó la llave de su coche y se la dio a su mujer.

—Belinda, id yendo al coche. Tengo que hacer una llamada.

—¿Ahora? Pero los niños tienen hambre —protestó la mujer.

—Yo quiero hamburguesa.

—Y yo pizza —volvieron a repetir los pequeños.

—Al coche —insistió Andrade—. Ya cenaréis en casa.

—Pero...

—¡He dicho que al coche!

El grito descontrolado dejó a su mujer sin palabras, a los niños al borde de las lágrimas y a los demás clientes estupefactos.

En cuanto su familia salió del centro comercial, Andrade sacó el móvil y se apartó a una esquina discreta. Su llamada no tardó en ser respondida.

—Escúchame bien. Hay que zanjar ya el tema de Ribera... No, no, no. Damien Tocqueville no me está metiendo prisa, esta vez es cosa mía. Me temo que Ribera sospecha más de lo que creíamos, y que incluso ha podido hablarlo con su chica. Así que quiero que te la lleves por delante también a ella... ¿Cómo que por qué? ¡Porque yo te lo mando, imbécil! Los dos juntos mejor, sí, así resultará menos sospechoso. Y no quiero ni una cagada más. ¿Me has oído? O pagarás caras las consecuencias.

Según colgó el teléfono pensó en lo cabreado que Damien Tocqueville había estado la última vez que habían hablado. Ribera había sobrevivido al intento de acabar con su vida, un asesinato solicitado expresamente por Damien. A él le movía la venganza, ya que creía que su hermano Pierre se había suicidado porque el inspector al cargo de la investigación lo había presionado demasiado. En cambio, Andrade lo quería fuera por interés propio, antes de que lograra descubrir su implicación con los Tocqueville, y algo en la forma de mirarlo de su novia le había hecho pensar que andaba demasiado cerca.

Pensar en Damien y después en la chica le inspiró una idea que creía que le haría recuperar la confianza que la familia Tocqueville había depositado un día en él y que recientemente había ido perdiendo. Felicitándose a sí mismo por esta nueva gran idea, sacó de nuevo su móvil y pulsó el botón de rellamada.

—Yo otra vez. Cambio de planes. Tengo un destino aún mejor para la pelirroja.

Como pretendían salir a primera hora de la mañana para no pillar atascos a la salida de Barcelona el día de Nochevieja, Dana y Ángel dedicaron parte de la tarde a preparar el equipaje que necesitarían para dos días. El trabajo de ambos no les permitía ausentarse más que eso.

—No vamos a pasar en casa de mis padres ni cuarenta y ocho horas, cariño. No hace falta que te lleves todo el armario.

Ella lo observó a través del espejo del dormitorio, frente al que se miraba alternando un modelito y después otro sin tan siquiera quitarlos de las perchas, y le sacó la lengua como solía hacer con María cuando esta la chinchaba.

—Es que no sé qué ponerme. No sé si hará frío o calor, o si tus hermanas y tu madre se vestirán más o menos elegantes para la cena de Nochevieja.

Ángel la rodeó por la cintura desde atrás y le dio un

beso en el cuello antes de juntar sus caras por una mejilla y sonreír a su reflejo.

—En la casa del pueblo siempre hace calor, porque hay horno de leña y en invierno nunca lo apagan. —Mientras resolvía sus dudas, comenzó a contonearse a su espalda y a acariciar su estómago, bajando poco a poco sinuosamente—. Mis hermanas aprovecharán que están en casa para estar cómodas, por muy Nochevieja que sea. Con dos hijos pequeños cada una, ponerse elegantes no creo que esté entre sus prioridades. Mi madre estará en la cocina desde por la tarde. Entre preparar una cena que esté a la altura de su chef invitada, los platos sin gluten para uno de mis cuñados, los menús infantiles, las uvas más pequeñas, peladas y sin pepitas para mi padre... La ropa le dará bastante igual.

—Ay, mi amor. Pensaba que sabías mucho más sobre mujeres.

A pesar de lo poco atinado que parecía estar sobre moda y eventos especiales, aquella descripción de lo que se encontraría la hizo reír y aplacó un poco sus nervios. Se decantó por un conjunto de pantalón y chaqueta negros con una camisa de tonos dorados en un guiño al cava con el que iban a brindar y descartó el resto de vestidos y faldas. Efectivamente, habría niños con los que jugar. Más valía poder tirarse en el suelo cómodamente, pensó con una extraña expectación.

Aquel sentimiento le provocó un hormigueo precisamente donde Ángel le estaba haciendo cosquillas en ese momento, justo debajo del ombligo.

—¡Oye! ¿Adónde vas? —protestó cuando ella se escabulló de entre sus brazos.

—A comprobar una cosa.

Aquellas escasas explicaciones no hicieron sino acrecentar la curiosidad de Ángel, que la siguió hasta el baño.

Allí encontró a Dana revolviendo en el neceser que tenía a medio preparar. Después vio cómo, con cara algo pálida, sacaba la cajita de pastillas anticonceptivas y la miraba con los ojos muy abiertos.

—¿Algún problema?

—No. Bueno, creo que no.

Pero sacó el prospecto y se puso a leerlo.

Ángel apreció que el papel le temblaba ligeramente en las manos y se hizo con la caja para inspeccionarla. No es que supiera mucho del tema. No obstante, imaginaba que había que tomarse las pastillas en orden, para eso estaban marcados los días de la semana en la parte trasera. Y allí había un pequeño descontrol de días con pastilla y días sin ella.

—Es que... este mes he tenido mucho trabajo —se excusó Dana mirándolo de reojo a la vez que buscaba la respuesta a sus dudas en las minúsculas letras del enorme desplegable que era aquel aparente papelito.

—Y no has tenido tiempo de tomártelas a diario.

—Me he olvidado, ¿vale? —De pronto, sonaba irritada y a la defensiva—. Las llevo en el bolso para tomarlas con la comida, porque por las mañanas me sientan mal. Y ha habido días en que no he parado a comer.

Frustrada y algo enfadada consigo misma y también con él sin saber por qué, hizo una bola con el prospecto y lo encestó en el retrete.

—A ver. Calma. —Ángel se acercó y la abrazó, tratando de tranquilizarla con la voz y con el cuerpo—. ¿Cuándo deberías tener el período?

—La semana pasada.

—¿Qué? —No pudo evitar separarse un poco de ella para verle la cara y comprobar que no le estaba tomando el pelo. Y, desde luego, su expresión no reflejaba humor alguno—. Pero si la última fila de pastillas está a medias.

—Son las de placebo. Son para la semana de descanso, en la que se debería menstruar, pero sin perder la rutina de tomarlas.

—Ya. —La explicación le resultó irónica—. Pero tú no tienes esa rutina.

—Solo ha sido este mes. —Aunque según lo dijo, recordó haber tirado la anterior caja con alguna pastilla aún dentro.

—Solo llevas dos meses tomándolas.

Él la miró a los ojos y ella no fue capaz de sostenerle la mirada.

—Lo siento.

—Yo no.

Cuando Dana alzó la vista de nuevo, se lo encontró sonriente y con los ojos sumamente brillantes.

—¿De verdad?

—No quiero hacerme ilusiones. —De pronto, volvió a ponerse serio—. Porque puede ser un retraso, ¿verdad?

—Sí. Seguramente sea eso.

—Pero si no es eso... —La tomó de ambas manos y acarició con el pulgar el anillo de compromiso que solo se ponía cuando estaban solos en casa—. Habrá que ir eligiendo fecha a esa boda que tenemos pendiente, ¿no crees?

Dana sintió que le faltaba el aire y, a la vez, que el pecho se le llenaba de un nuevo sentimiento. Después le vino un sudor frío y acabó por sentirse un poco mareada.

—Lo que creo es que te lo estás tomando demasiado bien para tratarse de un descuido que no debería haber cometido.

Según decía esa frase, vio cómo Ángel se encogía un poco sobre sí mismo, como si hubiera recibido un golpe en las tripas.

—¿No quieres tener hijos conmigo?

—Sí que quiero. —Le acarició una mejilla con cariño. Le había hecho daño al hacerle pensar eso. Y solo por esa reacción ya se moría de ganas de comérselo a besos—. Pero es muy pronto.

—Tal vez nuestro primer bebé tenga prisa por llegar.

Ya se estaba imaginando una pequeña muñequita de carne sonrosada con una pelusa rojiza en su frágil cabecita. Tan parecida a Dana que deberían ponerle incluso su nombre. Y, después, un muchachote que se pareciera a él. La idea casi le hizo suspirar.

—Dios mío...

Ángel volvió a abrazarla cuando la vio llevarse ambas manos al abdomen.

—Pero dile que espere sus nueve meses de rigor —bromeó, haciéndola contener un gritito.

—Has dicho primer bebé —pronunció con la voz amortiguada por su hombro—. ¿Cuántos quieres tener?

—Dos está bien.

—Más de dos, no —sentenció ella. Y cuando él volvió a sonreír como si le acabaran de hacer el regalo más maravilloso del mundo, ella no pudo evitar contagiarse y alegrarse por lo que estaba por venir—. Debería hacerme un test de embarazo.

—A la vuelta.

—¿Qué? —Lo siguió fuera del baño y contempló atónita cómo él se dedicaba de nuevo a la labor de hacer su maleta—. No puedo esperar a volver para estar segura.

—Aún puede ser solo un retraso. Eso has dicho.

—Sí. —Molesta porque él pareciera tan tranquilo por saber antes o después lo que podía ser, le arrancó de las manos los calcetines que estaba sacando de un cajón—. Aunque si lo estoy, es probable que un test me lo confirme.

—Si se hace muy al principio, esos cacharros pueden fallar. —Ante su gesto de incredulidad, él tuvo que confesar sus fuentes—. Tengo dos hermanas mayores. He oído esa conversación una docena de veces. Además, bastante me va a costar ocultarles a mis padres que tenemos previsto casarnos, como para llegar allí con la certeza de que les vamos a hacer abuelos. No sé mentir tan bien.

Tras un rato reflexionando sobre sus palabras, Dana acabó accediendo a su petición. Sin embargo, esa noche apenas pudo pegar ojo pensando que, tal vez, una pequeña vida fruto del amor de ambos —y del descuido de ella— podía estar gestándose en su interior.

Por eso, cuando de camino a Cadaqués se detuvieron a echar gasolina, Dana aún seguía dándole vueltas al asunto. Tanto que, al ver a través de la cristalera un cartel donde se leía PARAFARMACIA, se excusó con Ángel diciéndole que iba al baño y entró en el pequeño pero bien surtido comercio que había junto a la cafetería de la gasolinera. Tenía que salir de dudas o se iba a volver loca.

Dana había viajado por medio mundo, y había conocido parajes increíbles dignos de inmortalizar y enmarcar. Aun así, le llenaba de expectación llegar al lugar donde se había tomado la fotografía que Ángel tenía colgada de la pared del salón de su casa, a un tamaño mucho mayor que otras tantas con amigos.

En ella aparecía toda su familia delante de la casa del pueblo de su padre, Cadaqués, adonde se habían mudado en cuanto él se había jubilado hacía ya dos años. El paisaje de fondo era idílico, frondosos árboles frutales al borde de un acantilado, entre los que asomaba un radiante cielo azul fundiéndose con el mar salpicado de barcos pesqueros. Y, delante, la feliz familia que sonreía a la cámara.

Ella adoraba a su propia familia, pero siempre había deseado que fuera más numerosa. Ahora iba a conocer a cada una de las personas de ese cuadro. E iba a formar parte de la siguiente fotografía de familia que se tomaran. El sentimiento que le despertó aquella idea solo fue comparable con otro que ya vibraba en su interior.

Cuando se adentraron en el precioso pueblo y cogieron el desvío que subía hasta la casa, Dana hizo un repaso mental de los nombres de todos ellos, para no meter la pata y confundirlos.

Celia y Esteban eran los padres de Ángel, ambos ya jubilados y de la misma edad, sesenta y siete años. Aunque por las fotos que había visto de ellos, aparentaban menos de sesenta. La vida lejos de la gran ciudad les había sentado muy bien.

Gabriela era su hermana mayor, la madre de Sonia y Patricia, de ocho y seis años. Su marido era Jordi. Ambos eran músicos y tocaban el violín y el violoncelo respectivamente en la orquesta sinfónica leridana.

Y, por último, su hermana mediana y la más parecida a él físicamente, era Julia. Ella y su marido Marcos habían bautizado a su bebé recién nacido con el nombre de su abuelo materno, Esteban, puesto que el mayor, de cuatro años, había heredado el de su otro abuelo, Enric. Aunque actualmente ella disfrutaba de una excedencia por maternidad, era maestra de primaria en un colegio de Valencia, para orgullo de su padre, profesor de instituto hasta hacía dos años. Marcos era arquitecto y tenía su propio estudio junto a uno de sus hermanos.

Cuando aparcaron junto al resto de vehículos en el patio lateral de la casa, fue el único miembro de la familia del que Dana se había olvidado el que salió a saludarlos. *Nilo*, el gran danés al que una de las niñas había puesto nombre, saltó sobre el coche y casi tiró al suelo a Ángel cuando este salió por la puerta.

—Hola, muchacho. ¿Me has echado de menos?

—Yo diría que demasiado —opinó Dana desde el otro lado del vehículo, un poco asustada por el entusiasmo del animal—. Agárralo bien, que no se me suba como a ti, por favor.

—Ya te dije que los perros me adoran. Y este en especial. Sí, sí, yo también te he echado de menos a ti, campeón.

Mientras hombre y animal se demostraban su mutuo afecto, Dana se dispuso a ir sacando el equipaje. Sin embargo, nada más abrir el maletero, *Nilo* levantó la cabeza y se dirigió hacia ella con paso sosegado.

—Que no se me suba, Ángel, por favor.

—Tranquila, solo lo hace con los de casa. —Pero por si acaso, lo sujetó por el collar—. No sabía que te daban miedo los perros.

—No me dan miedo. Pero es muy grande, y no quiero que me tire al suelo.

Con la mirada que le echó, Ángel comprendió por qué tanta precaución. Había tratado de no pensar en ello.

Pero ahora que se lo volvía a mencionar, sabía que lo tendría en la cabeza todo el día. Así le iba a ser muy difícil disimular.

—Mirad quién ha llegado. —Desde una de las ventanas, Celia les saludó con una mano—. Esteban, tu hijo está en casa.

Los gritos de su dueña hicieron que *Nilo* moviera las orejas y saliera como un rayo en su busca, soltándose de Ángel sin ninguna dificultad.

—Se me había olvidado decirte que mi don con los perros lo heredé de mi madre. —Cogió las maletas y dos bolsas y solo dejó que ella cargara con un par de regalos—. ¿Preparada para conocer a la familia?

—Tú conquistaste a la mía. Yo no pienso ser menos.

Orgulloso de la mujer que iba a presentar a los suyos, se recordó que, como ya le había dicho en más de una ocasión, a ella le encantaban los retos. Le dio un beso lleno de complicidad y juntos se encaminaron hacia la puerta principal.

Sin embargo, fue la del garaje la que se abrió, dejando a la vista un espectacular descapotable de color plateado.

—¡Joder, papá! Al final lo has comprado.

Ángel soltó todo lo que llevaba en las manos y corrió hasta el interior del garaje.

—Si no era ahora, ¿cuándo?

Padre e hijo se fundieron en un rápido abrazo, y después la atención de cada uno se centró en otra cosa. La de Ángel, en el Mercedes SLK cabrio que Esteban había anunciado que se compraría con el dinero que llevaba ahorrando media vida. Y la de Esteban, en la mujer que se acercaba a ellos tímidamente.

Cuando Dana le sonrió y se presentó ella misma ya que Ángel estaba a otra cosa, Esteban empezó a comprender por qué su hijo sonaba tan feliz cada vez que hablaban por teléfono.

Por fin, todos sus hijos habían encontrado su compañero en la vida. Y tenerlos a todos reunidos en la casa donde él había crecido le parecía la mejor forma de despedir el año en el que, por fin, tenía su ansiado descapotable.

—Vamos, hija. Voy a presentarte a toda la tropa.

Dana le echó una escueta mirada a Ángel que decía claramente «no me dejes sola en esto» y él salió a regañadientes del capricho que su padre se había concedido ahora que ya no tenía nada más que hacer que disfrutar de la vida con su esposa y su familia. Un juguete que pensaba pedirle prestado en cuanto las presentaciones oficiales hubieran concluido.

15

La cena estaba exquisita. Dana sabía las horas que había dedicado Celia a cocinar, ayudada a ratitos por sus hijas, uno de sus yernos y la buena intención de sus sobrinas, quienes habían llevado los entremeses a la mesa y doblado las servilletas en forma de flor.

Su futura suegra le había confesado que le intimidaba que una gran chef probara su cocina, así que se había esmerado más que nunca y le había prohibido colaborar en nada a ella. Había hecho sonrojar a Dana cuando le dijo que, por pequeña que fuera su participación, seguro que mejoraría cualquiera de sus platos, y después el resto quedaría en desventaja con respecto a ese.

Aunque semejante alabanza le pareció exagerada, acató los deseos de Celia y se limitó a ayudar a Esteban a seleccionar los vinos de su bodega que mejor maridarían con el menú. Después, se unió a Ángel y a sus sobrinas en la preparación de la mesa.

Tras casi dos horas comiendo, no solo estaba más que saciada, sino gratamente impresionada.

—Si te apetece trabajar unas horas a la semana, puedo contratarte en Suculentos a tiempo parcial —fue la respuesta de Dana cuando Celia quiso saber si había cenado a gusto.

Ángel supo que, si bien su madre ya exultaba felicidad por el mero hecho de que su hijo por fin llevara a una mujer a casa, con esa pequeña broma de Dana, Celia terminaría ese año como uno de los más felices de su vida.

Observó cómo Dana sonreía con ternura ante las tímidas palabras de su sobrino Enric, quien milagrosamente le estaba contando a ella que había sido san José en la función de Navidad del colegio. Y eso, cuando él parecía enmudecer en presencia de desconocidos e incluso, hasta pasadas varias horas, delante de la familia que no veía a diario.

Sus sobrinas también habían hecho buenas migas con ella. Estaban en esa fase en la que cada día cambiaban de opinión sobre lo que iban a ser de mayores. Y tras preguntarle a Dana cómo era ser una famosa chef, sus sueños de ser cantantes, astronautas o pintoras se habían esfumado. Ahora ella era su nueva meta a alcanzar.

Hasta su padre había quedado fascinado por los consejos que Dana le había dado para la correcta conservación de los vinos que guardaba en la selecta bodega de la que se sentía tan orgulloso.

Ángel no había podido evitar reírse a escondidas cuando, tras volver con los vinos más adecuados para la cena, Dana corrigió un par de veces las inexactas alusiones de su cuñado Marcos a las bodegas a las que pertenecían. Ella había estado en todas ellas y conocía a sus dueños, quienes enviaban a Suculentos algunas de las primeras botellas de cada nueva añada. Y Marcos se las solía dar de entendido en vinos, para fastidio de todos. Dana, sin saberlo, había acabado de golpe y porrazo con sus aburridos comentarios.

Pero lo que más impactó a Ángel de todo aquel despliegue de encanto y saber estar fue cuando Julia dejó en los brazos de Dana al pequeño Esteban, poco antes de las campanadas de fin de año, para llevar a su otro hijo a la cama, pues se estaba quedando dormido sobre los polvorones.

Verla coger al precioso bebé de dos meses sin miedo y con una ternura que auguraba la maravillosa madre que iba a ser, lo dejó hipnotizado y soñando despierto con la familia que iban a formar juntos. Tal vez, más pronto de lo que ambos habían planeado.

La noche se alargó hasta altas horas. Con todos los niños ya en la cama, los adultos disfrutaron de la conversación, los licores y los dulces. El tema que más rato les tuvo entretenidos fueron los recuerdos de infancia de los tres hermanos, quienes se pisaban para hablar sobre alguna trastada del otro. Aunque hubo un momento en el que ambas hermanas parecieron confabularse para contar solo anécdotas de Ángel, y así hacerle pasar vergüenza delante de la única novia formal que le habían conocido.

Sin embargo, solo lograron que él se reafirmara en los legítimos motivos que le habían hecho cometer aquellos supuestos terribles cargos de los que le acusaban, provocando la risa incontenible de los presentes y auténticas carcajadas de Dana. Como, por ejemplo, cómo con ocho años había, según él, rescatado, y según ellas, secuestrado, al perro de una vecina para que dejara de vestirlo con ridículos trajecitos y después le había metido una nota en el buzón como si la hubiera escrito el pobre caniche, amenazándola con no volver si no tiraba toda aquella ropa.

Cuando, casi a las cuatro de la mañana, Dana se estaba quedando dormida con la espalda pegada al pecho de Ángel, el sentimiento de pertenencia a él, a aquella adorable familia y a aquella casa la envolvió como los brazos del hombre que respiraba junto a su oreja. Un suave ronquido al que ya se había acostumbrado. Y ella atesoró aquella deliciosa sensación y acogió el sueño que la invadía de forma plácida y serena.

Se levantaron tarde y sin muchas ganas de ingerir nada a causa de la copiosa cena y los interminables postres. Solo los niños se sentaron en la mesa de la cocina a tomar su desayuno.

—Podríamos preparar un *brunch* —propuso Dana, explicando cómo podrían también aprovechar algunas de las sobras de la cena y transformarlas en unos platos que a todos les sonaron deliciosos.

—Me parece una idea fantástica. —Celia sacó un delantal para cada una y despejó la mesa rápidamente para ponerse manos a la obra. Había querido cocinar codo con codo con su nuera desde que Ángel le contó que se había echado una novia chef, pero no se había atrevido a pedírselo en su primera visita, ya que la consideraba una invitada. Sin embargo, tras un único día en su casa, ya se había ganado el puesto de un miembro más de la familia—. Aunque tendrás que decirme qué debo ir haciendo. Estas modernidades son un misterio para mí.

—¿Sabes hacer galletas? —preguntó Enric tironeando de su pantalón.

A todos les tenía fascinados que el niño hubiera adquirido cierta predilección por Dana hasta el punto de buscarla para hablar con ella.

—Sí, claro. De muchos sabores diferentes.

—¿Podemos aprender a hacer galletas con la tía Dana?

La carita inocente y extremadamente persuasiva de Patricia embelesó a su madre, a su abuela y, por supuesto, a la propia Dana.

—Por mí no hay problema —declaró esta, haciendo saltar de alegría a los tres niños—. Pero las haremos para merendar. Primero hay que hacer el almuerzo.

Su única condición recibió la aprobación de madre y abuela, quienes le sonrieron con agradecimiento.

—Muy bien, creo que tengo ingredientes para eso. —Celia comenzó a abrir armarios para cerciorarse de que no les faltaría de nada. Después pensó que tal vez las galletas que hacía Dana no fueran tan básicas como ella imaginaba—. A no ser que utilices algo muy especial...

—No, harina, huevos, lo típico será suficiente para enseñar a estos golosos. —Rodeada por los niños de forma algo apabullante, se sintió un poco insegura pero entusiasmada—. ¿De qué sabor os gustaría que fueran?

—¡De chocolate! —el grito fue unánime.

—No sé por qué no me sorprende —murmuró recordando la predilección de Ángel por ese ingrediente en concreto.

Y mientras los adultos preparaban y disfrutaban de su *brunch*, los niños jugaron con los regalos que, según les habían explicado el tío Ángel y su nueva tía, les había dejado para ellos Papá Noel en Barcelona.

Dana enseñaba a Sonia a manejar el rodillo para amasar mientras Enric y Patricia decoraban con pepitas de chocolate la primera tanda de galletas casi listas para entrar al horno.

Ángel los miraba y casi se le caía la baba. Su madre, la mujer de su vida y sus tres sobrinos más mayores con los carrillos sonrosados por el calor de la cocina y luciendo unas significativas manchas blancas, las cuales también tenían por el pelo de cuando la abuelita había decidió iniciar una guerra de puñaditos de harina.

La batalla campal había ido *in crescendo* hasta que Enric había acabado llorando porque una de sus primas le había metido harina en los ojos. Entonces habían pasado al modo «con la comida no se juega» y habían centrado la diversión en la preparación de las galletas en sí misma.

Se disponía a pescar con discreción un par de pepitas de chocolate, las cuales le habían prohibido comer porque no había demasiadas y tal vez no llegaran para toda la masa, cuando el móvil en su bolsillo sonó y todas las miradas se centraron en Ángel. Con cara de no haber roto un plato, soltó el montoncito de pepitas y se conformó con chuparse los dedos ligeramente manchados.

—¿Quién te llama en Año Nuevo? —preguntó Celia con tono molesto.

Ángel sacó su móvil del bolsillo para comprobar la llamada entrante.

—Es Asensio.

—Espero que sea para felicitarte el año y no por trabajo.

—Yo también.

Salió de la cocina y se quedó en el pasillo para poder hablar en privado.

—¿Sí?

—Ribera...

—Feliz año, Iván.

—Sí, lo mismo para ti. Escucha... He descubierto algo gordo. Muy gordo. Tienes que venir a comisaría ahora mismo.

—Estoy en casa de mis padres, haciendo galletas con mis sobrinas. —Y él debería estar con los suyos, y no trabajando. Pero recordárselo a esas alturas ya no tenía sentido—. ¿No puedes decirme lo que sea por teléfono?

—No. No me fío ni de mi sombra. Tiene que ser en persona. Y tiene que ser ya.

Intrigado por lo misterioso del asunto, y dándole a Asensio toda la credibilidad que consideraba que merecía, antepuso su deber como policía a su familia por enésima vez en su vida.

—Está bien. Voy para allá.

—¿Llamo a Suárez?

—No. —No quería fastidiarle el día a ella también por el momento—. Mejor espérame y luego ya veremos.

—Vale. No tardes.

Ángel colgó y volvió a la cocina con cara de culpabilidad.

—Trabajo, ¿verdad? —auguró su madre.

—Me temo que sí. Voy a tener que irme ya.

—Pero aún no hemos horneado las galletas —lloriqueó la pequeña.

—¿Es muy importante? —preguntó Dana, con una niña agarrada de cada mano, mirándola con gesto suplicante.

—Sí, sí que lo es. —No dudaba ni un ápice de Asensio.

—Más que tus sobrinos —le reprochó Celia.

—Yo... podría quedarme a terminar las galletas. —Dana lo miró como pidiéndole permiso—. No trabajo mañana, así que podría volver en tren o en autobús.

—De eso nada. —Su suegro dio un paso en el interior de la cocina y cogió un par de las prohibidas pepitas de chocolate, lanzándoselas a la boca con descaro mientras le guiñaba un ojo a su hijo. Después se dirigió a Dana—. Yo te llevo de vuelta a la hora que quieras.

—¡Oh! No hace falta. No te molestes, de verdad.

—¿Molestarle? —Su mujer se acercó a él y, aunque también se dirigía a Dana, lo miró directamente a los ojos—. ¿Crees que es molestia pasear en su descapotable nuevo con una chica joven y guapa de copiloto?

—¡Huy! Ayer presumí de coche y de chica contigo —rodeó su cintura y comenzó a bailar al ritmo de una música inexistente—, hoy con mi nuera... Voy a ser la envidia de la carretera.

Hubo unas risitas en la cocina y, ante la ausencia de réplica, se dio por hecho que el que calla otorga.

—Gracias, papá. No le pises mucho, ¿eh? —Ángel abrazó a su padre y después se despidió del resto de la familia—. Lo siento muchísimo. Te llamaré en cuanto pueda. Te quiero —le susurró a Dana antes de darle un beso del que sus sobrinas se rieron entre cuchicheos.

—Ten cuidado, hijo —solicitó su madre al acompañarlo hasta la puerta—. Si te llaman un día como hoy, no puede ser nada bueno.

—Tranquila, siempre lo tengo.

Apenas media hora después, las últimas palabras que había cruzado con su madre se hicieron eco en su cabeza, cuando un vehículo todoterreno se le acercó por detrás en una recta y, en lugar de adelantarle cuando Ángel se hizo un poco más a la derecha para dejarle paso, se pegó a su parachoques hasta impactar con él.

Su coche se desestabilizó y por un momento perdió el control del volante, pero no frenó y consiguió continuar la marcha.

—¡Serás cabrón! ¿Dónde has aprendido a conducir? —gritó por la ventanilla mientras el todoterreno le adelantaba.

Trató de fijarse en el conductor, pero los cristales estaban tintados. Así que en cuanto se colocó delante de él, sin ninguna intención de detenerse para hacer un parte de accidente, sacó su móvil y se dispuso a hacer una foto de la matrícula para poder ponerle una denuncia en comisaría.

El escaso segundo que apartó la mirada de la carretera no le permitió percatarse de que estaba reduciendo la marcha de golpe, y cuando alzó la vista ya lo tenía a poquísimos metros. Ángel hundió el pie derecho en el freno con todas sus fuerzas, apretando el volante con ambas manos y preparándose mentalmente para un impacto inminente y sin pararse a pensar en si habría algún otro vehículo detrás con el que provocar una reacción en cadena.

Sin embargo, su coche frenó mucho más de lo que él se esperaba, logrando que por unos centímetros la colisión no se produjera.

—¡Loco hijo de puta! —exclamó cuando consiguió reaccionar.

Con las manos temblorosas y las piernas como de plastilina, abrió la puerta y salió a la carretera con el arma desenfundada y la placa a la vista. Pero antes de alcanzar la puerta del piloto, el todoterreno se puso en marcha y salió quemando rueda hasta perderse en el horizonte.

Aunque Ángel trató de seguirlo, no pudo darle caza. Y para cuando le tocó incorporarse a la autopista, ya lo había dado por perdido.

Con la imagen parcial de la matrícula en mente y el modelo y color del vehículo muy claramente identificados, llegó a comisaría dispuesto a ordenar una búsqueda a sus compañeros de tráfico de inmediato. Estaba seguro de que aquello no había sido accidental y tampoco al azar. Alguien había intentado matarlo. Por segunda vez.

—Adiós, tía Dana.

Las encantadoras y un poco hiperactivas sobrinas de Ángel —ahora también las suyas— le dieron un abrazo y un beso que la hicieron estremecer.

—Adiós, preciosas. Me ha encantado conoceros.

—¿Vendrás al cumpleaños del abuelito? Podríamos hacerle una tarta en vez de comprarla.

Dana miró a su futura suegra pidiendo ayuda para esa pregunta. Lo único que obtuvo de ella fue una sonrisa.

—Haré todo lo que pueda para poder venir, aunque trabajo los fines de semana y no siempre puedo cogerme un día libre.

—Pero lo intentarás, ¿verdad?

Como para no hacerlo después de la tierna mirada de Sonia, y la sonrisa esperanzada de Patricia.

—Sí, claro que sí.

Tras despedirse de toda la familia, Esteban le indicó que le esperara en la entrada mientras él iba al garaje a por el coche. Ella aprovechó para hacer una visita al cuarto de baño previa al viaje y, al salir, se encontró con Celia aguardándola. Intentó disimular su sobresalto, pero no lo logró del todo. Su futura suegra volvió a sonreírle con complicidad una vez más, e iban unas cuantas a lo largo del día.

—¿Puedo hablar un segundo contigo?

—Claro.

—Ante todo quiero que sepas que esta conversación no saldrá de aquí. No le diré nada ni a mi marido ni a mi hijo. Pero quiero que me digas la verdad, por favor.

—Sí, sí. Desde luego —se apresuró a asegurarle. Lo último que quería era que Celia la tomara por una mentirosa—. Dime qué te preocupa.

—¿Preocuparme? Nada. Solo quiero hacerte una pregunta.

—Adelante.

—¿Estás embarazada? —Cuando ella se quedó lívida, Celia lo tomó como una respuesta afirmativa, sonrió de oreja a oreja y la abrazó con efusividad—. Lo sabía, te lo he notado casi nada más verte.

—Pero... ¿cómo puedes saberlo? Ni siquiera se lo he dicho a Ángel aún. Me he hecho la prueba hace apenas veinticuatro horas.

—He tenido tres hijos —repuso con un suspiro melancólico—. Mis dos hijas, otros dos cada una. Y tú irradias una luz que solo podía significar algo así. Después has rechazado el café con cara de asco, cosa que ha sorprendido a Ángel. A mí me pasó con las legumbres. Era olerlas y tener que ir corriendo al baño.

Mientras la escuchaba, Dana notó cómo un rubor intenso le subía por las mejillas.

—Yo... es que ni siquiera me he hecho aún a la idea.

—Bueno. Tienes casi nueve meses por delante. —De pronto puso cara de sorpresa—. ¿O estás de más de un mes?

—No, no. Calculo que de tres o cuatro semanas.

—Entonces no diremos nada aún. —Como si de un acuerdo formal se tratase, apretó sus manos con las suyas y después comenzó a caminar hacia la entrada cogida de su brazo—. Ni cuando ya lo sepa Ángel. Si queréis, podéis dar la noticia en el cumpleaños del abuelito, es a finales de febrero. Tiempo suficiente para aseguraros de que todo va bien. Que va a ir bien, por supuesto, solo por si acaso.

Con la noticia ya en conocimiento de Celia, y con una fecha definida para hacerla pública en aquella casa, Dana comenzó a abrumarse bastante más que cuando el test le había dado positivo.

—Sí, yo también opino que es mejor no precipitarse en dar este tipo de noticias.

—¡Ay! ¡Otro nieto! Menuda forma de empezar el año. —Al notar que se había excedido un poco con el grito de entusiasmo, se llevó una mano a la boca y simuló cerrar una cremallera sobre ella—. Tranquila, soy una tumba.

Esteban bajó del coche y cogió la bolsa de viaje que Dana había dejado junto a la puerta. Esta aprovechó que se alejaba para concluir la conversación con Celia.

—¿Le digo a Ángel que tú ya lo sabes cuando se lo cuente?

—Eso como tú quieras. Piénsalo durante el viaje de vuelta. —La abrazó con cariño y llena de felicidad—. Pero si se lo dices, por favor, que me llame para poder felicitarlo enseguida.

—Descuida.

—Ahora te voy a acompañar hasta el coche para

recordarle al abuelito que no tiene que rebasar el límite de velocidad, por mucho coche nuevo que tenga.

Con ese secreto flotando a su alrededor, ambas mujeres caminaron hasta el reluciente vehículo, cuyo conductor lucía una sonrisa casi igual de radiante.

—Vamos, tesoro, la carretera nos espera.

Ángel entró como una tromba en su despacho, dispuesto a realizar la denuncia al vehículo que casi lo había sacado de la carretera. Estaba encendiendo su ordenador cuando le sonó el móvil. A causa del nerviosismo que aún llevaba encima, respondió por inercia, sin fijarse en quién le llamaba, detalle del que se arrepintió en cuanto oyó la voz al otro lado de la línea.

—Feliz año nuevo, Ángel. Esperaba al menos una llamada tuya en Navidad. Pero, ya ves, tengo que ser yo la que te felicite el año.

—Greta... escucha. —Porque no quería ser descortés, y porque tampoco tenía tiempo para una discusión, se abstuvo de pedirle explicaciones por su forma de malmeter contra Dana la última vez que habían hablado—. No es un buen momento.

—¿Personal o laboral?

—Laboral. —Aunque realmente debería haber respondido que ambos, prefirió hacerla creer que estaba trabajando y que simplemente no podía atenderla—. Hablamos otro día con más calma.

—¿Nuevo caso? Porque si ya has detenido a Damien Tocqueville, podrías haberme puesto al tanto.

—No, Greta. Aún no lo hemos localizado.

—¿En serio? Hubiera jurado que con la matrícula casi completa del yate en el que lo fotografiaron en Mallorca lograríais ubicarlo.

—¿Casi completa? —Por un segundo a Ángel le dieron ganas de reír—. Lo máximo que se apreciaba en un par de fotos era un número y una letra.

—No. —El tono melódicamente resentido de Greta se tornó seco y directo—. Estoy segura de que en una se veía mucho más que eso.

Ángel resopló y se frotó la cara con la mano libre. Aquel era con mucho el peor momento para tener una discusión con ella.

—Estoy completamente seguro de que en ninguna de las siete fotos que había en ese sobre se puede apreciar más que una A y un cinco. Créeme, hemos estudiado cada imagen a fondo.

—¿En serio? —El tono de Greta alcanzó un súbito enfado, y el volumen se incrementó de forma estrepitosa—. Porque yo estoy por completo segura de que pagué a ese *paparazzi* por ocho fotos, ni una más ni una menos, y bien caras que las cobra. También estoy segura al cien por cien de que te imprimí a color cada una de ellas, las metí en un sobre y las llevé a tu casa, donde se las di en mano a tu novia. Si ha perdido una, precisamente la que mostraba una pista concluyente, no me culpes a mí.

Greta podría haber ocultado que Dana la había invitado a quedarse, eso era simplemente omitir un detalle que le convenía. Pero Ángel sabía que jamás mentiría en algo como lo que le estaba diciendo en ese momento. Un sudor frío comenzó a empaparle la espalda.

—De acuerdo. Vamos a hacer una cosa. ¿Aún tienes guardados los archivos de las fotos?

—Sí —respondió escueta.

—¿Podrías mandármelos? Te prometo que otro día hablamos con más tiempo, quedamos a comer, a tomar un café o lo que sea.

—¿Ya te va a dejar tu chica verte conmigo?

—Desde luego. Aunque, si quieres, puede sumarse.

La carcajada que emitió reveló que ya se encontraba de mejor humor.

—Ya hablaremos. Te envío las fotos en cuanto encienda el portátil. Las ocho —matizó con desdén.

—Te lo agradezco muchísimo, Greta. Tu colaboración siempre es de gran ayuda.

—Ahora no me hagas la pelota, que nos conocemos. Y oye... —Pareció pensarse mucho lo que le iba a decir—. Yo que tú averiguaría qué ha pasado con esa foto que te falta. Sé que la metí en ese sobre. En serio.

—Te creo. Gracias otra vez.

Pocos minutos después, durante los cuales Ángel trató de entender cómo era posible que la fotografía más relevante hubiera desaparecido sin más, un nuevo mensaje apareció en la bandeja de entrada de su correo electrónico. Abrió los ocho archivos adjuntos y cuando visualizó una imagen en la que, en efecto, la matrícula del yate solo estaba parcialmente tapada justo en el centro por el mástil de otra embarcación, el corazón le dio un vuelco.

—Vaya, aquí estás. —Asensio entró sin llamar en el despacho, pero apenas dio un paso en el interior—. Ven, rápido. Tienes que ver esto.

Los ojos de Ángel pasaron despacio de la pantalla del ordenador al rostro de Asensio, clavándose en los de él como dos puñales.

—¿Qué pasa?

—Has sido tú, ¿verdad? Y no solo esto.

Cuando se levantó de golpe, lanzando la silla contra la pared y dio tres zancadas hasta encararlo, Asensio retrocedió hasta que su espalda impactó contra la puerta.

—¿De qué hablas, jefe?

—¿También eres tú el que ha intentado matarme en la carretera? ¿O has enviado a unos matones como la otra vez? Por eso me has llamado para que viniera urgentemente.

—¿Que han intentado matarte otra vez? ¿Cómo? —Ángel lo cogió por las solapas y lo alzó un palmo del suelo. Asensio forcejeó hasta conseguir que lo soltara—. Jefe, no sé de qué me hablas.

—Si ya lo dijo Andrade. —El puñetazo que dio contra la puerta, a un par de centímetros de la cara desencajada de su compañero, hizo vibrar todo el cristal—. Motivo y oportunidad. Querías venganza, y decidiste cobrártela con Pierre. O bien lo mataste aprovechando que las cámaras no grababan o le diste la navaja para que lo hiciera él solo, después de visitarlo y decirle a saber qué para acojonarlo tanto que perdiera toda esperanza.

Asensio parpadeaba con cada nueva palabra que salía de la boca de su jefe. Tenía un aspecto horrible. Tal vez lo que decía fuera fruto de algún golpe en la cabeza.

—Te has vuelto loco, tío. ¿Cómo puedes creer eso?

Ángel caminaba en círculos, y parecía no escuchar lo que el otro dijera.

—Pero ¿por qué robar una de las fotos? ¿Pretendías cazar tú solo a Damien? ¿Matarlo en vez de que cumpliera condena en prisión?

—Ángel, estás delirando. Yo no he matado a nadie, ni he robado nada.

La contundencia con la que declaró su inocencia hizo que Ángel se detuviera en seco frente a él.

—Tú recogiste el sobre de mi casa, así que pudiste perfectamente sacar una de las fotos y quedártela.

—Podría, pero no lo hice. —A riesgo de llevarse un puñetazo, pues los puños apretados de su jefe alertaban de que se estaba conteniendo para no hacerlo, lo agarró por una muñeca y le hizo mirarlo directamente a los ojos—. Soy policía, como tú. Quiero encerrar a los malos, no matarlos, por mucho que uno de ellos se haya llevado a Lucía por delante. No entiendo a qué viene esta desconfianza.

Ángel se soltó de mala gana y le mostró la pantalla de su ordenador, explicándole su conversación con Greta. Asensio se acercó para poder verla mejor y pegó una mano al punto donde se leía casi por completo la matrícula del yate.

—Te juro por la memoria de Lucía que esta es la primera vez que veo esta foto.

Ambos se miraron unos segundos. Se conocían desde hacía muchos años. Pero, a veces, con eso no bastaba.

—¿Por qué querrías matarme a mí? ¿Porque Lucía murió bajo mi mando? ¿Me culpas por no haber podido salvarla?

Las palabras escocieron tanto en el interior de Asensio que no pudo evitar encogerse sobre sí mismo. Caminó la corta distancia que lo separaba de su jefe y le habló con la voz estrangulada.

—Si realmente creyera eso, no habría esperado dos años para acabar contigo. Y lo habría hecho cara a cara, con mis propias manos, o disparándote a la cabeza, como hizo Damien con ella. —Con un dramático gesto, Asensio simuló un arma con dos dedos de su mano y apuntó contra una de las sienes de Ángel, emulando un tiro. Después dejó caer la mano como muerta—. No serían otros quienes te hubieran dado una paliza, y no sería el coche de otro el que te hubiera intentado sacar de la carretera.

Aquella declaración íntima y visceral terminó por hacer recapacitar a Ángel, quien se dejó caer sobre su silla, agotado y desconcertado. Asensio lo instó a que se levantara.

—Pero si quieres buscar al menos un culpable para una de tus acusaciones, ven a mi mesa. Realmente hay algo que tienes que ver con tus propios ojos. Porque está claro que con que yo te lo cuente, no va a ser suficiente para que me creas.

Ángel lo siguió hasta su puesto y se sentó en su silla como él le indicaba. Mientras veía las imágenes de la grabación de la cámara de seguridad apostada a la entrada de los calabozos, pensó que, efectivamente, si no lo estuviera viendo con sus propios ojos, no lo creería.

—¿Quieres que ponga música o prefieres charlar? Si te apetece dormirte, también puedo conducir callado.

Dana rio por el abanico de posibilidades que le ofrecía Esteban, quien le había dicho ya por tres veces que, si tenía frío, podían cerrar la capota. Pero la tarde era extrañamente cálida para un uno de enero, y ella nunca antes había montado en un descapotable. Disfrutaría de la experiencia, y se deleitaría con la sonrisa de su futuro suegro al volante de aquella máquina. Verlo con aquel gesto le hacía encontrar en él un rasgo tras otro que Ángel había heredado.

—Como tú quieras. Eres el que conduce.

—Charlemos entonces.

Hablaron de los muchos viajes de Dana, sobre los cuáles él no paró de hacerle todo tipo de preguntas. En eso también coincidían padre e hijo. Ella se sintió tan a gusto con la conversación que acabó confesándole su intención de escribir un libro. Él no dudó en recomendarle que lo publicara, como había hecho Ángel.

Esteban, al ver que aquello parecía abrumarla un poco, desvió el tema al crucero por el Mediterráneo del que habían disfrutado durante dos semanas él y Celia cuando ambos se jubilaron. Aquel fue el capricho de ella. El suyo se había hecho esperar otros dos años más.

—Todos los que nos adelantan miran el coche con envidia —comentó Dana cuando él comenzó a enumerar los extras con los que contaba su precioso capricho.

—No, lo que envidian es la pasajera tan bonita que llevo a bordo.

Dana no pudo evitar ruborizarse por el cumplido,

el cual no le había ofendido en absoluto, pero percibió que Esteban se arrepentía de lo que acababa de decir en cuanto la miró.

—Oye... tanto este como el comentario de antes en casa... son bromas. No pienses que soy un viejo verde ni nada de eso.

La sonora carcajada de Dana hizo que él se relajara y sonriera. De su rostro, algo arrugado pero aún atractivo, emanaba un aura de amabilidad, integridad y fortaleza, a lo que se sumaban la sabiduría y paciencia de un hombre que había dedicado su vida a su familia y a su trabajo de maestro.

—Tranquilo, de verdad. Se ve a la legua que no eres un viejo verde.

Según lo decía, la imagen de un hombre que sí le había parecido eso se dibujó en su mente. Su cerebro realizó una conexión que hacía tiempo había quedado interrumpida, provocándole un intenso escalofrío e incluso una leve náusea.

—¿Te encuentras bien? —Al notar que su risa se acallaba de golpe, Esteban la miró preocupado—. ¿Estás mareada? Tienes mala cara.

—Tengo que llamar a Ángel. —Su voz era un susurro y las manos le temblaban mientras rebuscaba en su bolso hasta dar con el móvil—. Dios mío, tengo que llamarle cuanto antes.

—¿Por qué? —Esteban redujo la velocidad y se dispuso a detenerse en la cuneta si fuera necesario.

—Porque está en peligro.

—Ves, ahí —le indicó Asensio, retrocediendo en la grabación para volver a ponerla en el punto justo en el que Hernández, acompañando a Mora mientras esta escoltaba al drogadicto detenido la noche de la muerte de Pierre Tocqueville, sacaba una mano de su propio bolsillo y la metía después en el bolsillo del hombre que iba a ser encarcelado.

—Páralo justo antes de que meta la mano —solicitó Ángel, y Asensio obedeció—. Es un objeto azul... La navaja con la que se suicidó Pierre tenía la empuñadura azul.

A Asensio no le sorprendió que Ángel recordara aquel detalle tan minuciosamente. Él tampoco lo había olvidado.

—Exacto. Pero no se suicidó. Mira bien esa mano.

Cuando Asensio agrandó el tamaño de la imagen, enfocando el punto exacto donde la mano iba de un bolsillo a otro, Ángel pudo apreciar que además de ese objeto azul, entre los dedos asomaba algo muy similar a una llave... o más bien dos.

—¡Maldita sea! ¿Cómo se nos ha podido pasar esto?

—Nos limitamos a revisar las cámaras de dentro de los calabozos. Son horas y horas, y hasta ayer no terminé el visionado. Hoy he empezado con las externas. Te he llamado en cuanto he visto esto.

Porque no era capaz aún de creérselo, Ángel se hizo con el ratón del ordenador y volvió a pasar una y otra vez el fragmento de grabación en el que se veía claramente como Hernández, a la vez que sacaba su móvil del bolsillo para atender una llamada, con la otra mano sacaba el arma y las llaves de las celdas para que aquel hombre pudiera cometer un crimen para el cual, imaginaba, le habían contratado.

Un apagón supuestamente fortuito era el remate final de aquel elaborado plan.

—Pero ¿por qué demonios querría Hernández muerto a Pierre Tocqueville?

—Por más que le he dado vueltas, no consigo encontrar una razón, jefe.

Hernández era un incompetente, o eso era lo que había hecho creer a todos en comisaría, pero había formado parte de un crimen casi perfecto. Sin embargo, los motivos se le escapaban. No había nada, que él supiera, con lo que relacionarlo con los Tocqueville.

Mirando en rededor para comprobar que nadie los vigilara, Ángel comenzó a temerse que Hernández no fuera el único policía corrupto en los alrededores.

—¿Lo sabe alguien más?

—No.

—Hay que llamar al comisario. Y también a Cano. No creo que ni él ni Mora estén implicados, por lo que me contó estaba muy harto de Hernández, aunque puede que fuera toda una pantomima. Ya no sé ni qué pensar.

Antes de poder decidir a quién llamar primero, el teléfono le sonó en el bolsillo y estuvo tentado de no responder. Al final decidió hacerle caso.

—Es Dana. Tengo que cogerlo —le dijo a modo de disculpa, apartándose un par de pasos—. Dime, mi vida.

—Ángel, ¿dónde estás?

—En comisaría.

—¿Estás bien?

¿Se habría enterado de lo que le había ocurrido de camino? No, era imposible. Ni siquiera había llegado a hacer la denuncia, dado el giro de los acontecimientos.

—Sí, perfectamente. Pero me temo que voy a tardar en llegar a casa. —Dudó unos instantes, pero al final decidió decirle parte de la verdad, para que comprendiera la importancia de lo que le retenía lejos de su hogar en un día como aquel—. Hemos descubierto que Pierre Tocqueville no se suicidó. Fue asesinado.

—¿Por Andrade?

—¿Qué? No. ¿Qué dices?

—Ángel, estás en peligro —le advirtió mientras él aún se preguntaba por qué ella mencionaba a su jefe—. He recordado dónde vi a Andrade.

—No entiendo nada, Dana. Explícate.

Dana hizo un esfuerzo por organizar sus pensamientos para que él confiara en su palabra, pues lo que tenía que contarle era de extrema gravedad.

—Tú dijiste que te habían amonestado por no avisar a tu comisario de la operación del Delirium. ¿No es así? Por lo que él no debería estar allí. Pero estaba. Yo lo vi. Lo vi antes de que sucediera todo. —Mientras lo contaba en alto, su rostro volvió a materializarse ante sus ojos. No tenía ninguna duda—. Miraba a unas jovencitas con cara de vicioso, por eso me costó tanto relacionarlo con un padre de familia que además es comisario de policía.

Si lo que Dana decía era cierto, todo, absolutamente todo, cambiaba desde ese momento. Hernández pasaba de ser el principal sospechoso de maquinar el asesinato de Pierre Tocqueville a ser a todas luces solo un cómplice. Con toda probabilidad, una simple marioneta en manos de Andrade.

A Ángel se le heló la sangre en las venas al imaginar hasta dónde llegaba la mano del comisario en los últimos acontecimientos. Y de pronto comprendió por qué su reacción le pareció tan exagerada como falsa cuando le había notificado el ataque que había sufrido a manos de aquellos matones. No había sido cortesía ni auténtico interés e indignación, pues su relación distaba mucho de ser cordial. El enfado que emanaba de él se debía a que aquellos hombres no habían conseguido su propósito, no a que uno de sus inspectores hubiera sido agredido.

Con un nudo en la garganta, se preguntó si sería él mismo, o Hernández, quien había intentado matarlo de nuevo ese día en la carretera. Y, sobre todo, por qué.

—Dana. Lo que me dices es muy serio. ¿Estás segura?

—Sí, segurísima, Ángel. Luego lo vi en el centro comercial y no logré recordar dónde lo había visto antes —continuó explicándose—. Pero algo que ha dicho tu padre me ha hecho recordarlo de golpe. Ya sabes que nunca me equivoco con una cara, aunque tarde en recordarla.

—Sí, lo sé... —Y para él, aquello era concluyente.

—Estás en peligro, Ángel. Si está implicado, tal vez sea quien envió a esos hombres a darte aquella paliza.

Si Dana, cuyo conocimiento sobre el caso era mínimo, también se temía aquello, es que la culpabilidad de Andrade era más evidente de lo que cabría esperar.

—¿Qué paliza? —se oyó de fondo a su padre.

Su voz hizo que Ángel se planteara algo que, esperaba, solo se debiera al instinto de protección de todo hombre por su familia.

—Dana, ¿ya estáis en marcha? ¿Dónde estáis?

—Hemos salido hace unos veinte minutos.

—Vale, dad la vuelta. Volved a casa. Y pásame a mi padre.

—Está conduciendo. Mejor pongo el altavoz.

—¿Qué está pasando, hijo? —La voz de Esteban se oyó más clara ahora, a pesar de que el viento entrecortara un poco el sonido.

—Volved a casa, papá. Da la vuelta en cuanto puedas. Cerradlo bien todo. Yo enviaré a una patrulla de confianza para que os custodie hasta que esto se aclare. Llama a mis hermanas y diles que no salgan de casa tampoco.

—Vale, hijo, como quieras.

Podría pedirle explicaciones, pero Esteban sabía que su hijo se las daría cuando fuera posible. Si le indicaba algo tan súbitamente, era que era importante obedecer y callar.

—Os llamaré para deciros los nombres de los policías que van a ir. —Ya no se fiaba de nada ni de nadie, así que más valía atar bien todos los cabos—. Se tendrán que identificar, si no son ellos, no les abráis la puerta.

—¿Tan grave es, hijo? —Aquello ya le pareció un poco exagerado a Esteban. Pero nunca antes su hijo le había dado motivo alguno de desconfianza. Ni siquiera de niño.

—Sí. No imaginas cuánto.

—Vale. Giraré en la rotonda antes de entrar en la autopista y...

—¡Cuidado!

El estruendo que se oyó por encima de la voz de Dana fue lo último que Ángel pudo escuchar antes de que la llamada se cortara, y de que a él se le parase el corazón al comprender lo que había ocurrido.

—¿Qué pasa, Ángel? —Asensio tuvo que sacudirlo para que reaccionara—. Tío, te has quedado pálido.

—Llama a emergencias —susurró sin apenas voz—. Acaba de haber un accidente.

16

Era más de medianoche cuando Ángel volvió a comisaría. Había abandonado el hospital en cuanto Asensio le había llamado para decirle que Suárez y Mora habían dado con Hernández tras varias horas de búsqueda. Su compañera de equipo no tenía una relación demasiado estrecha con él, pero por las conversaciones del día a día, sabía dónde vivía y conocía algunos lugares que solía frecuentar. Ambas mujeres se habían recorrido media ciudad al no hallarlo en su casa, y habían acabado deteniéndolo en el último bar de la lista mental de Mora. Lo encontraron solo, con una herida reciente en la frente, y borracho como una cuba.

Con Andrade había habido menos suerte. Al no responder a ninguna de sus llamadas, Cano había sido el encargado de buscarlo junto con Sagredo, el inspector con el que había estado trabajando durante la suspensión temporal de su equipo y con el que había entablado muy buena relación. La suficiente como para confiarle el secreto que Ángel quería mantener lo más bajo llave posible hasta que el asunto se aclarara algo más. Aunque el mero hecho de que Andrade estuviera ilocalizable, por muy día de Año Nuevo que fuera, ponía de manifiesto que estaba ocurriendo algo fuera de lo común.

Asensio tragó saliva al ver llegar a su jefe. Por lo que había hablado con él por teléfono, sabía que su padre había salido ya del quirófano tras más de dos horas de intervención. Aún inconsciente, lo habían trasladado a la UCI. Además de los huesos rotos de brazos y manos, al salir estos fuera del vehículo descapotable, tenía una severa fractura craneal que no había sido peor gracias al arco de seguridad ubicado tras los reposacabezas de ambos asientos.

De Dana, en cambio, no se sabía nada.

Tras cortarse su llamada a la vez que se apreciaba el sonido de una frenada y un impacto, habían dado aviso a emergencias acerca de un accidente en un punto aproximado de la carretera nacional que bordeaba la costa de Gerona. Asensio había insistido en ser él quien condujera hasta allí, dado el estado de nerviosismo de Ángel. Pero este último había rehusado alegando que él conocía mejor el camino y que así llegarían antes.

Además de conducir muy por encima del límite de velocidad, se había pasado la mitad del trayecto hablando por teléfono a través del manos libres. Con Suárez para localizar a Hernández. Con Cano para hacer lo propio con Andrade. Con su madre para avisarle de lo que, supuestamente, había ocurrido.

A Asensio aún se le hacía un nudo en la garganta al recordar esta última conversación. Cuando, entre amargos sollozos, Celia le había revelado un secreto que

Dana le había confesado antes de emprender el viaje, Ángel tuvo que frenar el coche en la cuneta para no chocar. Los ojos se le habían llenado de unas lágrimas que había estado conteniendo hasta ese momento, y era incapaz de ver por dónde iba. Asensio había esperado a que se recuperara lo justo para volver a ofrecerse a conducir él. Esta vez, Ángel no lo rechazó.

No obstante, lo peor había sido llegar al lugar del mal llamado accidente. La policía, ambulancias y bomberos ya se habían personado allí. Habían tenido que sacar a Esteban del amasijo de hierros en el que se había convertido el flamante vehículo. Pero de Dana no había el menor rastro. Tan solo su bolso y un zapato a varios metros del coche daban fe de que había estado allí. Al igual que no tenían más datos del vehículo contra el que habían chocado que una huella de frenada en el asfalto, y no precisamente en el carril contrario.

Ángel dio parte de lo sucedido horas antes con el todoterreno que no había podido fotografiar. Junto con la policía encargada de aquel siniestro, llegó a la conclusión de que por las anchas marcas de neumáticos en la carretera y el *modus operandi* similar empleado en ambos sucesos, el vehículo y casi seguro también el conductor podrían ser los mismos.

Y en ese vehículo sería en el que, sin duda alguna para Ángel, se habían llevado a Dana. Con toda probabilidad tan gravemente herida como su padre, al que imaginaba que no se habían llevado también porque no habían podido sacarlo del coche o porque lo habían dado por muerto.

Asensio había llevado a Ángel al hospital donde les

indicaron que habían trasladado a Esteban apenas media hora antes. De camino allí, su jefe no había abierto la boca, aunque sabía que había estado dándole vueltas y vueltas a la cabeza, buscando cómo encajar todas las piezas de los últimos acontecimientos. Solamente al llegar, le pidió que volviera a comisaría por si aparecían Andrade o Hernández. Y que lo avisara en cualquiera de los casos. También le pidió que, mientras tanto, tratara de descifrar los números de la matrícula del yate de Damien Tocqueville. Aquella pista podía ser definitiva en muchos sentidos.

Ahora, Ángel llegaba con un aspecto horrible, los ojos encendidos en sangre, y parecía tener toda la intención de ir directo a la sala de interrogatorios.

Asensio tuvo que agarrarlo por ambos brazos para lograr detenerlo.

—Espera un momento, jefe.

—Tiempo es precisamente de lo que no disponemos. Apártate.

—¿Cómo piensas abordarlo para que te dé toda la información que necesitamos? Si lo atacas de frente nada más entrar, puede que se cierre en banda. Y eso no es lo que te interesa. Además, aún está borracho.

Las sabias y meditadas palabras de su compañero le hicieron poner los pies un poco más sobre la tierra. Estaba aturdido, furioso y asustado. Así no iba a poder sacar nada en claro del interrogatorio que tenía por delante. Y de él podía depender la vida de Dana. Porque todo aquello tenía que estar relacionado, no le cabía la menor duda. Lo que necesitaba averiguar era el nexo que lo conectaba todo.

Si Dana estaba en lo cierto, y no lo dudaba, ese podría ser Andrade. Solo necesitaba que alguien aportara pruebas o una acusación firmada en su contra. Por suerte, tenía a ese alguien esperando para cantar como un pajarito. Más le valía ser astuto y tocar las teclas adecuadas para que Hernández lo contara todo.

—Tranquilo, Asensio. Esta vez no pienso salir de esa sala sin una confesión. No puedo permitírmelo.

Hernández dormitaba con la cara apoyada sobre la mesa. No estaba esposado. Puesto que su estado de embriaguez era bastante notable, Mora no lo había creído indispensable. Además, hasta que se aclarara lo que había pasado, seguía siendo un compañero, uno de ellos. Ya que ella misma lo había detenido, le quiso conceder ese pequeño privilegio.

A Ángel el detalle le gustó bastante. No por la cortesía, la cual creía que no se merecía en absoluto. Sino porque si lograba enfadarlo lo suficiente para que intentara atacarlo, él tendría la excusa perfecta para despacharse a gusto con él. La mera expectativa de ello le mejoró un poco el humor.

Se sentó frente a él con dos vasos de café. Él lo necesitaba para mitigar el agotamiento físico y mental que arrastraba. El otro, para despejarse lo suficiente como para hilar dos palabras seguidas.

—Bebe, Hernández. Y espabílate. Tengo que hablar contigo. —El aludido apenas levantó un poco la cabeza. Miró hacia su interlocutor con solo un ojo y volvió a apoyar la mejilla contra la mesa—. Como quieras.

En tres movimientos fugaces, Ángel se levantó, enganchó al detenido por el pelo engominado hasta hacerlo mirar hacia arriba y le hizo tragar el café hasta la última gota.

Hernández se debatió entre la tos y la náusea, con los ojos desorbitados y dando manotazos para liberarse. Su cerebro reaccionó casi a la vez a la cafeína y al susto.

—Bien. Hablemos de una vez —resolvió cuando por fin lo miró directamente a los ojos—. Empiezo yo. Estás bien jodido.

—No me digas —respondió petulante, aún envalentonado por los efectos de lo que se había metido en el cuerpo.

—Y no me refiero solo a tu hígado y a tu cerebro. Es de dominio público que te trasladaron a esta comisaría porque tu superior estaba convencido de que te quedabas para consumo propio parte de la droga que incautabas en las redadas. Pero como era su palabra contra la tuya, se limitaron a sacarte de su equipo, y de su ciudad.

Aquella información se la había corroborado Cano cuando le había contado por teléfono lo que habían encontrado en la grabación de la cámara de seguridad. Hasta ese momento, Ángel había creído que aquellas acusaciones eran un bulo más de los muchos que corrían por los pasillos. Pero Cano, tras la suspensión de Hernández, había decidido investigar en su pasado para buscar el modo de sacarlo de sus filas para siempre.

—Eso nunca se probó.

Cierto, pero por cómo apartaba la mirada, incómodo, Ángel ya no tenía la menor duda de que era verdad.

Como test para evaluar sus reacciones faciales no le había venido mal.

—Y tampoco es algo que a mí me importe demasiado en este momento. A lo que me refiero con jodido, es a todo lo que te señala a ti en el caso Tocqueville. —Forzó una risa de incredulidad y lo miró con desdén—. Quién iba a pensar que un inoperante como tú iba a ser el cerebro de todo este tinglado.

—No sé de qué me hablas.

La cosa no iba mal. En cuanto había mencionado el nombre Tocqueville sus ojos se habían agrandado. Pero con la palabra cerebro, lo había descolocado por completo. Prácticamente, la mandíbula se le había desencajado dejando su boca abierta unos segundos.

—¿Quieres que te refresque la memoria? Tú detuviste al hombre que asesinó a Pierre Tocqueville, para que lo tuviera totalmente a tiro. Tú le entregaste el arma y las llaves con las que poder ejecutar el crimen. Tú quisiste que Pierre cerrara el pico para siempre y que así no pudiera delatarte como el policía corrupto que colabora con su familia —especuló, pues esa era la única razón que se le ocurría para que tanto él como, al parecer, Andrade, estuvieran metidos en todo aquello—. ¿Cuánto te pagan para ser su infiltrado? ¿Lo hacen en dinero o se limitan a cubrir tus vicios?

—No tienes pruebas de todo eso que dices, porque no es cierto.

La voz le temblaba y un gesto de sus cejas, levemente suplicante, apuntaba a que se consideraba inocente de, al menos, parte de todo aquello. Ángel ya había contado con ello.

—¿Eso crees? Para empezar, tengo una grabación en la que aprovechas una supuesta llamada para meter la mano en tu bolsillo y después en uno ajeno.

En cuanto lo vio ponerse tan rojo que parecía que le iba a explotar la cabeza, Ángel hizo su mayor apuesta. Esperaba que su instinto no le fallara en esta ocasión, y que la mentirijilla no fuera tenida en cuenta a la hora de imputarle los cargos correspondientes.

—Por suerte, una nota anónima que alguien dejó en mi despacho nos dio la idea de que revisáramos todas las cámaras, no solo las del calabozo. Y menos mal. De no ser por ese chivatazo, tú no estarías aquí ahora. —Hizo ver que lo comentaba como de pasada, y sin darle tiempo a réplica alguna, siguió sumando acusaciones en su contra—. Ahora pasemos a los ataques contra mi persona y mi familia. ¿Cómo te has hecho esa herida en la frente, Carlitos? ¿Un choque en la carretera, tal vez?

Descolocado y, según esperaba Ángel, aún pensando en el cebo que le acababa de dejar caer, Hernández se llevó una mano al corte inflamado que tenía sobre una ceja.

—Veamos: conspiración y colaboración en el asesinato de un detenido —comenzó a enumerar contando con los dedos de una mano alzada—; intento de asesinato, con reincidencia, de un inspector de policía; intento de asesinato de un anciano y secuestro de una mujer embarazada... Eso suma muchos años de cárcel, Carlitos. Y ya sabes lo que les pasa a los polis en la cárcel.

Lo notó inspirar profundamente y contener el aire en los pulmones, como si temiera ahogarse. Entonces

Ángel le dio su estocada, usando el supuesto enchufe que todos pensaban que tenía con su mentor en la academia que años después se había convertido en Jefe Superior de Policía y que, en este caso, solo se quedaba en un rumor.

—Pero si me dices dónde está Dana, tal vez utilice mi influencia en la Jefatura para que te envíen a una prisión donde no haya ningún amiguito de los Tocqueville. Tal vez así consigas salir vivo de allí a tiempo para jubilarte.

Tratando de mostrar una tranquilidad que no sentía en absoluto, se dedicó a su café ya frío y dejó que la semilla del miedo y la desconfianza calaran en Hernández.

—Andrade no puede haberme hecho esto —soltó después de quedarse meditando un par de minutos que a Ángel le parecieron horas—. No puede pretender que yo cargue con toda su mierda. Yo solo cumplía sus órdenes.

—Buen intento. Pero no me la cuelas, Carlitos.

Cuando hizo amago de levantarse para marcharse, Hernández se lanzó sobre la mesa y lo sujetó por una muñeca con ambas manos, a la desesperada.

—¡Tienes que creerme! Él es el que ha ideado todo, absolutamente todo. Yo solo encontré a ese yonqui para que hiciera el trabajito. Andrade se temía que acabaras convenciendo a Pierre Tocqueville para que cantara. ¿Te acuerdas de un refrán en francés que te dijo en su primera declaración? ¡Se refería a él, al comisario! Él era el supuesto hombre honesto que pecaba porque tenía la oportunidad. Andrade se temía que acabaras atando cabos y que lo relacionaras con tu caso. Por eso me hizo vigilarte, primero solo a ti y después también a tu chica. —Tomó aire como si acabara de estar corriendo y prosiguió sin soltarle la mano, para que terminara de escucharlo todo—. Pero ni te ataqué ni he estado en la carretera esta tarde. Yo solo les dije a los mercenarios que él tiene contratados dónde encontraros.

—Andrade. —Murmuró Ángel. Se sentó y logró que el otro por fin le soltara la mano—. ¿Y por qué ibas tú a obedecer semejantes órdenes de Andrade?

—Yo... seguí haciendo aquí lo mismo que provocó que me echaran de la comisaría de Tarragona —confesó cabizbajo—. Él se dio cuenta al supervisar uno de mis primeros casos. Me amenazó con delatarme si no le ayudaba con un problema que tenía. Con los Tocqueville. Así que acepté y he cumplido sus órdenes desde entonces.

Ángel le creía, y no solo porque su cara reflejara tanto miedo como alivio por lo que acababa de contar, sino porque por fin todo comenzaba a cobrar sentido.

—Voy a necesitar esa confesión por escrito, Hernández.

—Lo sé —aceptó resignado.

—Y también falta lo más importante. Aún no me has dicho dónde está Dana.

Hernández se tensó al notar el cambio en el ambiente que habían provocado las últimas palabras de Ángel. Con solo mirarlo a los ojos, supo que se estaba conteniendo para no darle un puñetazo. Tragó saliva con gran dificultad antes de lograr hablar.

—Ribera, te juro por lo más sagrado que no lo sé. Solo sé que tú deberías haber muerto esta tarde, pero que a ella la querían viva. —Se señaló la frente y lo miró con ojos llorosos—. Esta herida me la he hecho esta tarde, cuando Andrade me ha empujado hasta tirarme al suelo. Estaba muy enfadado porque tú seguías vivo, y porque yo delegué la tarea de matarte en lugar de encargarme personalmente.

—¿Y eso por qué?

—Puedo ser muchas cosas, pero no un asesino. Ni siquiera he disparado mi arma contra nadie. Nunca.

—Ni vas a tener la oportunidad de hacerlo —fueron sus últimas palabras antes darle la espalda y dirigirse a la puerta, detrás de la cual se encontraba Cano, dispuesto a ser él quien le tomara declaración mientras Ángel se encargaba de algo mucho más urgente y personal.

Salió de la sala de interrogatorios con el móvil en la mano. Como ya había imaginado, Andrade no respondió a su llamada. Tras el tercer intento fallido, decidió no esperar más para dar parte a la Jefatura de lo ocurrido. Por suerte, aunque realmente no tuviera ningún tipo de influencia más allá de una buena relación profesor-alumno, sí que contaba con el teléfono personal del Jefe Superior de Policía.

Tras aquella complicada llamada, realizó una todavía más difícil. Hablar con su madre nunca había resultado tan doloroso. La culpabilidad ya lo tenía torturado desde que la voz de Dana se había apagado al otro lado de la línea. Pero oír a su madre sollozar porque su padre seguía en la UCI y aún no había despertado era como sentir un hierro candente hundiéndosele en las entrañas. Nunca su elección de hacerse policía le había pesado tanto.

Volvió a probar suerte con Andrade, pero al no cogerle el teléfono tampoco en esta ocasión, decidió escribirle un mensaje de texto. Esperaba que la amenaza lo hiciera recapacitar.

> Hernández lo ha confesado todo. García ya está sobre aviso. Pero ese es el menor de tus problemas. Voy a ser yo quien te encuentre primero. Pagarás con tu vida por lo que les has hecho a mi padre y a mi mujer. Dime dónde está Dana y tal vez deje que acabes tu miserable existencia en la cárcel y no con un tiro en la frente.

Comprobó que el mensaje daba aviso de haber sido entregado y se dirigió a su despacho. Prácticamente arrastrando los pies por el linóleo, atravesó la puerta y encontró a su fiel equipo esperándolo.

—Hemos cotejado los datos parciales de la matrícula con la base de datos del registro de matriculación de embarcaciones de recreo —se apresuró a notificarle Suárez—. De los resultados obtenidos, solo una encaja con el tipo de yate de la foto.

—Está registrada a nombre de un particular, una tal Lucía Arteaga. —Asensio pronunció el nombre marcadamente, dolido por la ironía del nombre de pila en cuestión—. Como era de esperar, tanto nombre como DNI son falsos, no hay ningún número de la Seguridad Social vinculado y la dirección aportada en la compra del yate no existe.

—¿Así que estamos como al principio? —Ángel sintió que el estómago se le encogía todavía más.

—Por esta vía, sí.

Cuando Asensio le acercó un café, él lo rechazó. Solo con olerlo ya tenía ganas de vomitar. Al igual que le había sucedido a Dana en casa de sus padres, recordó con otra punzada en el corazón. Ahora sabía por qué. Si lo hubiera presentido en aquel momento, tal vez nada de aquello habría sucedido.

—Pero dale un poco de tiempo a la policía portuaria para que investigue las siete ubicaciones que hemos filtrado del listado de propiedades de Luchetti —solicitó Suárez, esperanzada.

—¿No será mucho aventurar imaginar que el yate está ahora mismo amarrado en un puerto cercano a una de ellas? Tal vez disponga de un terreno con playa privada o muelle propio.

—O esté en mar abierto —añadió Asensio a su lado—. Pero esto es lo más plausible, jefe. Él es presuntuoso, usted mismo lo dijo. No se oculta lo suficiente como para no poder ser fotografiado o reconocido.

—Sí, es cierto. Es solo que... no puedo pensar con claridad. Y Andrade sigue sin contestar.

Harto de esperar y esperar sin obtener respuesta, Ángel no pudo más y volvió a llamarlo. Al saltar el buzón de voz, descargó todo lo que llevaba dentro y habló de forma visceral y sin medida.

—Esta es la última oportunidad que te doy, maldito hijo de puta. O me dices dónde está Dana o te juro que antes de matarte a ti con mis propias manos daré con tu mujer y tus hijos y les pegaré un tiro delante de tus ojos.

Suárez y Asensio se miraron entre sí antes de ver cómo su jefe lanzaba el móvil contra la mesa y se echaba las manos a la cabeza, hundiéndola en ellas mientras gritaba de frustración y desasosiego. Ninguno de ellos, ni él mismo, daban crédito a las palabras que acababa de escupir con un odio impropio en él. Pero comprendían que eran fruto de la impotencia que lo invadía.

Asensio le acercaba un vaso de agua cuando el teléfono vibró sobre la mesa, y los tres botaron a la vez.

—Es él —susurró Ángel con el teléfono temblándole entre las manos.

Pulsó el botón del altavoz nada más contestar a la llamada.

—Andrade, dime dónde está Dana.

—Tú no lo entiendes, Ribera. —La voz del comisario parecía la de otra persona. Hablaba entre susurros y sonaba estrangulada, como si el aire no le saliera de la garganta—. Me tienen cogido por las pelotas. Y sé que tú no le harías nada a mi familia. En cambio, ellos son capaces de cualquier cosa. Cualquier cosa —repitió con un sollozo.

Si pensaba recurrir a su compasión, iba más desencaminado de lo que se creía. Ángel no se sentía precisamente empático en esos momentos.

—Tal vez creas conocerme bien, Andrade. Pero no tienes ni la menor idea de cómo soy. Y, ahora mismo, soy un hombre capaz de hacer cualquier cosa, me oyes, cualquier cosa —remarcó como había hecho él—, con tal de encontrar a su mujer y al hijo que está esperando.

—Dios... —oyeron que se oía al otro lado. Durante un rato solo pudieron escuchar la respiración entrecortada de un hombre asustado y, al parecer, arrepentido—. La tiene Damien Tocqueville.

Los ojos de Ángel se apartaron de la pantalla del móvil para clavarse en los de Asensio. La imagen de ese hombre disparando en la cabeza a la oficial Lucía Varela, grabada a fuego en la retina de uno y solamente figurada pero igual de enquistada en la memoria del otro, pareció flotar entre ambos.

—¿Dónde?

—No lo sé.

—¡Maldita sea, Andrade! Dame una dirección o te juro que...

—¡No lo sé! ¡Es la verdad! Él y yo nunca nos hemos visto en persona. Todo contacto ha sido siempre telefónico o a través de su padre. —Suspiró y se oyó cómo se levantaba tras arrastrar una silla—. Es con André con quien contraje una deuda de juego en uno de sus casinos. Para poder pagarle contraje otra mayor, y después otra... Desde entonces me ha estado extorsionando.

Así que ese había sido el desencadenante. La ludopatía de Andrade no era un simple rumor. Y había sido su perdición.

—Por eso hiciste matar a Pierre Tocqueville. Iba a delatarte —resolvió Ángel, negando con la cabeza mientras la hundía entre las manos.

—Era una posibilidad. No me podía arriesgar a que lo hiciera.

Hasta ese punto había llegado para cubrirse las espaldas. Andrade había jugado a dos bandas para salvar su culo, cayese quien cayese. Ángel usó esa baza para tratar de sacarle la información que tanto precisaba y que solo él podía proporcionarle. Volvió a echar mano de un recurso con el que realmente no contaba, pero lo importante era que los demás lo daban por hecho. Con Hernández había funcionado, esperaba que con Andrade fuera igual de efectivo.

—Muy bien. Si me ayudas a dar con Dana, usaré mi influencia en la Jefatura, hablaré con García para que convenza al fiscal de que actuaste bajo coacción, que solo querías proteger a tu familia. Y me aseguraré de que tanto tu mujer como tus hijos estén a salvo.

Esperaron en silencio una respuesta que apenas tardó dos segundos en llegar.

—Lo siento, Ribera. Pero de verdad no sé dónde está Damien. Lo siento.

Cuando la llamada se cortó y la luz de la pantalla se apagó, Ángel sintió que con ella se esfumaba la única posibilidad de salvar a Dana y a su hijo. Las lágrimas que invadieron sus ojos no le dejaron identificar el nombre que apareció en pantalla cuando el móvil volvió a sonar.

—Es la inspectora Chevalier —anunció Suárez al ver que Ángel no reaccionaba.

Como se había quedado paralizado, fue ella misma quien tocó la pantalla para aceptar la llamada y conectar de nuevo el altavoz.

—Ribera, puede que tengamos algo.

Ángel se frotó los ojos y se incorporó rápidamente en el asiento.

—Dígame, inspectora.

—Los Carabinieri tienen constancia de una denuncia efectuada la madrugada de fin de año. Al parecer, se montó una fiesta un poco desenfrenada en un yate en la costa norte de Cerdeña. Los tripulantes de otra embarcación llamaron a la policía para dar parte de que estaban disparando al aire desde cubierta. La matrícula que consta en la denuncia es la misma que me ha hecho llegar Suárez hace unas horas.

—Una de las propiedades a nombre de Luchetti estaba en Cerdeña —recordó la aludida, tecleando en su ordenador de inmediato para dar con ella.

—Sí, yo también lo recordaba —prosiguió la inspectora—. Por eso estamos montando un dispositivo de asalto junto con la policía italiana para entrar en la vivienda. Imagino que querrán sumarse.

—Que nadie actúe hasta que lleguemos —advirtió Ángel poniéndose en pie y echando mano a su chaqueta para marcharse de inmediato—. Mi mujer está en esa casa.

17

La visión del lugar era borrosa. La sensación de su propio cuerpo, demasiado etérea. Apenas podía moverse, pero no era capaz de saber si la causa era ella misma o se trataba de algo externo que la inmovilizaba.

Fueron unas voces colándose por la rendija de una puerta entreabierta las que consiguieron despertarla un poco más del sueño narcótico en el que se encontraba. Todo su cuerpo protestó cuando trató de girarse para ver mejor por ese hueco iluminado en contraste con la oscuridad del dormitorio donde se hallaba, tumbada y atada de pies y manos, comprendió a duras penas.

—¿La mujer de un policía? —oyó que preguntaba con tono acusatorio una voz femenina—. ¿Te has vuelto loco?

—No de cualquier policía —respondió un hombre con un marcado acento francés—. El culpable del suicidio de mi hermano.

—Así que esta es tu venganza. Ojo por ojo —concluyó ella.

—Ya veremos. De momento, que se retuerza con la incertidumbre de no saber dónde está, o si está viva o muerta. Quiero saborear su sufrimiento poco a poco.

Dana comenzó a recordar lentamente lo que había sucedido. De lo último que tenía constancia era de la imagen en el espejo retrovisor de un enorme todoterreno acercándose a gran velocidad hasta embestir el coche descapotable de su suegro. Ella había soltado el móvil por el cual había estado hablando con Ángel e, instintivamente, se había encogido sobre sí misma en un intento por proteger al ser que crecía en su interior.

Su bebé, el hijo de ella y Ángel, y el padre de este, podrían haber perdido la vida en ese accidente intencionado. Trató de llevarse las manos al vientre sin lograrlo. No podía moverse. La garganta le ardió de ganas de llorar, pero se contuvo para poder escuchar la conversación de sus captores. De ser capaz de oír esas palabras podía depender que saliera de allí con vida.

—¿Así que piensas tenerla en casa de forma indefinida? —siguió protestando la mujer.

—¿Qué ocurre, *chérie*? ¿Estás celosa?

—Vete a la mierda, Damien. Ya sabes lo que te pedí. Ninguno de los envíos debe permanecer en esta casa. Búscale otro escondite para su cautiverio.

—Ella no es un envío. —La voz se tornó seria y autoritaria—. Su destinatario soy yo.

Si estaba poco asustada, aquellas palabras la terminaron de aterrorizar. ¿Qué pretendería hacerle? Si su objetivo fuera matarla, ya lo habría hecho, ¿o no?

—¿Ah, sí? Entonces, mientras ella esté aquí, la que se va soy yo.

—Tú no te vas a ningún sitio.

Se hizo un silencio en el que Dana creyó oír cómo se besaban.

—No quiero ver cómo te la follas —dijo la mujer de pronto, más dolida que enfadada—. Podrías respetar al menos eso.

—Sabía que estabas celosa —en la voz de él se apreciaba el triunfo—. Pero sabes que tú eres la única para mí.

—No estoy muy segura de eso.

—Claro que sí, Lucía. Anda, ven aquí.

Dana los oyó volver a besarse, pero el sueño la venció antes de poder reflexionar sobre lo que acababa de escuchar.

—Tú. Despierta.

Dana logró abrir los ojos tras un largo esfuerzo. Lo que sea que le habían dado la tenía completamente ida.

—¿Dónde estoy? —Consiguió enfocar la vista y divisó la silueta de una mujer alta y esbelta, rubia, de pelo largo, con un mechón estratégicamente colocado sobre el rostro que le tapaba todo un lateral. A pesar de estar tan aturdida, supo que había visto esa cara antes—. ¿Quién eres?

Según lo preguntaba, se dio cuenta de que parecía ser la misma mujer que estaba en el yate de las fotografías que había llevado Greta a casa de Ángel. Pero igualmente recordó que en ninguna de ellas se le veía la cara. Así que tenía que conocerla de algún otro lugar.

La observó dejar sobre una mesa una bandeja con comida y lo que parecía algo de ropa.

—Estás retenida —le explicó como si no fuera obvio. Después se acercó, le soltó las ataduras de muñecas y pies y la inspeccionó como lo haría un médico—. Y yo soy quien te va a ayudar a volver a tu casa.

—¿Qué?

—Escucha. —Habló susurrando y le apoyó una mano en la boca para que no dijera nada—. Se supone que solo he venido a traerte algo de comer y comprobar que sigues viva. Tienes unas heridas un poco feas del accidente de coche, pero nada roto.

—El accidente...

Sí, volvía a recordar el accidente. Y, ahora, también la conversación de esa mujer con un hombre... Con Damien. Sintió un escalofrío que provocó que las heridas de su piel le escocieran.

—¿Realmente eres la mujer de un policía?

—Sí —respondió sin dudar. Tal vez no fuera aún su esposa, pero había sido su mujer cientos de veces. Y lo sería siempre, pasara lo que pasara.

—Bien, en ese caso estás de suerte. Yo te ayudo a ti y tú me ayudas a mí.

Dana se mordió el labio cuando ella le lavó las heridas y se las volvió a vendar una a una. La observó con curiosidad. No entendía muy bien su propuesta.

—¿Por qué vas a ayudarme?

Hasta que no terminó de curarla, no respondió a su pregunta.

—Porque yo no tengo nada que ver con los negocios de mi marido. Y llevo tiempo queriendo huir de todo esto. —Se levantó de su lado y caminó hasta la puerta entreabierta. Echó un vistazo fuera para comprobar que no hubiera nadie escuchando. Al girarse de nuevo, habló como si pensara en alto—. Sé que me acusarán de complicidad. Pero si ayudo a la mujer de un policía a huir, estoy segura de que contará a mi favor.

La miró como preguntándole si estaba de acuerdo. Dana se limitó a asentir con la cabeza.

—También les daré toda la información de la que dispongo. En los últimos dos años he visto y oído más que suficiente para desmantelar todo el entramado.

—Seguro que la policía hace un trato justo contigo.

La mujer la miró alzando la única ceja que su pelo dejaba a la vista. Tal vez era mejor permanecer callada, pensó Dana.

—Eso espero —murmuró sin más y le acercó la bandeja a la cama—. Come. Necesitas tener fuerzas para correr si es necesario. Nos iremos en cuanto anochezca.

—¿Cómo vamos a salir de aquí? —quiso saber Dana, obligándose a beber la sopa que no le apetecía nada de nada.

—Cuando mi marido se vaya a su despacho como todos los días a la misma hora, yo vendré a por ti. Los vigilantes no entran en la casa a no ser que se les llame. Y una vez en el coche, tú te esconderás en la parte de atrás. No sospecharán nada, porque creerán que es él quien conduce. Yo hace más de dos años que no me atrevo a coger el coche —comentó de forma misteriosa.

Dana dejó la sopa a un lado porque no era capaz de tragarla y, en cuanto destapó el segundo plato, el olor a pescado le provocó una náusea que le hizo vomitar el poco caldo que había tomado.

—Menos mal que te he traído ropa limpia —masculló la mujer, apartándose para ofrecerle después una servilleta. Dana tuvo otra arcada y vomitó un poco más—. Puede que te hayas dado algún golpe en el estómago. Los *airbags* se activan con mucha fuerza. O que los analgésicos que te inyectaron antes de traerte aquí te hayan sentado mal.

—Puede. —Se limpió la comisura de la boca, y después las lágrimas que le cayeron al recordar su estado—. Pero ha sido por el olor. Estoy embarazada.

La mujer soltó un bufido, la cogió por los hombros y la sacudió con fuerza.

—No intentes manipularme. ¿Por qué inventas algo así? ¿Para darme pena? Ya te he dicho que te iba a ayudar.

—No te miento. Es la verdad. —Se retorció para soltarse del doloroso agarre de unas manos, pequeñas pero fuertes—. Estoy embarazada de pocas semanas. O lo estaba antes del accidente.

La mujer la observó detenidamente. No paraba de llorar. El corazón se le encogió y no pudo evitar tratar de tranquilizarla.

—Anda, cámbiate. Te has mojado la ropa.

La ayudó a desvestirse y a ponerse lo que había sacado de su propio armario para ella. Cuando le entregó unas zapatillas, se dio cuenta de que le faltaba el zapato derecho, y que tenía el tobillo inflamado. Ojalá esa fuera la más grave de sus lesiones.

—Gracias —susurró Dana, algo más calmada.

—Mira. La sangre de tu ropa es solo de las heridas superficiales que te acabo de limpiar. Si hubieras perdido al bebé, seguramente habría sangre en tus pantalones y en tu ropa interior.

—Sí, tienes razón.

Aquello la alivió un poco, pero contradictoriamente, se echó a llorar de nuevo.

—¿Cómo te llamas? —se interesó la mujer, sentándose a su lado.

—Dana. Dana Oteiza.

—Bien. Escucha, Dana. Yo también sufrí un grave accidente de coche. Según me han contado, porque no recuerdo absolutamente nada de mi vida anterior a él, estuve más muerta que viva durante varias horas. Pero un magnífico médico me operó el cerebro y hoy puedo contarlo. Me quedó una cicatriz que, cada vez que me miro al espejo, me recuerda la suerte que tengo de estar viva.

Dana observó conteniendo el aliento cómo se apartaba la melena del rostro para mostrarle una marca muy profunda que iba desde la sien hasta el nacimiento del pelo y se ramificaba también hacia abajo, cubriéndole parte de la mejilla.

—Si resulta que has perdido ese bebé —continuó, cubriéndole la mano con la suya—, piensa que estás viva para poder tener otros.

La última frase que pretendía ser un consuelo apenas caló en los oídos de Dana. Se había quedado demasiado impactada al ver el rostro completo de la mujer. Y no porque la cicatriz fuera exagerada. Sino porque había visualizado ese mismo rostro, aunque sin cicatriz, en sendas fotografías colgadas de la pared del salón de Ángel.

—Tú eres Lucía Varela —farfulló según esa revelación se hacía más y más evidente en su cabeza.

—No. —Le sorprendió que supiera su nombre de pila, pero tal vez lo hubiera oído mientras la llevaban a la casa—. Soy Lucía Arteaga.

—No, no, no. Eres Lucía Varela, oficial de la Policía Nacional de Barcelona. Trabajabas con mi novio, el inspector Ángel Ribera. —Esperó que reconociera el nombre, pero la mujer no se inmutó al oírlo—. Damien Tocqueville te disparó en la cabeza y te dieron por muerta.

Lucía se levantó de golpe, poniendo distancia entre las dos.

—¿Qué pretendes? Te había creído el cuento del embarazo. ¿Y tú me vienes con semejante disparate?

—No te miento. —Dana tragó saliva. Tal vez debería haberse callado y esperar a estar lejos de allí para confesarle lo que sabía, no fuera a echarse atrás en su plan de huida al conocer su auténtico pasado. Pero no había podido contenerse, y ahora ya no había vuelta atrás—. ¿Por qué iba a hacerlo? Tú misma lo has dicho. Ya ibas a ayudarme, no necesito inventar nada. Pero es que hasta ahora no te había reconocido. Solo te había visto en dos fotos antes de hoy.

El rostro de Dana era la sinceridad personificada. Pero Lucía no podía dar crédito a sus palabras.

—Me confundes con otra.

—No. Soy infalible con la fisonomía de las personas. Solo que me cuesta ubicar el lugar donde las he visto. —Al ver que no la convencía con esos argumentos, cambió de estrategia—. Escucha, voy a contarte todo lo que sé sobre lo que te ocurrió. Igual así recuerdas algo.

Lucía escuchó el relato que Ángel le había contado a Dana sobre el plan que ella había elaborado para ganarse la confianza de Damien en un club de golf y así encontrar pruebas de su pertenencia a una red de tráfico de personas. Su cara fue cambiando de expresión según iba explicándole que había ido por su cuenta a por Damien, que su novio Iván Asensio había dado la voz de alarma sobre su desaparición y que finalmente habían acabado en una embarcación con la intención de evitar la entrega de un adolescente a un pederasta. Y que allí, al descubrir Damien que ella era policía, le había pegado un tiro en la cabeza. Todos daban por hecho que había muerto y caído al mar, a pesar de no haber podido recuperar su cuerpo. Estaba claro que se habían equivocado estrepitosamente.

—He de reconocer que es una historia muy elaborada para haberla inventado sobre la marcha.

Lucía se levantó y comenzó a recoger la bandeja y la ropa sucia, del todo abrumada por lo que acababa de escuchar.

—Créeme, no tengo tanta imaginación. Lo mío es la cocina.

Dana esperó algún otro comentario, pero lo único que obtuvo fue una mirada de soslayo antes de darle la espalda.

—Descansa. En menos de cuatro horas anochecerá. Estate preparada.

Mientras oía cómo cerraba con llave la puerta, se preguntó si en esas cuatro horas Lucía podría recordar algo a raíz de todo lo que ella le había contado. Y de ser así, si el plan de huida seguiría en pie.

—Tengamos fe, pequeñín mío —susurró abrazándose el vientre.

Y para convencerse a sí misma de tenerla, comenzó a canturrear una nana que recordaba de cuando su madre se la cantaba a ella de pequeña. Tarareó entre lágrimas, imaginando que su pequeño milagro podía oírla a través de su abdomen, hasta que, agotada, logró quedarse dormida.

La lujosa mansión estaba ubicada en un estratégico acantilado en la Costa Esmeralda, al norte de la isla italiana de Cerdeña. Cualquier tipo de asalto que no fuera por tierra había quedado descartado. Si había una civil dentro, no podían arriesgarse a que Damien se sintiera acorralado y la matara.

Ángel había exigido formar parte del equipo que iba a saltar el muro que rodeaba la casa, protegida por cámaras, vigilantes de seguridad armados y varios perros de presa. El comisario italiano al mando de aquella operación no había puesto pegas, siempre y cuando se mantuviera en segunda línea. Sus hombres sabían muy bien lo que hacían y no quería que su implicación personal lo empujase a precipitarse y cargarse el dispositivo o acabar muerto.

Por ese mismo motivo, Asensio y Suárez pretendían ser su sombra en aquella incursión. Eran un equipo, le habían recordado. Hasta el final.

En cuanto hubo anochecido y una vez que la red de

videovigilancia y las alarmas fueron desconectadas, los hombres de primera línea rebasaron el muro y atravesaron el amplio jardín hasta rodear la casa. Ángel se mantuvo a la escucha de cada mensaje e instrucción que se oía por la radio a la que todo el operativo estaba conectado. En el mismísimo instante en que dieron el visto bueno para que el segundo equipo se sumara, salió como un rayo y trepó por el muro dejando atrás a sus compañeros. Un segundo de más podía ser decisivo.

—Dana. Es la hora.

Hacía rato que se había despertado y, aunque la estaba esperando con impaciencia, Dana no estaba segura de que al final fuera a aparecer.

La siguió en silencio por un largo pasillo que dejaba constancia de lo enorme que era aquella casa. Las cortinas estaban echadas, pero la escasa luz de la noche les permitía caminar sin encender ninguna luz artificial en el interior. Aquello les podría dar ventaja en el caso de que alguno de los vigilantes, o el propio Damien, apareciera inesperadamente.

Dana caminaba pisándole los talones, mordiéndose los labios para contener el dolor que le producía apoyar el pie derecho en el suelo a cada paso. Lograron llegar a la planta baja sin que nadie se cruzara con ellas, y atravesaron el salón con la espalda pegada a la pared, para confundirse con las sombras que dibujaban las ramas de los árboles del jardín exterior proyectándose a través de los amplísimos ventanales.

Oyeron un ruido que las sobresaltó y Lucía le indicó a Dana que caminara delante de ella, empujándola hacia el final de la pared, donde al doblar la esquina se encontraba la puerta que comunicaba con el garaje. Cuando oyeron una voz a su espalda, solo a Dana le dio tiempo a llegar y quedar oculta en el recoveco que formaban las paredes y la puerta.

—¿Adónde vas?

—Al coche. —Lucía se giró y trató de no expresar ni con la voz ni con el rostro sentimiento alguno—. No encuentro uno de mis pendientes, creo que se me ha podido caer allí esta mañana, al quitarme la bufanda.

—¿También pretendías darte un paseo? —Damien caminó hasta quedar frente a ella, mirándola fijamente a los ojos, por lo que no pudo apreciar la silueta de Dana a escasos pasos de distancia—. ¿Por eso has desconectado las alarmas?

—Yo no he desconectado nada.

Pretendía hacerlo, por supuesto, para poder rebasar el portón del garaje y después la verja de la entrada. Pero pensaba usar el cuadro de control ubicado en el propio garaje, justo antes de meterse en el coche y largarse de allí para nunca volver.

—Y si no has sido tú, ¿quién lo ha hecho?

Lucía se dio cuenta de que él había dejado de mirarle a la cara para analizar la ropa que llevaba puesta. Nada que ella vistiera habitualmente para estar en casa. Aunque si le preguntaba, podía alegar que la cazadora se la había puesto porque en el garaje hacía frío.

—Habrá sido un fallo del sistema. Llama al número de averías. Está en la tapa que recubre el cuadro de control.

No había terminado de hablar cuando él se aproximó a una mesita ubicada entre los sillones y pulsó el interruptor de una pequeña lámpara. La luz era escasa, lo justo para leer cómodamente sentado en el salón, pero suficiente para descubrir que allí había alguien más.

—Sabía que este día tenía que llegar —declaró solemnemente Damien. Cuando alzó una mano mostrando una pistola, pero sin apuntar en realidad a ninguna de las dos mujeres, Lucía dio un paso hacia Dana, cubriéndola instintivamente con su cuerpo—. ¿Ha sido ella quien te ha hecho recordar?

Con aquella sencilla pregunta, sin darse cuenta, Damien le había dado credibilidad a la historia que Dana le había contado a Lucía. Esta le había dado tantísimas vueltas a sus palabras que había acabado creyendo en su veracidad, aunque necesitaba que se las corroborara el hombre que hasta ese momento había creído su marido.

Cabos sueltos que siempre le habían hecho sospechar que algo raro había en la forma en que Damien nunca hablaba de su pasado, por fin cobraban sentido. Como cuando el médico que la atendía insistía en que no debía ver fotografías previas al accidente, pues podría asumir como recuerdos recuperados por ella misma las imágenes que viera. Y como aquel, mil detalles más que la hicieron sentir como una idiota.

—¿Por qué me has mentido todo este tiempo?

—¿Tú qué crees? —Le mostró una sonrisa divertida, como si para él todo aquello no fuera más que un juego—. Porque podía.

La respuesta fue como una bofetada para Lucía, y un sabor amargo se instaló en su boca al recordar cada uno de los besos que le había dado.

—No me pongas esa cara, *chérie*. Tú me mentiste antes. Yo solo te hice creer que realmente eras esa mujer ideal, Lucía Arteaga, la que tú misma habías inventado para mí.

—Estás enfermo. —Lucía sentía que se le revolvía el estómago con cada recuerdo de su vida con Damien, una farsa en la que ella había sido una marioneta a su merced—. Completamente loco.

—No, querida mía. Estoy perfectamente cuerdo. Pero soy vengativo, y muy caprichoso. Te quise para mí desde que te vi por primera vez en el club de golf. Matarte fue una obligación —explicó encogiéndose de hombros, como si fuera un detalle sin importancia—. Eras policía, así que no teníamos ningún futuro juntos. Pero la suerte quiso que sobrevivieras a la bala que te metí en el cerebro. Al despertar no recordabas quién eras. Entonces comprendí que podía tener lo que deseaba y a la vez hacerte pagar por tu traición. ¿Qué mejor regalo para mí y peor castigo para ti?

Lo contaba como si cualquiera en su lugar hubiera hecho lo mismo. Como si la lógica le respaldara. Dana, inmóvil detrás de Lucía, lo escuchaba y no podía creerlo. A simple vista, parecía un tipo normal, eso sí, muy atractivo, una versión algo más adulta de su hermano Pierre, pero estaba mucho más loco de lo que él se creía. No podía ni imaginarse lo que tendría que estar sintiendo Lucía en esos momentos.

—¿Y te arriesgaste a tenerme a diario contigo, sabiendo que en cualquier momento podía recuperar la memoria y llamar a la policía o directamente matarte?

Él sonrió de medio lado, al parecer muy entretenido con aquella conversación, y orgulloso de lo que había hecho durante más de dos años.

—Eso era un aliciente más. Un peligro constante a tener en cuenta. Me gusta vivir al límite, ya lo sabes.

—Sí, sé que nunca tienes suficiente, que lo quieres todo. Ni siquiera yo te he bastado estos años. Sé muy bien que te has estado acostando con otras cada vez que te has ido de viaje.

Sus infidelidades eran algo que no se había atrevido a echarle en cara nunca. Él era lo único que tenía en la vida, o eso le había hecho creer todo ese tiempo. Si lo hubiera abandonado, ¿adónde habría ido? No tenía una profesión, ni familia, ni amigos fuera del círculo de los Tocqueville. Y una vez que fue descubriendo en qué consistían en realidad sus negocios, tuvo demasiado miedo de que él tomara represalias si ella le acusaba de engañarla. Qué ingenua había sido.

—¿Y qué esperabas? He disfrutado de tu cuerpo todo lo que he querido. Pero, de vez en cuando, quería follarme a una mujer a la que poder mirar a la cara sin ver esa horrible cicatriz deformándola.

El dolor que le produjo aquella revelación fue demasiado intenso, demoledor, aunque se dijo a sí misma que cualquier cosa que le dijera no debería dañarle de aquella manera. Él no era su marido, pero dejar de sentirlo como tal de golpe y porrazo era muy difícil.

Damien lo percibió al instante, había aprendido a leer sus gestos e incluso a adelantarse a sus pensamientos.

—¿No creerías que realmente me daba igual? Solo fingía ser indiferente, y ponerme siempre al otro lado —confesó carcajeándose, como si fuera un chiste—. Pero tu cara es la de un monstruo.

—¡Cállate! —El grito desgarrador que se le escapó dio muestras de que estaba perdiendo la fortaleza con la que pretendía mostrarse ante él—. Si estoy así es por tu culpa.

—No, *chérie*. Es culpa tuya. Pretendiste engañarme para arrestarme. Y ahora pretendes distraerme para que ella pueda escapar. —Señaló a Dana con la pistola, y la mantuvo apuntada hacia ella—. Pero no lo permitiré.

Cuando Damien estiró más el brazo para realizar el disparo, Lucía reaccionó de forma inmediata, llevándose una mano a su espalda y sacando el arma que llevaba oculta en la cinturilla del pantalón.

—¿Vas a dispararme? —Su carcajada resonó en los cristales del salón. Lucía respondió sosteniendo el arma con las dos manos para apuntar mejor. Con eso, al menos logró que dejara de reír—. Si has cogido esa pistola del vestidor, deberías saber que está descargada.

—Lo sé. Por eso he cogido la que guardas en la caja fuerte. Deberías haber sido más cauteloso y no teclear la clave delante de mí tantas veces.

Su mirada se ensombreció un instante, pero enseguida recuperó su altivez y volvió a sonreír con suficiencia.

—Vamos, *chérie*. Los dos sabemos que no vas a dispararme. A pesar de todo, estás enamorada de mí.

Él aprovechó el instante de distracción que esas palabras provocaron en Lucía para apagar la luz y apretar el gatillo simultáneamente. Sin embargo, no había contado con que los reflejos de una de las mejores tiradoras de su promoción no se habían perdido en la niebla de su memoria. Y ella disparó antes.

Tras un silencio en el que solo el eco de los disparos resonó en los oídos de los presentes, Lucía apartó una mano del arma y la extendió para alcanzar a Dana a su espalda.

—¿Estás bien?

—Sí. ¿Y tú?

—Esta vez su bala no me ha alcanzado —murmuró con rabia.

Con cautela, se aproximó al cuerpo tendido en el suelo, a cuyo alrededor ya se estaba formando un denso charco de sangre. Lucía encendió la luz y comprobó que, aunque Damien boqueaba para respirar entre borbotones de sangre, sus ojos aún podían verla, y la miraban con incredulidad.

—Voy a decirte dos cosas antes de que abandones este mundo, Damien Tocqueville. No he recordado nada, ni una sola cosa, desde que desperté en aquel hospital. Ella me ha contado la verdad, pero no la he creído hasta que tú mismo te has delatado. Si iba a ayudarla, y a escapar con ella, era porque no podía permitir que hicieras daño a otra mujer inocente. No soy como tú, aunque hayas intentado transformarme en una sombra de lo que tú eres. Y ya no soportaba vivir contigo ni un solo día más.

Él pareció ir a decir algo; sin embargo, estaba ya demasiado débil para hacerlo.

—Y, Damien —añadió, riéndose de él como él había hecho con ella—, no estoy enamorada de ti. Nunca lo he estado. Simplemente creía que tú eras mi marido, y yo una imbécil a la que habías logrado engatusar con tu cara bonita y tus lujos. No sabes cuánto me alegra saber que nunca fui tan estúpida como para quererte.

—¡Vámonos ya! —susurró Dana abriendo la puerta del garaje—. He visto unas sombras corriendo por el jardín. Han debido de oír los disparos.

Lucía apretó con fuerza su arma y le arrancó de la mano a Damien la que aún sostenía, por si fuera necesario usarla para huir de allí. Lo miró por última vez y abandonó junto a aquel cuerpo moribundo a la mujer que había creído ser durante los únicos años de su vida de los que tenía constancia.

—El infierno te abre sus puertas, Damien. —Se quitó el anillo con el que él, supuestamente, le había jurado amor eterno y lo dejó caer sobre su pecho—. Tu hermano ya está allí, esperándote.

Dos disparos en el interior de la casa pusieron en alerta tanto a los hombres de Damien, que en esos momentos vigilaban la parte delantera del terreno, como al equipo de asalto de la policía, que pretendía entrar por una ventana de la parte trasera.

El equipo Alfa dio aviso de que no iba a esperar más y los seis policías armados rompieron las ventanas sin miramientos para abrirse paso hasta el interior.

Ángel se apresuró a seguirlos, pero uno de los guardias más rezagados acudió al punto donde había oído el ruido de cristales rotos y soltó al perro que había mantenido sujeto por la correa hasta ese momento.

El animal corrió a gran velocidad, llegando al mismo tiempo que Ángel a la ventana por donde él pretendía colarse. Pero un instante antes de que el dóberman saltara sobre él, Ángel se tiró al suelo, se colocó a cuatro patas y miró hacia la hierba del jardín sin levantar la vista en ningún momento.

El animal emitió un sonido de desconcierto, después rodeó a Ángel un par de veces, olisqueándolo. Al final, se posicionó frente a él. En cuanto Ángel alzó la cabeza, el fiero dóberman comenzó a lamerle la cara alegremente.

—¡*Goliat*! —gritó el guardia, pero el perro estaba demasiado ocupado disfrutando de las caricias que Ángel le hacía en el lomo y en la cabeza.

Otro compañero se unió a él al oír su grito, y ambos permanecieron varios segundos contemplando la escena, petrificados y sin saber muy bien qué hacer. Cuando el primero de los guardias logró salir de su asombro, sacó su arma para disparar al intruso que el inútil de su perro no había sabido identificar como tal. Sin embargo, una patada en su mano le hizo perder la pistola. Después, otra en su espalda lo hizo caer al suelo, donde su compañero estaba siendo reducido por un hombre que le había saltado en la espalda.

—Estos ya son nuestros, jefe —anunció Suárez, sacando sus esposas para inmovilizar al primero de los detenidos mientras Asensio forcejeaba aún con el otro.

Ángel usó las suyas para enganchar la correa del perro a una tubería de la fachada de la casa. Estaba a punto de colarse por la ventana cuando el ruido de un motor llamó su atención.

—Allí —les indicó a sus compañeros—. Ese portón se está abriendo.

Echó a correr en aquella dirección y tanto Suárez como Asensio lo siguieron a pocos pasos de distancia. Para cuando la puerta se abrió del todo, los tres estaban apostados delante, cortando el paso, con sus armas apuntando al conductor, pero sin poder verlo, pues las luces de los faros les deslumbraban.

—¡Policía! ¡Salgan del coche con las manos en alto! —ordenó Ángel.

El motor dejó de sonar casi de inmediato. Las luces se apagaron unos segundos después. Cuando una mujer salió del vehículo con las palmas extendidas y los brazos separados, Suárez fue la única que permaneció apuntándola. Ángel bajó el arma lentamente y Asensio cayó de rodillas al suelo como si le hubieran golpeado las piernas desde atrás.

—Dana, puedes salir —gritó Lucía sin moverse de donde estaba—. Damien está dentro. Está muerto —anunció cuando Suárez se dispuso a esposarla, ignorando la reacción de sus compañeros.

Ángel corrió al encuentro de Dana en cuanto la vio salir del asiento trasero del vehículo, cojeando y sin verlo a él. Solo cuando gritó su nombre, ella alzó la vista y corrió con dificultad a su encuentro.

—¿Estás bien? —le preguntó mientras la besaba y toqueteaba en busca de daños—. Por Dios, dime que lo estás.

—Estoy bien. —Se echó a llorar y dejó que él la envolviera con sus brazos—. Dime que tu padre también está bien —susurró contra su pecho.

—Ha salido bastante peor parado que tú. Está en la UCI, pero ya se ha despertado —le explicó con profundo alivio. Acto seguido, otro temor que le carcomía por dentro afloró en su mente—. ¿Y nuestro hijo?

—Creo... que bien. —Le sonrió, imaginando quién había sido la difusora de la noticia—. Me duele todo el cuerpo, pero solo por fuera. Aunque debería verme un ginecólogo cuanto antes.

—Vamos ahora mismo —resolvió Ángel, no pudiendo dejar de besarla y abrazarla. Cuando la miró a los ojos y ella le hizo posar las manos en su vientre, Ángel consiguió sonreír por primera vez en horas—. Dios mío, te quiero. Os quiero.

La aparición del resto del dispositivo policial obligó a Ángel a posponer un poco más la urgente visita al hospital más cercano.

Cuando Lucía fue empujada hacia uno de los vehículos que se habían adentrado hasta su posición en el jardín, Dana se interpuso en el camino de Suárez y un policía italiano.

—¡No pueden llevársela detenida! ¡Ángel! —le gritó, indignada por la injusticia—. Es Lucía. ¿No lo ves? Y es quien me ha salvado la vida cuando Damien iba a dispararme.

Ángel estaba demasiado cansado y desconcertado como para poder asimilar lo que Dana le decía. Tener delante de sus ojos a una mujer que había creído muerta tampoco le ayudaba a poner los pies sobre la tierra.

—Lo aclararemos todo en comisaría. Pero tú preocúpate solo de tu salud. Déjanos lo demás a nosotros.

—No me ha reconocido —balbuceó Asensio, caminando como un zombi hacia ellos—. Me ha mirado como si fuera un extraño.

—Para ella lo eres. —Dana le puso una mano en el hombro y le hizo mirarla—. Tiene amnesia. Damien le hizo creer que era otra persona. Su mujer.

Durante el camino que recorrieron hasta alejarse de aquella casa, Dana les explicó a Ángel y a Asensio lo ocurrido con Lucía y con Damien. La propia Lucía corroboró esa versión de la historia con la declaración que hizo durante horas en comisaría.

Se había asegurado de empezar su narración por algo que consideraba sumamente importante. No conocía todos los detalles, pero sabía que en pocos días había prevista una entrega de varios envíos, como Damien solía llamar a las personas que secuestraba y vendía. Su rápido aviso motivó que el registro de la casa y los archivos informáticos del ordenador de Damien se realizaran con carácter de urgencia, localizando así el punto de encuentro y pudiendo evitar la entrega de nada menos que diez jóvenes a unos depravados sin escrúpulos.

Gracias a esta valiosa colaboración, sumada a la influencia de Ángel y al testimonio de Dana, en pocos días Lucía fue puesta en libertad, siendo considerada una víctima más de Damien Tocqueville y no cómplice de sus delitos.

Todos volaron en el mismo avión de vuelta a Barcelona, si bien Lucía Varela lo hizo con un permiso especial de la policía italiana, y bajo custodia de la española, ya que carecía de documentación legal y no podían enviarle un nuevo pasaporte. Todos esos trámites solo podían hacerse en su país de origen porque, administrativamente, aún estaba muerta.

Nada más tomar tierra, en cuanto Ángel encendió su móvil, recibió una llamada de la Jefatura. Era García, para informarle de que ya habían encontrado al excomisario Guillermo Andrade. En la suite más cara de un casino de Las Vegas. Con un profundo corte en la cara interna de ambas muñecas, como Pierre Tocqueville. Y con un disparo en el pecho, como Damien.

La mano de André Tocqueville, en venganza por lo sucedido con sus hijos, era más que evidente en aquel asesinato. Sin embargo, la falta de pruebas dejó aquel crimen impune, aunque no al culpable en la calle. André fue detenido a raíz de pruebas fehacientes en su contra por delitos como tráfico de drogas, blanqueo de capitales, extorsión a cargos públicos y trata de seres humanos. La mayor parte de ellas obtenidas gracias al valioso testimonio de Lucía Varela.

Damien había dejado que ella presenciara demasiados acuerdos, escuchado demasiadas conversaciones y conocido a demasiada gente. Su error había vuelto a ser la arrogancia. Lucía había sentido un gran alivio al poder aportar la información determinante para resolver el caso que casi le había costado la vida, y que le había robado los recuerdos de su pasado. Pero, por el momento, no se planteaba volver a su antigua profesión de policía. Hasta que se sintiera preparada para planificar su nueva vida se tomaría una temporada sabática.

Si bien Andrade no había salido con vida de aquello, sí había logrado poner a salvo a su familia. Su mujer y sus hijos fueron localizados en Ciudad de México, desde donde la propia mujer de Andrade acabó llamando a la comisaría de Barcelona para contar cómo su marido, sin darle apenas explicaciones, la había obligado a esconderse allí hasta que él la llamara. Al no hacerlo, y no saber nada de él en casi un mes, supo que ya nunca lo haría.

Como ella tenía demasiado miedo para seguir por su cuenta una vida lejos de su casa, aportó la poca información de la que disponía a cambio de entrar en el programa de protección de testigos. Gracias a eso, otros dos oficiales de la policía, un fiscal y cierto abogado apellidado Cortázar, a quien Andrade había asignado varios casos personalmente, como el de Pierre Tocqueville, fueron detenidos y juzgados por delitos similares a los de Andrade y Hernández.

Con la coordinación de las policías española, francesa e italiana, la organización criminal Tocqueville, quedó prácticamente desarticulada antes de primavera.

18

La puerta del piso de Ángel se abrió con un chirrido. Después de casi tres meses sin aparecer por allí, no era de sorprender. En cuanto habían llegado a Barcelona, Ángel había decidido trasladarse a casa de Dana definitivamente. Pensaba cuidarla aún mejor de lo que ella había hecho con él aquella semana en la que estuvo convaleciente. Y no solo una temporada. De por vida.

De lo que se había olvidado era de anular la renovación del alquiler de su antiguo piso, que era trimestral y automática, así que hasta que finalizara el mes de marzo seguía siendo suyo.

Había esperado hasta el último momento para ocuparse de la mudanza completa. Lo primero era Dana, su salud y la de su hijo, que aunque crecía fuerte y sano, requería que su madre hiciera reposo relativo.

El casero había solicitado que le devolviera la llave en cuanto se llevara todos los muebles que no estaban allí cuando él se instaló. Pero Dana se había negado en redondo a meter ninguno en la suya, que consideraba muy bien decorada. Así que allí estaban un sábado por la tarde, con un camión de alquiler para mudanzas cuyo destino por el momento iba a ser un guardamuebles, y acompañados por cuatro amigos que se habían ofrecido a ayudarles.

—Espera. —Iván detuvo a Ángel cuando se disponía a pasar al interior del piso—. Deja que entre ella primero y mire la casa sin gente. Tal vez así le sea más fácil recordar.

Aunque era algo escéptico con las innumerables tácticas que Iván llevaba meses utilizando con Lucía para que esta recordase algo de su vida anterior, le hizo aquella concesión y se apartó de la puerta para dejarle paso.

—Solo has estado aquí tres o cuatro veces. En un par de fiestas de cumpleaños y alguna reunión de trabajo fuera de comisaría —le explicó él mismo a Lucía—. Si no se te hace conocido, no te agobies.

Sería lo lógico, dado que seguía sin recordar absolutamente nada que no fuera posterior a despertarse tras el disparo en la cabeza, si bien Damien le había contado desde el principio que había sobrevivido a un terrible accidente de coche en el que ella iba al volante. Pero Iván no perdía la esperanza. Desde una posición de estrecha amistad, pues comprendía que ella no podía retomar su relación de pareja así de repente, estaba siendo su mayor apoyo en sus intentos por encontrar la primera chispa que le despertara el primer recuerdo.

Llevaba viviendo dos meses con sus padres en Mataró. El primero lo había pasado en un hotel de Barcelona mientras ordenaba su mente y se hacía a la idea de su nueva situación, además de poder estar disponible para los muchos interrogatorios en los que la policía había requerido su presencia.

Con vaga esperanza, Lucía entró en la casa y se paseó por ella, tratando de encontrar un objeto, un mueble o una fotografía que le llamara la atención por encima del resto de elementos. Pero le parecía estar viendo todo aquello por primera vez. Ni siquiera el olor —lo único que le había hecho que le diera un vuelco el corazón cuando entró el primer día en casa de sus padres— se le hacía familiar.

Cuando vio la cocina, se paró en seco, alarmando de inmediato a Iván.

—¿Qué? ¿Algo?

Ella negó con la cabeza pero le sonrió con amabilidad.

—Los daños de mi cerebro tienen que ser realmente profundos si he podido ver este horror de cocina hasta en cuatro ocasiones y conseguir olvidarla.

La cara de Iván fue un poema mientras el resto de los presentes rompía a reír a carcajadas. Era de admirar que la propia Lucía fuera capaz de bromear con su grave amnesia. Pero según le había dicho el médico era peor obsesionarse con recuperar los recuerdos, puesto que estos tal vez jamás volverían.

—Ves como yo tenía razón. —Dana le dio un codazo a Ángel y se coló en la estancia para empezar a recoger los utensilios que ella misma había llevado allí y que apenas habían llegado a usar—. Es la cocina más horrorosa del mundo.

—¿Eso creéis? —María caminó hasta su amiga y la

ayudó con las cazuelas más pesadas—. Será porque no habéis visto la de la casa de este.

—Los azulejos floreados los puso allí el abuelo de Matusalén, pero de tamaño será dos veces esta —quiso defenderse José. Cuando María le sacó la lengua, él avanzó hasta ella, se le pegó a las caderas por la espalda y le susurró no lo suficientemente bajo—: Y lo que te gusta que te empotre contra esos floripondios mientras preparamos la cena, viciosilla.

—¡Joder! —exclamó Ángel ante un comentario que volvió a hacer reír al resto—. No, si al final has dado con la horma de tu zapato.

—El primer mes no pasamos de la fase de amigos —explicó María con total naturalidad y sin levantar la vista de su tarea de embalaje de la vajilla—. Pero desde el primer polvo, somos como conejos.

—Lo que yo decía, almas gemelas —masculló Ángel, siempre algo incómodo con la espontaneidad de María, sobre todo porque había dos personas delante que apenas la conocían.

—María y José —dijo este último, canturreando con su marcado acento extremeño—. Y como ya tenemos al angelito —añadió, señalando a Ángel y girándose después hacia Dana—, ya solo nos falta el niño Jesús. Olé, qué bonito.

Dana se desternilló de risa cuando José le frotó la barriga con cariño. Ángel puso los ojos en blanco y salió de la cocina que se había convertido en el rincón de los chistes.

—Sí. Ambos igual de graciosos, y de salidos —murmuró, aunque todos pudieron oírle.

—¿Acaso tú no te has bajado la bragueta para hacerle un bombo a mi mejor amiga? —le gritó María metiendo el dedo en la llaga.

Ángel se abstuvo de contestar y se dedicó a lo que habían ido a hacer allí: vaciar el piso por completo.

Horas después, y tras un sinfín de viajes en el ascensor, solo les quedaba por bajar los muebles del salón. José, haciendo alarde de su experiencia como celador en maniobras con camillas por estrechos pasillos, coordinó los movimientos de Ángel e Iván para sacar el tresillo por la puerta principal.

Estaban levantándolo a pulso cuando algo se deslizó desde la parte baja del mueble, voló como una hoja de papel y se acabó posando en los pies de Lucía. Cuando lo cogió para ver lo que era y entregárselo a su dueño, la cara que puso asustó a todos.

—Supongo que esta es una de las pistas que os llevaron hasta la casa de Cerdeña —aventuró tras analizar la imagen.

Ángel se apresuró a ver de lo que se trataba y descubrió la fotografía que había desaparecido del sobre que le había llevado Greta a su casa.

—¿Cómo ha podido acabar debajo de mi sofá? —se planteó confuso.

—Me parece que... fue culpa mía.

Todas las caras se giraron hacia Dana, quien se llevaba las manos a la boca como una niña que ha roto un jarrón en casa ajena.

Con voz apesadumbrada, explicó cómo tras leer la

nota que había escrito Greta, aún con el sobre en la mano, se había quedado dudando entre mirar las fotos o no. Había decidido no hacerlo, pero la culpabilidad que sentía por el mero hecho de planteárselo era tal que, al sonar un trueno de forma inesperada, el susto fue tan grande que se le cayó el sobre al suelo y las fotos se desparramaron por todas partes.

Ella las había recogido sin apenas mirarlas, pero se había olvidado de una sin darse cuenta, ya que, según parecía, se había colado bajo el sofá, quedando oculta.

—¿Tú sabes lo que ha supuesto no disponer de esta foto en concreto desde el primer momento? —Ángel estaba tratando de no enfadarse, porque era consciente de que ella no lo había hecho a propósito, pero le estaba costando horrores—. ¿Todo lo que nos podríamos haber ahorrado de haber podido dar con este yate mucho antes de lo que lo hicimos?

No pudo evitar pensar en su padre, quien ya había salido del coma y estaba casi recuperado de todas las lesiones y huesos rotos, pero, aun así, habría dado lo que fuera porque él y su familia no hubieran tenido que pasar por todo aquello. También pensó en Dana y en el hijo que esperaban, por quienes hasta que el bebé naciera, no podía dejar de preocuparse, pensando aprensivamente que algo podría acabar saliendo mal.

—Sí, y lo siento —se disculpó Dana, a punto de echarse a llorar.

—Por mí, no lo sientas. Al menos, no en lo que a mí se refiere —declaró Lucía, y les contó algo que la había sobrecogido al comprender la importancia de que, por avatares del destino, aquella foto hubiera decidido escondense allí—. Si esta imagen fue tomada cuando yo creo, después de recibir en el yate a un cliente de Damien, navegamos directamente de vuelta a Cerdeña, y yo me quedé allí esperando a que él regresara de otros negocios a los que no quería llevarme con él, o eso fue lo que me dijo. Se fue con el yate a Córcega y después a Niza. Tardó semanas en volver. Si lo hubierais detenido en alguno de esos lugares, puede que no me hubierais encontrado nunca —vaticinó con la voz ahogada.

—O que la policía de otro país te hubiera detenido y encarcelado, sin que nunca llegaras a descubrir tu verdadera identidad —añadió Iván, mirándola con devoción—. Sin que nadie llegara a saber que seguías viva.

—Las cosas siempre ocurren por algo —aportó María, quien creía en aquella teoría desde el día en que estuvo a punto de ser secuestrada—. Si yo no hubiera sido tan confiada, nunca me habría citado con Pierre Tocqueville, y ahora no estaríamos ninguno de nosotros aquí. Dana y Ángel no se habrían conocido. Y a ti no te habría dado la más mínima oportunidad de meterte en mi cama —le confesó a José, provocando que este le diera una palmada en el culo y, de esta forma, quitar un poco de tensión al ambiente.

—En ese caso, terminemos de cargar ese camión y vayamos a brindar por el caprichoso destino. ¿Os parece?

Todos aceptaron la propuesta de José y acabaron alrededor de una mesa en un bar cercano en cuanto el último mueble estuvo guardado.

Mientras Dana respondía al sinfín de preguntas que

José le planteaba acerca del libro en que estaba trabajando a tiempo completo, puesto que el médico le había aconsejado reposo y permanecer de pie en la cocina más de ocho horas al día quedaba descartado, Iván se quedó contemplando el rostro de Lucía como hipnotizado. Aún le costaba creer que estuviera allí, a su lado.

—¿Pasa algo? —le preguntó ella al sentirse observada.

Incómoda aún con la cicatriz que la acomplejaba, trató de cubrirse el rostro con el pelo como había hecho cada día en compañía de Damien. Sin embargo, Asensio le cogió la mano y se la apartó, retirándole después el pelo hasta sostenérselo detrás de una oreja, como ella habría hecho antes de lo sucedido.

—Siento mucho que no hayas podido recordar nada con la visita al piso de Ángel.

—No importa. Debería hacerme a la idea de que nunca voy a llegar a recordar nada. Quizá sea mejor así.

Al ver la cara de profunda decepción que le produjo oírla decir eso, Lucía le acarició una mejilla y lo notó temblar bajo su contacto. Era tan dulce, tan paciente, tan comprensivo... No le extrañaba nada que él hubiera sido el elegido por la Lucía que una vez fue.

—¡Cariño! Es nuestra canción.

Los pensamientos de Lucía fueron interrumpidos por el eufórico grito de Dana, que arrastraba a Ángel a bailar a un rincón del bar, bajo las primeras notas de *Blue Jeans* de Lana del Rey.

—¿No pretenderás que bailemos aquí? —Ángel miró en rededor y percibió con incomodidad varias miradas posadas en ellos.

—Claro que sí. Y no me digas que no —exigió con la voz y la mirada—. Es un antojo.

—Eso es juego sucio —protestó él, pero acabó cediendo al capricho de la que iba a ser su mujer en tan solo un par de meses, y madre de su hijo en unos pocos más.

—Para sucio lo que hicisteis después de bailar esta canción por primera vez —canturreó María, quien ya bailaba con José a la par que ellos.

—¿Es que os lo tenéis que contar absolutamente todo? —increpó Ángel a Dana, completamente indignado.

Ella regañó a María por delatarla y esta sonrió inocentemente mientras se pegaba a José para bailar con sensualidad y así chinchar todavía más a Ángel. En realidad disfrutaba como una cría haciéndolo rabiar con tonterías como aquella. Desde hacía algún tiempo, había empezado a pensar que, si hubiera tenido un hermano mayor, su relación habría sido muy similar a la que tenía con Ángel. Aquella idea, que era más bien un sentimiento, siempre le robaba una sonrisa.

Iván los miraba y se reía de sus niñerías sin ser consciente de que ahora él era el observado. El movimiento de Lucía al levantarse llamó su atención. Después, sintió un cálido hormigueo por todo el cuerpo cuando ella le tendió la mano invitándolo a bailar con los demás. Él la rechazó muy a su pesar.

—Bailaría contigo, pero es que estoy sordo de un pie —alegó, haciendo propio el verso de una conocida canción con el que siempre se había sentido identificado—. No lo recuerdas, pero intentaste enseñarme varias veces y acabaste dándote por vencida.

—Lo intentaré una vez más —insistió.

Iván acabó cediendo y tomando la mano que le ofrecía. Solo con tocarla ya se sentía en el séptimo cielo. Y cuando ella le hizo rodearla con los brazos para guiarle en los pasos, no pudo evitar estremecerse.

—Una vez lograste que me enamorara de ti —le recordó ella a él, tímidamente y al oído—. Podrías volver a intentarlo.

Tras oír aquellas palabras, Iván la miró a los ojos y le prometió a través de ellos que iba hacer mucho más que intentarlo.

Si el destino les había dado una segunda oportunidad, él no iba a dejarla escapar.

Una vez que la canción terminó, los seis brindaron como habían acordado y bebieron de sus copas, cada cual con la mirada puesta en un futuro distinto, pero con un denominador común: todos lo imaginaban en compañía de la persona que tenían en ese preciso momento a su lado.

—¡Por el destino!